精读 王安石诗文

刘成国／编著

上海教育出版社

编　委　会

主　编　查清华

编　委（按姓氏笔画排序）

朱易安　李定广　李　贵　吴夏平

陈　飞　赵维国　查清华　钟书林

曹　旭　詹　丹

教育部新文科研究与改革实践项目

中文学科拔尖创新人才培养与实践

上海高校本科重点教改项目

中文专业师范生优秀传统文化教育实践与创新

上海市高水平学科学术创新团队

中华典籍与国家文明

国家级专家服务基地

上海师范大学教育援疆喀什专家服务基地

中华优秀传统文化是中华民族的精神命脉。2017 年，中共中央办公厅、国务院办公厅《关于实施中华优秀传统文化传承发展工程的意见》（下文简称《意见》）提出："实施中华优秀传统文化传承发展工程，是建设社会主义文化强国的重大战略任务，对于传承中华文脉、全面提升人民群众文化素养、维护国家文化安全、增强国家文化软实力、推进国家治理体系和治理能力现代化，具有重要意义。"《意见》围绕立德树人根本任务，遵循学生认知规律和教育教学规律，按照一体化、分学段、有序推进的原则，对中华优秀传统文化"进课本、进课堂、进校园"提出明确要求。

经典是文化的重要载体。当下中华传统经典读物较多，各有优长。但我们经过调研后发现，针对大、中学生而言，在传统文化教育方面尚存在以下几大问题：一是对传统文化优秀与糟粕因子的认识比较模糊，未能通过阅读经典充分汲取富有生命力的文化养分；二是对传统文学经典的历史语境缺乏应有的了解，相关历史知识与方法的匮乏常导致对文学作品的解读出现偏差；三是对传统经典与现代文化的联系和区别关注不够，传统文化和现代意义的文化发展逻辑没有得到充分厘清；四是往往止步于对传统经典知识本身的接收与理解，对优秀原典熏染学生道德和审美的终极作用落实不力，对学生发现与探究问题的意识培养力度偏弱。

针对以上问题，我们尝试从人才培养模式、课程设置、教材建设和教学方法等方面加以改革，同时通过加强大中小一体化建设，牵头和上海数十家中学共建"中华优秀文化推广联盟"，和上海援疆教育集团签署"中华优秀经典进校园"项目，组织相关优秀教师参与。编撰出版"中华文史经典精读"丛书，是我们改革项目的重要成果之一。

该丛书在导读方向、内容选择、注释范围、评析重点等方面，均致力于尝试解决上述问题。以上海市高水平学科"中华典籍与国家文明"创新团队为主体的多位专家，在总的原则下，广泛借鉴吸收前人成果，依据各自的学术特长和教研心得，充分展现学术个性，既为反思传统文化的复杂内涵提供历史唯物主义的立场和方法，也努力寻求传统文化在当代实践中的内驱力，以及理想人格的感召力，让经典润泽心灵，砥砺人生。

每本书由导言、正文、注释和评析组成。"导言"总体介绍某部经典的成书、性质、基本内容、艺术价值及社会影响，或某作家的生平、思想、艺术及文学史地位等；"正文"均依据权威版本选录名家名作，兼顾传统性典范和现代性意义；"注释"重在注解不易读懂的字词、名物及典故,力求简明准确;"评析"则在细读文本的基础上,提点作品的情思蕴含及艺术表现,注重引导读者参与情思体验,追求文字洗练,行文晓畅。

本丛书属于中华优秀传统文化经典普及性读本,可作为大学"原典精读"通识课教材及中学语文拓展读本,也适合热爱传统文化的普通读者。

限于水平,书中或有不尽如人意处,祈请读者批评指正,以便再版时改进。

查清华

于上海师范大学文苑楼

目录

王安石诗文精读

一

　　王安石(1021—1086)，字介甫，抚州临川(今属江西)人。中国北宋著名政治家、文学家、思想家。因籍贯临川，人称王临川。晚年居住在江宁(今江苏南京)半山园，又称王金陵、王半山、半山老人。因封舒国公、荆国公、舒王，世称王荆公、舒王。死后谥"文"，又称王文公。

　　宋真宗天禧五年(1021)十一月十三日辰时(早上7时到9时)，王安石出生在临江军清江县(今属江西)。父亲王益，真宗大中祥符八年(1015)登进士第，时任临江军判官，为官清廉刚直，勇于任事。母亲吴氏，出自抚州金溪(今属江西)大族，好学强记，文化素养很高。王安石自幼跟随父亲转徙各地，至宋仁宗景祐四年(1037)，全家才开始定居江宁(今江苏南京)。他"少好读书，一过目终身不忘"(《宋史·王安石传》)。"自百家诸子之书,至于《难经》《素问》《本草》、诸小说,无所不读,农夫、女工,无所不问。"(王安石《答曾子固书》)十七八岁时,便以历史上的贤臣稷、契自命,树立起远大的政治理想:"材疏命贱不自揣,欲与稷契遐相希。"(王安石《忆昨诗示诸外弟》)

仁宗庆历二年(1042),王安石以第四名登进士高第,授校书郎、签书淮南判官厅公事(治所在今江苏扬州)。庆历七年至皇祐二年(1047—1050),任鄞县知县(今属浙江宁波)。皇祐三年至至和元年(1051—1054),任舒州通判(治所在今安徽潜山)。至和元年(1054)九月,入京任群牧司判官,任提点开封府诸县镇公事。嘉祐二年(1057)夏,出知常州。翌年,任提点江南东路刑狱。嘉祐四年(1059)初,入京,任三司度支判官、知制诰等。嘉祐八年(1063)八月,因母丧归江宁丁忧。

作为进士高第,王安石本来可以按照北宋官场惯例,在扬州签判任满后,献文求试馆职,获取晋升的捷径。然而,他数次放弃了这样的机会,宁愿辗转地方任职,去施展治民的抱负。在知鄞县任上,他"读书为文章,二日一治县事。起堤堰,决陂塘,为水陆之利。贷谷于民,立息以偿,俾新陈相易。兴学校,严保伍,邑人便之"(邵伯温《邵氏闻见录》)。在舒州通判任上,他躬行俭素,严明吏治。时逢大旱大饥,他襄助知州每天开常平仓赈济灾民,巡行属县,发粟救灾。在知常州的短暂任期内,他开凿运河,疏导水势,振兴文教。随后任提点江南东路刑狱,又巡视一路,访问民生疾苦,奖励提拔人才,纠治官场上的苟且因循之风,却导致诽谤四起。

凭借出色的政绩,王安石逐渐成为北宋政坛上一颗冉冉升起的新星,被视为东南地方吏治的典范:"是时,荆公王介甫宰明之鄞县,知枢密院韩玉汝宰杭之钱塘,公(谢景初)弟师直宰越之会稽,环吴越之境,皆以此四邑为法。处士孙侔为文以纪之。"(范纯仁《范忠宣公文集》卷十三《谢公墓志铭》)更重要的是,通过任职地方,王安石积累起丰富的行政经验,对民生疾苦、社会弊端、吏治腐败有了深入了解。他以儒家经典中的理想政治作为对比，从中汲取资源，来观照、批判当时社会中的土地兼并、贫富分化等不公正现象。儒家兼济天下的理想与情怀，驱使着他每任职一方，即恪尽职守，奋发有为。而一份居官无补于民的自责和惭疚，也时时流露诗中。王安石《感事》：

> 贱子昔在野，心哀此黔首。丰年不饱食，水旱尚何有。虽无
> 剽盗起，万一且不久。特愁吏之为，十室灾八九。原田败粟麦，
> 欲诉嗟无赇。间关幸见省，笞扑随其后。况是交冬春，老弱就僵
> 仆。州家闭仓庾，县吏鞭租负。乡邻铢两征，坐逮空南亩。取赀
> 官一毫，奸桀已云富。彼昏方怡然，自谓民父母。竭来佐荒郡，
> 懔懔常惭疚。昔之心所哀，今也执其咎。乘田圣所勉，况乃余之
> 陋。内讼敢不勤，同忧在僚友。

诗歌继承了杜甫"三吏""三别"和白居易新题乐府中的现实主义精神，对百姓苦难的描述，触目惊心；对县吏无能而又百般盘剥的愤怒之情，溢于言表。

嘉祐四年（1059）春，王安石回京任三司度支判官。在皇皇万言的《上仁宗皇帝言事书》中，他对当时社会的各项弊端作了全面分析，并将根本原因归结为："方今之法度，多不合乎先王之政故也……臣以谓今之失，患在不法先王之政者，以谓当法其意而已。"由此，他明确提出变革更制的主张，认为应当效法古代儒家的理想政治，回归三代，效法先王，"因天下之力以生天下之财，取天下之财以供天下之费"。在随后几年里，他陆续撰写了一系列文章，系统地阐述自己的政治理念和改革方案，核心是以法理财，以财行法：

夫合天下之众者财,理天下之财者法,守天下之法者,吏也。吏不良,则有法而莫守;法不善,则有财而莫理。有财而莫理,则阡陌闾巷之贱人,皆能私取予之势,擅万物之利,以与人主争黔首,而放其无穷之欲,非必贵强桀大而后能。如是而天子犹为不失其民者,盖特号而已耳。(王安石《度支副使厅壁题名记》)

熙宁元年(1068)春,王安石以翰林学士召入京师,深获神宗赏识。熙宁二年(1069)二月,除参知政事,翌年拜相。在神宗大力支持下,王安石于熙宁二年二月二十七日创置三司条例司,开始了全方位的变革更制。先后出台的重大新法有:均输法、青苗法、农田水利法、销并军营、措置宗室、募役法(免役法)、市易法、方田均税法、保甲法、将兵法等等。同时,强化官僚系统的考核;整顿中书系统以提高行政效率;控制台谏异议;改革科举制度;整顿各级学校;设置经义局,训释经义,以一道德、同风俗。为新法的顺利实施提供人才、制度、意识形态的保障。

实施以上新法,基本上达到了富国强兵的预期成效。政府的财政收入大幅度提高,官僚系统的行政效率得以改善,皇室、外戚、士大夫的某些特权得到削减,豪强兼并与高利贷者受到抑制,农业生产获得较大发展,军队战斗力有所增强,取得了熙河大捷。

但变革也产生了诸多问题。各项新法的出台比较密集、仓促,往往雷厉风行,超出了社会的承受能力。由于各地官吏的良莠不齐,新法在具体执行过程中弊端丛生。新法的实施,或多或少触犯了特权阶层的某些利益。新法以富国强兵为核心目标,这与传统儒学的侧重礼仪、教化颇有不同。而神宗、王安石希望通过富国强兵,彻底改变北宋与西夏、辽国对峙中的妥协局面,从而减轻人民负担,取得王朝的长久治安,这种奋发有为的政治理念和战略目标,也并未在官僚士大夫阶层内取得一致共识。以上等等,导致了变革从一开始便遭到强烈反对,引起士大夫阶层内部的严重分裂,深刻影响了北宋后期政局。

熙宁七年(1074)春,反对者又以持续大旱为由,对新法展开攻击,而新党内部也开始内讧。四月,王安石罢相,出知江宁府。熙宁八年(1075)二月,复相。熙宁九年(1076)十月,因遭丧子之痛,且深感神宗的信任和支持已经不如以前,王安石再次罢相,出判江宁府。

自神宗熙宁十年至哲宗元祐元年(1077—1086),王安石退居江宁,仅食祠禄。虽然远离政治中心,他仍然关注政局。他修订《三经新义》,注解佛经,删定《字说》,试图为新法寻求统一的理论基础。更多的时间,则悠游于山水之间,参禅问佛,诗歌唱酬,真率无心,洒脱自如。

哲宗元祐元年(1086)四月六日,王安石去世。当时,他所创立的各项新法,已被垂帘听政的高太后以及司马光等旧党逐一废除。等到哲宗亲政后,新法又陆续恢复,但与王安石创法立制时的本意,已经颇有不同。

在中国历史上,王安石是极少数能够"广涉四部、具有恢宏格局的文化巨子"(王水照主编《王安石全集》总序)。同时,他又是中国历史上最具争议性的人物之一。历代对王安石评价的巨大分歧,主要来自对变法的不同认识。自南宋至清代,对于王安石变法,批评、否定是主流;自近代梁启超以来,褒扬、肯定是主流。无论批评还是褒扬,主流评价之外,始终存在着强烈的异议之声。对于王安石变法的研究、认识,一直处在"进行时"中。至于他文学方面的巨大成就,则历来公认,少有异议。

二

王安石是北宋诗文革新运动的主力。他继承了古文运动中"文以明道""文以贯道"的理念,进一步将"道"界定为治理天下国家之政,将"文"

界定为制度、法令的载体："尝谓文者,礼教治政云尔。"(王安石《上人书》)他强调作文的本意,就如同制作器具一样,目的在于应用。至于辞采等形式,好比器具上的"刻镂绘画",不过是一种增添美观的装饰。二者之间,轻重主次,判然分明。他不仅批评西昆派的代表杨亿、刘筠等只知雕琢辞藻、片面追求形式之美(《上邵学士书》),也指摘韩愈、柳宗元等古文家重视文采、强调"文必己出"的倾向,认为他们也未真正理解"作文之本意"。这体现出政治家独特的功利主义文学观。

中年以后,随着经学造诣渐深,王安石的散文理论变得更加激进。他抨击古文运动的领袖韩愈只知追求文辞,对于儒家之道缺乏真正的领悟,无补于救治衰世："力去陈言夸末俗,可怜无补费精神。"(《韩子》)乃至提出："欲以明道,则离圣人之经,皆不足以有明也。"(《答吴孝宗书》)这就隐含了对古文运动的核心理念"文以明道"的否定,而与道学家宣扬的"为文适以害道"等主张,仅有一步之遥。

王安石是唐宋八大家之一。他的散文主要师法孟子和韩愈,兼取韩非的峭厉和扬雄的简古,融会贯通,形成一种峻洁严整、峭厉劲拔、雄健刚直的独特风格。他的散文写作,大致可分为发轫、成熟和新变三个时期。

从仁宗庆历初至至和元年(1041—1054),是发轫期。在此期间,王安石主要在各地担任地方官职,对社会现实有着广泛接触和充分了解,创作题材广泛,内容丰富。或揭露黑暗,或抨击时弊,或抒写政治见解,或谈学论政,创作技巧表现出向前人学习的痕迹。在形式上则循规蹈矩,严守体制。语言上,此期王文中还残存着模仿之痕。如《性论》文中"夫性犹水也,江河之与畎浍,小大虽异,而其趋于下,同也。性犹木也,楩楠之与樗栎,长短虽异,而其渐于上,同也"两个比喻,就是沿袭《孟子·告子》。与此同时,王安石散文的独特风格开始初具雏形。这主要体现在,他记叙时善于运用简洁的语言,作高度概括的叙事。虽然没有绚丽的辞藻,却词简而精,义深而明。具体到句式运用上,也呈现出鲜明的个人特色。他多用短句,语句干净利索,章无剩句,句无剩字,毫无拖泥带水之痕。又常常以简洁而整齐的对偶句式,掺杂在长短不一的散句中,显得铿锵有力,掷地有声。如:

> 时乎杨、墨,已不然者,孟轲氏而已;时乎释、老,已不然者,韩愈氏而已。如孟、韩者,可谓术素修而志素定也。(《送孙正之序》)
>
> 购将安出哉?出于吏之家而已,吏固多赀而无有也;出于大户之家而已,大家将有由此而破产失职者。安有仁人在上,而令下有失职之民乎?(《上运使孙司谏书》)
>
> 诚使巧且华,不必适用;诚使适用,亦不必巧且华。要之,以适用为本,以刻镂绘画为之容而已。不适用,非所以为器也;不为之容,其亦若是乎?(《上人书》)

这些句式节奏紧凑,逻辑严密,或顺承总结,一气而下;或逆折反诘,挺拔陡立。前者使得行文气势凌厉,咄咄逼人;后者则使得文气突转,峭折峻刻。王文简古瘦硬、峭厉挺拔的风格已经露出端倪。

自仁宗至和元年到嘉祐八年(1054—1063),是成熟期。王安石散文的独特风格完全确立,诸多传世名篇大都写于此期。与之前相比,此期散文中议论的成分明显增强。在一些本应以叙述为主的文体中,如碑传、墓志、记、序等,往往夹叙夹议,甚至以议代叙,叙述高度精简,而议论却纵横开阖,上下驰骋,如《王逢原墓志铭》《泰州海陵县主簿许君墓志铭》等。他此期的论说文完全成熟,无论是在布局谋篇还是语言表述上,都形成了独特的风格。如《上仁宗皇帝言事书》以人才问题为中心,以改革法度、培养人才为主要内容展开论述。全文"几万余言,而其丝牵绳联,如提百万之兵,而钩考部曲,无一不贯"(茅坤《唐宋八大家文钞》)。行文曲折畅达,极文章之能事。他的一些短文尤其精悍绝伦,在短小的篇幅里极尽跌宕驰骋之能事,尺水波澜。如脍炙人口的《读孟尝君传》等,创造出短篇论说的典范。

从英宗治平年间(1064—1067)开始,王安石的散文创作在继续保持原有风格的同时,出现了某些新变。一方面,他继续创作了一些峭折劲厉、严峻犀利的名篇,如《本朝百年无事札子》等,显示出在固有风格上的老而弥道。另一方面,随着经学造诣的日趋深邃,以及熙宁期间以经术缘饰新法的需要,"以经术为文"这一特点在王安石创作中开始体现出来。这不仅表现为作者经常援经据典、以古证今,更表现在行文立论时,经常依经立论,遣词造语、构思立意等处处注意与儒家经典的论述风格靠近。如治平元年(1064)所作《虔州学记》。与前期所作《慈溪县学记》等相比,可以看出作者行文时从容不迫,立论则一以经典为据,论述不枝不蔓、有条不紊,凌厉悍拔之气稍减。字里行间,开始透露出平婉温醇的色彩。最能体现这一点的,是作于熙宁后期的《三经义序》。如《周礼义序》,措辞用语多取自儒家经典,行文时顿挫纤徐,变峻峭为温醇,变凌厉为典雅,变悍拔为郑重。这种温醇典雅的风格,在欧阳修、苏轼之外,别开户牖。

不过,王安石的散文不重视写景状物、铺陈点染,形象性略嫌不足。

三

王安石是宋诗独特风貌的开拓者之一。他的诗歌有1 600多首,艺术风格的演进大致可分为初、中、晚三个阶段。初期为仁宗庆历至至和年间(1041—1054)。此期王安石初入仕途,诗歌题材包括一些写景诗、应酬诗,而以政治时事诗为主。这些作品密切联系社会现实,针砭时弊,把长期观察、分析现实的感受和济世匡俗的理想抱负写入诗中。它们或直抒胸臆,兴寄高远,如:"不畏浮云遮望眼,自缘身在最高层"(《登飞来峰》),"地上行人愁暍死,那知高处有清风"(《兴国楼上作》);或议论宏伟,见解卓越,如《杜甫画像》剔抉出杜甫生平之用心处,《兼并》抨击"俗儒不知变,兼并可无摧"等;或反映民生疾苦,忧天悯人,如《感事》《河北民》等。此期王诗已初步形成自己的艺术风格,如偏重古体、多白描、重议论,以文为诗的倾向颇为明显。然而诗风峭直,缺乏含蓄蕴藉之美。

中期自仁宗至和二年至神宗熙宁九年(1055—1076),为大成期。经过对杜甫等唐代诗人的博观约取,王安石的诗风日益成熟,题材广泛,各体兼擅,名篇迭出。诗歌风格从直陈其事、惟意所向,转向雄浑、蕴藉、工整、刚劲等多个方面,已堪与欧阳修、梅尧臣等名家并驾齐驱。成就最突出的是咏史诸篇,笔力雄健,以大议论发之于诗。如《明妃曲》《桃源行》《金陵怀古》等,都立意高远,议论精悍,同时形象鲜明,描写细致。《贾生》《孟子》《商鞅》《赐也》《读汉书》《宰嚭》等咏史绝句,写于熙宁变法期间,一反前人的陈词滥调,翻新出奇,有为而发,既是回击政敌的檄文,也是逆境中表明心迹的自白。

由于任职京师,应酬频频,迎送、唱酬之作是王安石此期诗歌的主流。宋人"以才学为诗"的特点,被他发挥得淋漓尽致,遣词用字间流露出浓厚的书卷气,结构、句法尽显雕琢之功,却不掩其凌厉之气。如"岂无他忧能老我,付与天地从今始"(《示平甫弟》);"荒埭暗鸡催月晓,空场老雉挟春骄"(《自金陵如丹阳道中有感》);"已无船舫犹闻笛,远有楼台只见灯"(《次韵平甫金山会宿寄亲友》);"平日离愁宽带眼,讫春归思满琴心"(《寄余温卿》);"名誉子真矜谷口,事功新息困壶头""世事但如吹剑首,官身难即问刀头"(《次韵酬朱昌叔五首》);"家世到今宜有后,士才如此岂无时"(《寄阙下诸父兄兼示平甫兄弟》)。另有一些羁旅、登临之作，也不乏名篇。如《题西太一宫壁二首》之一："柳叶鸣蜩绿暗，荷花落日红酣。三十六陂春水，白头想见江南。"写景如画，感怀沉挚，言有尽而意无穷。

自神宗熙宁十年至哲宗元祐元年(1077—1086)，是晚期。此期王安石退居江宁。一方面，他仍然关心新法，集中精力修订《三经新义》和《字说》，并且写下一些歌颂新法的诗篇，如《歌元丰五首》《元丰行示德逢》《后元丰行》；对于曾经激烈的政争也不无纠结，写下《北陂杏花》等寓悲壮于闲淡之作。另一方面，毕竟已远离政治中心，他的日常生活主要是游山玩水，诵诗谈佛，心境渐趋平淡。其诗歌风格"老树发新枝"，从劲峭雄直转向深婉不迫，体现出从宋调到唐音的复归，达到了一生诗艺的高峰。诗歌题材上以写景为主，技巧上更加精益求精。立意构思，用字造句，更为工整、精致、雅丽、深婉。如《南浦》《染云》《书湖阴先生壁》《江上》《北山》《木末》《金陵即事》等。叶梦得认为："王荆公晚年诗律尤精严，造语用字，间不容发。然意与言会，言随意遣，浑然天成，殆不见有牵率排比处。"(《石林诗话》)可谓的评。

总而言之，王安石既是宋调的开拓者，又是宋调的自赎者。以黄庭坚为首的江西诗派，在求险韵、押硬语、炼拙句、用僻典等方面受到他的影响。南宋杨万里也从他晚年绝句中受到启发，力纠宋调之弊。

王安石的词作数量不多，《桂枝香•金陵怀古》堪称名篇。

四

王安石生前未曾编纂个人文集。徽宗朝，他的弟子薛昂和长孙王棣曾奉诏编集，因遭战乱，南渡后散佚不传。现存王安石文集，主要有两个版本系统。一是百卷本《临川先生文集》。南宋高宗绍兴二十一年(1151),王安石曾孙王珏在杭州刊刻,世称"杭本"。此本元明两代皆有递修刊刻,流传至今。一是百卷本《王文公文集》。南宋绍兴十年至二十一年间(1140—1151),刻于庐州舒城(今属安徽)郡斋,故称"龙舒本"(龙舒是舒城古称)。此本的编次,与《临川先生文集》迥异,文字多有异同。除以上两个版本系统外,王安石的诗歌尚有南宋李壁注本传世。这个注本所收诗歌,比《临川先生文集》多出 72 首,其中有误收他人之作。

　　本书所选诗文,以明嘉靖三十九年(1560)何迁覆刻《临川先生文集》为底本,以《王文公文集》为校本,参校李壁注本等,择善而从。遇到重要异文,则在注中列出。

　　本书的选注,以继承和弘扬中华传统优秀文化为宗旨,在全面了解王安石研究成果的基础上,采用通俗易懂的现代汉语,将王安石作品中具有艺术成就、当代价值和世界意义的精髓提炼展示出来,以飨读者。

　　在篇目选择方面,本书从王安石 1 600 多首诗歌、1 200 多篇文章中,精挑细选了 48 首诗歌,1 首词,37 篇文。这些篇章,都曾入选宋代以后的各家诗文选本,备受文学批评家的关注,影响深远。每类文体内,按写作时间的先后顺序编排,凸显王安石不同时期、不同文体的文学成就和特色。注释方面,力求简明扼要,避免繁复引证,广采众家之长,主要包括:难字注音、词语解释、句意疏通等,帮助读者扫除文字障碍和文化隔阂。作品评析部分,侧重介绍作品的写作背景、立意构思、结构、修辞、技巧等,阐述王安石诗文在思想和艺术方面的创造性,以便读者理解欣赏。

　　在选注过程中,本书参考、吸收了周锡馥、刘乃昌、高克勤等学者的注释成果,因体例、篇幅所限,未能一一注明,谨此致谢!

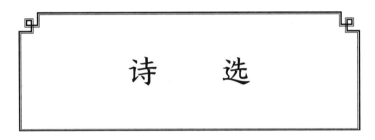

诗　　选

龙泉寺石井二首①

其　一

山腰石有千年润，海眼②泉无一日干。

天下苍生待霖雨③，不知龙向此中蟠④。

注释

① 龙泉寺：在浙江余姚市，北宋时寺有石井。

② 海眼：泉眼，泉水的流出口。古人认为井泉的水，潜流地中，通江海，故称。

③ 苍生：百姓。霖雨：甘雨。古代常以比喻治世的能臣，如《尚书·说命》载殷高宗告诉大臣傅说："若岁大旱，用汝作霖雨。"

④ 蟠：盘伏。

评析

　　仁宗庆历七年（1047）五月，王安石自京城开封赴知鄞县，正逢大旱。下半年，他从鄞县至余姚县处理公务，完成后顺便游览余姚县西的龙泉寺，写下此诗。诗歌前二句描写寺中石井的地势及特点。"千年润""无一日干"，可见此井因与大海相通，涵蓄泓深。后二句以暂时不为世人所知的蟠龙自比，抒发修身待用、超迈非凡的理想抱负。全诗直抒胸臆，不事雕琢，语言崭截，铿锵有力，是王安石早年诗歌的代表作。叶梦得评曰："王荆公少以意气自许，故诗语惟其所向，不复更为涵蓄。"（《石林诗话》）即指此类诗歌。

秃 山

吏役^①沧海上,瞻^②山一停舟。

怪此秃谁使,乡人语其由。

一狙^③山上鸣,一狙从之游。

相匹^④乃生子,子众孙还稠。

山中草木盛,根实^⑤始易求。

攀挽^⑥上极高,屈曲亦穷幽^⑦。

众狙各丰肥,山乃尽侵牟^⑧。

攘^⑨争取一饱,岂暇议藏收^⑩。

大狙尚自苦,小狙亦已愁。

稍稍受咋啮^⑪,一毛不得留。

狙虽巧过人,不善操锄耰^⑫。

所嗜在果谷,得之常似偷。

嗟此海山中,四顾无所投^⑬。

生生未云已^⑭,岁晚将安谋。

注释

① 吏役:出差,公干。

② 瞻:望。

③ 狙(jū):猕猴。

④ 相匹:雌雄相配。

⑤ 根实:根茎果实。

⑥ 挽:牵拉。

⑦ 屈曲：底本原作"屈指"，据《王荆文公诗李壁注》改。形容狙的攀援状。

　　幽：偏僻的地方。

⑧ 侵牟：侵害掠夺。

⑨ 攘：侵夺。

⑩ 岂暇：哪有空闲。藏收：收藏。

⑪ 咋啮(zé niè)：啃咬。

⑫ 锄耰(yōu)：泛指农具。

⑬ 投：投奔。

⑭ 生生未云已：指繁衍不息。

评析

　　这是一首政治寓言诗，作于仁宗庆历八年(1048)王安石知鄞县(在今浙江宁波)任上。鄞县濒海，故诗歌首句言"吏役沧海上"。

　　这首诗在构思上，可能受到唐代古文家柳宗元名作《憎王孙文》的影响。柳文描述王孙(猴子别称)轻狂浮躁，喧闹无序，"好践稼蔬，所过狼藉披攘，木实未熟辄龁咬"，"山之小草木，必凌挫折挽使之瘁然后已。故王孙之居，山恒蒿然"。此诗则描述海岛上一群猕猴，只知繁衍生息，却不善劳作，也无组织，以至于海岛上所有果实都被吃空，生计无着。相比之下，王诗的叙述曲折，描写生动，立意也更加深刻。钱锺书曾比较二者："柳文以山之'瘁'归咎于猿性之'恶'，王诗以山之'秃'归咎于猿生之繁，所见更卓，稍逗马尔萨人口论之说矣。"(《谈艺录》)诗歌以寓言的形式，指出社会人口日增，而政府却不知创建法度促进生产，又不知整顿吏治，于是国家积贫积弱，从而辛辣地讽刺了北宋政府的因循苟安、得过且过。李壁注曰："似言天下生齿日众，吏为贪牟，公家无储积，而上未尽教养之方也。"足以发明本意。诗歌主题，与王安石一系列政论文中对时政的批评是一致的,都是为了变革更制、建明法度而呐喊。

登 飞 来 峰①

飞来山上千寻②塔,闻说鸡鸣见日升③。

不畏浮云遮望眼,自缘④身在最高层。

注释

① 飞来峰:即越州(今浙江绍兴)飞来山,一名怪山、龟山、宝林山,今名塔山。根据宝庆《会稽续志》卷三记载,山上有古塔耸立,高二十三丈,名应天塔。宋代很多诗人都曾写诗咏及,所描述的景象,与这首诗相似。如张伯玉《清思堂雪霁望飞来山》:"隐几高堂上,坐对飞来峰。梵塔倚天半,楼台出云中。"

② 千寻:极言山之高峻。寻,古代的长度单位,八尺为寻。

③ 鸡鸣见日升:据《水经注》载,泰山东南山顶名日观峰,凌晨鸡鸣时,太阳从峰边升起。此处借以形容峰巅非常高峻。

④ 缘:因。

评析

皇祐二年(1050),王安石离开鄞县,返回临川。途经越州时,他登上飞来山上的寺塔,写下此诗。诗歌前两句描写寺塔的高耸入云,后两句则借景抒怀,抒写诗人高远的胸襟和坚毅的意志。在写景抒怀中,寄寓着深刻的哲理,耐人寻味。

若耶溪归兴^①

若耶溪上踏莓苔^②,兴罢张帆载酒回。

汀草岸花浑不见^③,青山无数逐人来。

> **注释**

① 若耶溪:即五云溪、浣纱溪,在浙江山阴县(在今浙江绍兴市)东南,若耶山

　　下。归兴:归途的兴致。

② 莓苔:青苔。

③ 汀:水边平地。浑不见:都不见。

> **评析**

　　这首诗写诗人游览若耶溪后的归兴。前二句写兴尽而归,似无余蕴可言。后二句写岸边花草,青山逐人,拓展出新的诗境。"青山无数逐人来",一个"逐"字将青山拟人化,把山写得灵动飞跃,抒发出诗人对青山的眷恋和归途的愉悦。

次韵答陈正叔二首^①

其 二

田宅荒凉去复来,诗书颜发两尘埃。^②

忘机自许鸥相狎③，得祸谁期鹤见媒④。

此道未行身有待⑤，古人不见首空回⑥。

何当水石他年住，更把韦编静处开。⑦

注释

① 次韵：古体诗词写作的一种方式，即按照原诗的韵和用韵的次序来和诗。陈正叔，生平不详。

② "田宅"二句：意谓外出宦游以来，学业荒废，身体疲惫。

③ "忘机"句：襟怀恬淡纯朴，自谓可与海上的鸥鸟相处无间。这是写诗人淡泊名利，恬静无争。忘机：泯灭机心。鸥相狎：据《列子·黄帝》记载，海边有人喜爱鸥鸟，每天早晨到海边和鸥鸟一起玩耍。某天，他的父亲让他捉几只鸥鸟回家，他答应了，明日再到海边，结果鸥鸟在海上盘旋飞翔，却不降下。意谓人有机心，鸥鸟就不同他亲近。此处反用典故。狎，亲昵、亲近。

④ "得祸"句：意谓谁希望像野鹤一样被引诱捕捉而遭祸呢？指自己志趣清高，不想陷入官场中受到功名利禄的羁縻。鹤见媒：捕鹤的人喂养一种驯鹤（鹤媒），用来招引野鹤，野鹤受鹤媒的引诱，进入猎人设置的网罗，被人捕获。

⑤ "此道"句：政治抱负和理想未能实现，自己尚有所期待。

⑥ "古人"句：写诗人对前贤的仰慕，暗寓现实中知音难觅。

⑦ "何当"二句：意谓他年何时才能摆脱宦海沉浮，闲居湖山，安静读书。何当：何时。韦编：古代用竹简写书，用熟牛皮把竹简编联起来。这里泛指书籍。韦：熟牛皮。

评析

本篇是为酬答友人陈正叔所作。从诗歌内容看,应当作于诗人从知鄞县或通判舒州任上,归省临川或江宁时。诗中表现了王安石既具有远大的政治抱负、济世理想,又厌恶官场上的追名逐利之风,于是修身待用、不汲汲求进,宁愿甘守寂寞,与前贤为伍。诗歌用典准确,对仗工整。特别是颈联的对仗表面含义似远,而内在联系紧密,含蕴深广,思路新奇,展示出诗人复杂的心态,耐人寻味。

杜 甫 画 像

吾观少陵①诗,谓与元气侔②。

力能排天斡九地③,壮颜毅色④不可求。

浩荡八极⑤中,生物岂不稠⑥。

丑妍⑦巨细千万殊,竟莫见以何雕镂⑧。

惜哉命之穷,颠倒⑨不见收。

青衫⑩老更斥,饿走半九州⑪。

瘦妻僵前子仆后⑫,攘攘盗贼森戈矛⑬。

吟哦⑭当此时,不废朝廷忧⑮。

常愿天子圣,大臣各伊周⑯。

宁令吾庐独破受冻死,不忍四海赤子寒飕飀⑰。

伤屯悼屈止一身,嗟时之人我所羞⑱。

所以见公像,再拜涕泗流⑲。

惟公之心古亦少,愿起公死从之游。

注释

① 少陵:杜甫曾居住在长安城南少陵附近,自称"少陵野老",世称"杜少陵"。

② 谓:认为。底本原作"为",据朝鲜本《王荆文公诗李壁注》改。元气:古人认为构成世界的物质本原。侔:等同。

③ 斡(wò):旋转。九地:大地。

④ 壮颜毅色:雄壮的面貌、坚毅的神色。

⑤ 八极:八方极远之地。

⑥ 稠:多而密。

⑦ 丑妍:美丑。

⑧ 雕锼(sōu):刻镂,此指杜甫诗歌的艺术刻画与描绘。

⑨ 颠倒:穷困潦倒。

⑩ 青衫:唐制,文官八、九品服青,此泛指官职卑微。杜甫任左拾遗时,上疏得罪肃宗,被贬为华州司功参军,后弃官而去。

⑪ 饿走半九州:杜甫弃官后,曾寓居成都、夔州(今重庆奉节)等地。晚年出三峡,辗转漂泊于湖北、湖南之间,最后病死在由长沙至岳阳的小舟中。

⑫ 瘦妻:杜甫《北征》诗中对妻子的称呼。僵:倒下。仆:跌倒。杜甫有一幼子,因饥饿而夭亡。

⑬ 攘(rǎng)攘:纷乱貌。森:密集。戈矛:戈和矛,泛指武器。

⑭ 吟哦:写诗,推敲诗句。

⑮ 不废朝廷忧:仍然担忧朝廷的命运。杜甫《自京赴奉先县咏怀五百字》:"穷年忧黎元,叹息肠内热。"《北征》:"胡命其能久,皇纲未宜绝。……周汉获再兴,宣光果明哲。"这些诗句都表明了杜甫对国家命运前途的关心。

⑯ 伊：商朝的贤相伊尹，辅佐商汤灭夏。周：周公旦，武王之弟。武王死后，他辅佐成王治理天下，被称为圣人。

⑰ "宁令吾庐独破受冻死"二句：出自杜甫《茅屋为秋风所破歌》。赤子，比喻百姓、人民。飕飗（sōu liú），风声。

⑱ "伤屯（zhūn）"二句：意谓现在的人们只会为个人的困厄屈辱而伤心悲叹，我真为他们感到羞耻。屯，艰难困顿。悼，悲伤。

⑲ 涕泗流：涕泪俱下。

评析

杜甫生前，诗名不盛，远远不及李白。中唐以后，人们对杜甫的评价逐渐提高。到了宋代，杜甫开始备受推崇，走上"诗圣"的神坛，出现了所谓"千家注杜"的盛况。在宋代尊崇杜甫的潮流中，王安石早得风气之先，堪称前驱。仁宗庆历七年至皇祐二年（1047—1050），王安石出知鄞县。在此期间，他从友人孙侔处获得了杜甫佚诗二百余篇，于是整理杜集，成为最早整理杜集的诗人之一。在序言中，他表述了对杜诗的喜爱，介绍了编集杜诗的缘起和经过，明确表达了学习杜甫的诗学追求。数年后，王安石写下了这篇《杜甫画像》。

诗歌高度推崇杜甫身处离乱仍然忧君爱民的忠忱之情和博大胸怀，极力赞扬杜甫高超的诗歌艺术，表现了对杜甫的钦仰敬佩。南宋胡仔评论道："李、杜画像，古今诗人题咏多矣。若杜子美，其诗高妙，固不待言。要当知其平生用心处，则半山老人之诗得之矣。"（《苕溪渔隐丛话》）王安石既准确地把握住了杜甫诗歌的艺术特色，又传神地表达出杜甫超越古今的精神境界，从而将北宋诗坛上的学杜之风，推到一个全新的高度。清代仇兆鳌认为，此诗"后世颂杜者，无以复加矣"（《杜诗详注》）。这是很中肯的评价。

与此同时,通过对杜甫诗歌的精研淬磨,王安石本人的诗歌创作也精益求精,成为他前后诗风转型的契机。

葛 溪 驿①

缺月昏昏漏未央②,一灯明灭③照秋床。

病身最觉风露早④,归梦不知山水长⑤。

坐感岁时歌慷慨,起看天地色凄凉。

鸣蝉更乱行人耳,正抱疏桐叶半黄。

注释

① 葛溪:信州弋阳县有葛溪水,源出上饶县灵山,又有葛玄仙翁冢,因名葛溪。驿:驿站、驿馆,古时供来往官员或递送公文的人暂住和换马的处所。葛溪驿在唐代为弋阳馆,明代毁于火。

② 缺月:残月。漏:漏,漏壶,古代的计时器。未央:未尽。《诗经·小雅·庭燎》:"夜如何其? 夜未央。"

③ 明灭:忽明忽暗。

④ "病身"句:意谓羁旅在外,身体有恙,最能感觉到季节变换之早。此句化用唐代刘禹锡《秋风引》:"何处秋风至? 萧萧送雁群。朝来入庭树,孤客最先闻。"

⑤ "归梦"句:意谓梦回故乡,不知山长水远。此句化用唐代岑参《春梦》:"枕上片时春梦中,行尽江南数千里。"

评析

仁宗皇祐二年（1050），王安石知鄞县任满归临川（在今江西抚州）。秋天，离临川赴钱塘（在今浙江杭州），途经弋阳时作此诗。

诗歌抒写作者的旅愁乡思。首联写景，选取典型景物残月、漏、灯、床，烘托出驿馆独宿的寂寥凄凉。颔联抒写羁旅困顿与思乡的心绪。一个"最"字，写出旅客漂泊的细腻感受；"归梦"句借梦境写难以排遣的乡愁。颈联由思乡转为忧国，情感起伏顿挫，与天地凄凉之色情景交融。尾联化用杜甫"抱叶寒蝉静"句，写鸣蝉抱树聒噪，映衬心绪的感慨烦乱。全诗将复杂深沉的羁旅之思，发为顿挫慷慨的咏唱，极尽沉郁顿挫之妙，表现了位卑不忘忧国的政治家襟怀。这与王安石早年诗歌"直道胸中事""不复更为涵蓄"的风格（叶梦得《石林诗话》），很不相同。究其原因，当是之前知鄞县任上，王安石获得杜甫诗歌二百多篇，开始认真学习杜诗。清代许印芳评析道："半山学杜，此真得其神骨也。"（《瀛奎律髓汇评》）

题舒州山谷寺石牛洞泉穴

皇祐三年九月十六日，自州之太湖①，过怀宁县山谷乾元寺②宿。与道人文锐、弟安国③拥火游石牛洞，见李翱习之④书，听泉久之。明日复游，乃刻习之后。

水泠泠⑤而北出，山靡靡⑥以旁围。

欲穷源而不得，竟怅望以空归。

注释

① 州：舒州，治所在今安徽潜山。王安石当时任舒州通判。太湖：指太湖县，北宋时属舒州。

② 山谷乾元寺：即山谷寺，又名三祖寺，为禅宗三祖僧璨隐居地，在怀宁县，怀宁时属舒州。寺西有石牛古洞，因山谷中有大石如牛眠，故名，石壁上有很多唐宋人题刻。

③ 安国：即王安国，字平甫，王安石之弟，北宋著名诗人。详见本书《游褒禅山记》注。

④ 李翱习之：中唐著名古文家李翱，字习之。详见本书《书李文公集后》注。

⑤ 泠(líng)泠：形容泉水流淌的声音清越、悠扬。

⑥ 靡(mǐ)靡：绵延不绝。"以"，底本原作"而"，据龙舒本《王文公文集》改。

评析

　　皇祐三年(1051)九月，王安石游览舒州名胜山谷寺石牛洞，见到唐代古文家李翱的题字，于是写下这首六言古诗，刻于李翱题刻后。诗歌以辞赋体写就，信笔挥洒，用极简练的笔墨，勾勒出山谷寺的山水胜景，表达了作者"穷源而不得"的惆怅之情。语调闲淡，音节浏亮，颇具楚辞神韵。北宋晁补之编写《续楚辞》，把它收入。南宋朱熹编《楚辞集注》，也收入到《楚辞后语》中。清末严复高度评价此诗："此与陈伯玉(子昂)'前不见古人'皆有出世人冥之思。"(《侯官严氏评点王荆公诗》)

　　三十年后，北宋另一位大诗人黄庭坚游览至此，效仿王安石，写下一首六言诗："司命无心播物，祖师有记传衣。白云横而不度，高鸟倦而犹飞。"写景方面,似乎不如此诗自然真切。

壬辰寒食^①

客思^②似杨柳,春风千万条。

更倾^③寒食泪,欲涨冶城^④潮。

巾发^⑤雪争出,镜颜朱早凋。

未知轩冕^⑥乐,但欲老渔樵^⑦。

注释

① 壬辰:仁宗皇祐四年(1052)。寒食:节日名,为纪念春秋时期晋国的介子推而设。每年冬至后一百零五天,一般在农历清明前一日或二日,禁火,吃冷食,故名。

② 思:思绪。

③ 倾:倾泻。

④ 冶城:在今南京市朝天宫附近,本是吴国铸冶之地,因以得名。

⑤ 巾发:头巾包着的头发。巾,头巾。

⑥ 轩冕:指做官。轩、冕本是古代卿大夫以上所乘的车和所戴的礼帽,后用来代指官位爵禄。

⑦ 老渔樵:做渔父樵夫而终老,即归隐山林之意。

评析

皇祐四年(1052)四月,王安石自舒州通判任上赶回江宁,处理长兄王安仁的丧事。同时，也为父亲王益扫墓。这首五律就写于此时。

诗歌前两句以比喻的修辞手法，把悲痛的心绪比作在春风中摇曳起舞的杨柳，形象异常鲜明。颔联又进一步以夸张的手法，言悲痛之甚，眼泪之多，快要涨起冶城外的江潮。这两联想象奇特，把无形的心绪具体化、形象化。生机勃勃的自然形象，与悲凉萧索的诗人心境，形成了强烈的对比。这就是所谓的以乐景写哀情。尽管之前已经有人将愁思比作杨柳，以水喻愁（如白居易《杨柳枝词》"人言柳叶似愁眉，更有愁肠似柳丝"；李白《长相思》"昔日横波目，今作流泪泉"等等），但都不如此诗取喻贴切，感染力深。颈联自叹衰老，将本属形容词的"雪""朱"置为主语，句式颇见雕琢。末联顺势抒发羁绊官场的苦闷，以及对隐逸生活的向往。全诗感情沉挚，笔势奇逸，高步瀛评道："风神跌宕，笔势清雄，荆公独擅。"（《唐宋诗举要》）

兼 并

三代子百姓①，公私无异财②。

人主擅操柄，如天持斗魁。③

赋予④皆自我，兼并乃奸回⑤。

奸回法有诛⑥，势亦无自来⑦。

后世始倒持⑧，黔首遂难裁⑨。

秦王不知此，更筑怀清台。⑩

礼义日已偷⑪，圣经久埋埃⑫。

法⑬尚有存者，欲言时所咍⑭。

俗吏⑮不知方，掊克乃为材⑯。

俗儒⑰不知变，兼并可无摧⑱。

利孔⑲至百出，小人私阖开⑳。

有司㉑与之争，民愈可怜哉！

注释

① 三代：指夏、商、周，儒家政治思想中的理想时代。子百姓：把百姓当作子
　女一样对待。子，此处用作动词。

② 异财：分外的财产。

③ "人主"二句：用北极比喻君主，用斗魁比喻权柄，意谓君主独揽大权，就像
　上天以北斗星指挥众星运转。此处虽然化用《论语·为政》中"为政以德，
　譬如北辰，居其所而众星共之"的比喻，用法却有所不同。人主，君主。
　擅，专，独揽。柄，权柄。斗魁，北斗七星的前四星，即枢、璇、玑、权，称为
　斗魁。后三星称为斗柄。在不同季节和晚上的不同时刻，北斗七星出现
　的方位不同，看似围绕着北极在运动。

④ 赋予：征收和给予，此处指国家的财政收支。

⑤ 兼并：并吞，指土地侵占或经济剥夺。奸回：奸恶邪僻。

⑥ 诛：惩罚，责罚。

⑦ 自来：由来，历来。

⑧ 倒持：比喻把赋予的权柄授予别人，语出《汉书·梅福传》："倒持泰阿，授
　楚其柄。"

⑨ 黔首：平民，百姓。裁：制。

⑩ "秦王"二句：秦始皇不明白兼并的危害，反而为巴蜀寡妇（名清）修筑了
　"怀清台"。据《史记·货殖列传》记载，巴蜀寡妇清的先祖经营朱砂矿，独
　揽其利，达几代人，家产不计其数。清虽然是个寡妇，却能垄断经营，守住
　家业，用钱财来保护自己，不被侵犯。秦始皇以上宾之礼待她，为她修筑

了"怀清台"。

⑪ 偷：浅薄。

⑫ 圣经：儒家的经典。埋埃：埋没在尘埃中。

⑬ 法：法制，法度。

⑭ 咍(hāi)：嗤笑，讥笑。

⑮ 俗吏：平庸、粗鄙的官吏。

⑯ 掊(póu)克乃为材：把横征暴敛当作才干。掊克，聚敛，搜刮。

⑰ 俗儒：浅陋而迂腐的儒生，与"大儒""通儒"相对。

⑱ 兼并可无摧：(俗儒)认为不可摧抑兼并。摧，抑制。

⑲ 利孔：经济利益的来源。语出《管子·国蓄》："利出于一孔者，其国无敌。出二孔者，其兵不诎。出三孔者，不可以举兵。出四孔者，其国必亡。"

⑳ 小人私阖开：意谓奸诈的小人们操纵了国家的经济命脉。阖开，闭合与开启，此处指国家管理经济的重要措施，如通过抛售或购买谷物等重要商品，来调节物价，增加财政收入等。

㉑ 有司：官吏。古代设官分职，各有专司，故称。

评析

这首诗是王安石政治诗的代表作，写于仁宗皇祐四、五年间（1052—1053）他通判舒州任上。

北宋立国以来，允许土地自由买卖。到仁宗时，社会上出现了严重的土地兼并现象。官僚士大夫们拥有大量土地，却以官户的身份享有免役、减赋等特权，导致农民赋税负担沉重。另一方面，随着商业的繁荣，大商人阶层也往往囤积居奇，操纵市场，垄断价格，进而扩大了贫富差距，深化了社会矛盾。对此，王安石深恶痛绝。他从巩固、强化王朝统治的立场出发，提出"抑制兼并"的观点,强调国家须利用行政力量介入市场,操控经济命脉。《兼并》诗便集中体现了他的这一思想。

全诗分为三层。前八句为第一层,描述三代的理想社会,君主独揽大权,爱惜百姓,没有兼并剥削。从"后世始倒持"至"圣经久埋埃"为第二层,叙述秦代以后兼并的由来。自"法尚有存者"至"民愈可怜哉"为第三层,揭露兼并的危害,提出抑制兼并的主张。这首诗夹叙夹议,直述政见。虽然缺乏含蓄蕴藉之美,但词锋凌厉,峭直刚劲,思想深刻,是"以议论为诗"的典型。

诗中提出的抑制兼并思想,在熙宁变法中以青苗法、免役法、市易法等措施付诸实践,引起了极大争议。如变法反对派苏辙认为,社会上存在贫富差距是必然的;王安石看到贫者受苦,心有不忍,于是设立青苗法、免役法等来抑制兼并,与富民争利,结果导致天下大乱。苏辙将这种做法追溯到《兼并》诗,称之为"诗病":

> 王介甫,小丈夫也。不忍贫民而深疾富民,志欲破富民以惠贫民,不知其不可也。方其未得志也,为《兼并》之诗。其诗曰……及其得志,专以此为事……至于今日,民遂大病,源其祸,出于此诗。盖昔之诗病,未有若此酷者也。(《栾城集》第三集)

可是,政治家对于社会上的贫富差距,是否可以视为当然而置之不理呢?苏辙的批评,只不过是维护富民阶层的利益而已,未必正确。南宋熊禾就反驳说:"按此诗未尽如苏氏之讥。……究苏氏之说,则富者跨州连县,安得而不横?贫者将无立锥,安得而不匮?上不为限制,何有纪极?"(蔡正孙《诗林广记》)

王安石还有一首诗,可与《兼并》相互参照。《寓言十五首》其三:"婚丧孰不供?贷钱免尔萦。耕收孰不给?倾粟助之生。物赢我收之,物窘出使营。

后世不务此,区区挫兼并。"兼并,意谓抑制兼并只是小事而已。南宋为王诗作注的李壁据此认为,王安石的观点并不一致。其实,李壁误解了《寓言》的诗意。王安石极力主张抑制兼并,把反对者视为俗儒。但他更重视的是政府集权,即由政府全面掌控经济命脉,进行变革更制。相比之下,抑制兼并不过是区区小事。这并不意味着,王安石抑制兼并的思想前后有所变化。

河 北 民①

河北民,生近二边②长苦辛。

家家养子学耕织,输与官家事夷狄③。

今年大旱千里赤④,州县仍催给河役⑤。

老小相携来就南⑥,南人丰年自无食。

悲愁白日天地昏,路旁过者无颜色⑦。

汝生不及贞观⑧中,斗粟数钱无兵戎⑨。

注释

① 河北:泛指黄河以北地区。

② 二边:指北宋与契丹接壤的北部边界,以及与西夏接壤的西北部边界。

③ 输与:送给,指交纳税赋。官家:指朝廷。事夷狄:指宋朝当时每年以银、绢送给西夏和契丹,以换取和平的局面,称为岁币。夷狄,指契丹与西夏。

④ 千里赤:庄稼枯死,赤地千里。赤,空。

⑤ 给:供。河役:指仁宗至和二年(1055)朝廷发起开凿六塔河的水利工程。

⑥ 就南：到黄河以南的地区。当时河北人一遇灾年，常到黄河以南地区逃荒，称为"逐熟"。

⑦ 无颜色：指愁容惨淡。

⑧ 贞观：唐太宗年号（627—649）。贞观年间，政治开明，天下太平，百姓安居乐业，物阜民丰，经济发展，史称"贞观之治"。

⑨ "斗粟"句：意谓贞观年间，百姓不会挨饿，也无战乱之苦。据《资治通鉴》卷一百九十六载，贞观十五年（641），唐太宗对侍臣说，自己有二喜，一是米价便宜，一是边境安宁。

评析

北宋自立国之初，便始终承受着强敌契丹的威胁，两国交战不已。自真宗朝"澶渊之盟"后，宋廷每年送给契丹十万两银、二十万匹绢，后来每年又增加银十万两，绢十万匹，称为"岁币"，以维持两国和平。仁宗前期，西夏多次入侵，北宋屡次战败。庆历四年（1044），宋、夏签订和约，宋廷每年送给西夏七万两银、十五万五千匹绢、三万斤茶，以换取西北边界的平安。这种方式，虽然换来了和平，但由此而来的财政负担，也落在了普通民众身上，导致了他们的"长苦辛"。

仁宗至和二年（1055），河北地区大旱。百姓流离失所，携老扶幼，逃荒到黄河以南。当时王安石正在开封任职，目睹流民惨状，痛心疾首，写下此篇。诗歌前两句概述河北流民之苦。接下来六句，分三层逐步深入，加以铺叙，暗寓着作者的关注与同情。"家家养子"二句，揭示出河北之民困苦的根源，在于岁币负担。"今年"二句，指出河北之民民不聊生的直接原因——旱灾，以及繁重的徭役。"老小"一句，写河北民众的颠沛流离。"南人丰年自无食"，则将河北民众的处境拓展到全国，这种处境又加深了河北民众的绝望。最后四句,借旁观者之口道出"贞观之治",表达了对现实的批判,以及远大的政治理想,体现出一位政治家的胸怀和本色。

这首诗继承了唐代杜甫、白居易诗歌的现实主义精神。在叙述上,则层层深入,对比寄慨,文势跌宕起伏,具有很深的艺术感染力,是王安石政治诗的代表作。

奉酬永叔见赠①

欲传道义心犹在②,强学文章力已穷。

他日若能窥③孟子,终身何敢望韩公④。

抠衣最出诸生后⑤,倒屣⑥尝倾广座中。

只恐虚名因此得,嘉篇⑦为赆岂宜蒙。

注释

① 永叔:即北宋著名文学家欧阳修(1007—1072),字永叔,号醉翁,晚号六一居士,庐陵(今江西吉安)人。详细事迹,可见本书《祭欧阳文忠公文》。

② "犹在",龙舒本《王文公文集》、朝鲜本《王荆文公诗李壁注》作"虽壮"。

③ 窥:从小处观看、学习,语出《论语·子张》:"子贡曰:'譬之宫墙,赐之墙也及肩,窥见室家之好。夫子之墙数仞,不得其门而入。'"

④ 望:企及,赶上。韩公:唐代著名文学家、思想家、文坛领袖韩愈(768—824),字退之,河南河阳(今河南孟州)人。自称"郡望昌黎",世称"韩昌黎""昌黎先生"。唐德宗贞元八年(792),登进士第,累官监察御史。贞元十九年(803),因论事而被贬阳山(今广东阳山县),后历史馆修撰、中

书舍人等官职。元和十二年（817），出任宰相裴度的行军司马，参与讨平淮西之乱。元和十四年（819），又因谏迎佛骨被贬至潮州。晚年官至吏部侍郎，人称"韩吏部"。长庆四年（824），病逝，追赠礼部尚书，谥号"文"，故称"韩文公"。他是中唐古文运动和儒学复兴的领袖，阐扬儒道，排斥佛教。

⑤ 抠（kōu）衣：见到尊长时，提起衣服前襟。这是古人迎趋时的动作，表示恭敬。诸生：弟子，王安石自谦为欧阳修弟子。

⑥ 倒屣（xǐ）：将鞋子穿颠倒。据《三国志·魏书·王粲传》载，蔡邕名重一时，而王粲年少无闻。蔡邕于宾客满座时，见王粲至，"倒屣迎之"，"一坐尽惊"。诗句化用此典。

⑦ 嘉篇：美好的诗篇。贶（kuàng）：赠送。此指欧阳修的《赠王介甫》。

评析

欧阳修是北宋中期的文坛领袖，喜欢奖掖后进。仁宗庆历年间，曾巩曾数次向他推荐王安石，誉其品行、才华过人。欧阳修对王安石的诗文也赞誉有加，但二人一直未曾见面。至和元年（1054），王安石入京赴选，经欧阳修推荐担任群牧判官，二人才正式相识。嘉祐元年（1056），时为翰林学士的欧阳修赠诗《赠王介甫》给王安石："翰林风月三千首，吏部文章二百年。老去自怜心尚在，后来谁与子争先？朱门歌舞争新态，绿绮尘埃拂旧弦。常恨闻名不相识，相逢樽酒盍留连。"诗中盛赞王安石的诗文成就，以李白、韩愈相勉励，继而自叹衰老，隐隐将领导诗文革新的重任寄托给王安石，表现了一代文坛宗师对后起之秀的关爱和扶持。

王安石的这首酬答之作，表示出对"当代韩愈"——欧阳修的仰慕与感激。然而在"传道"与"为文"之间，则含蓄地表达与欧阳修的期待不尽相合：

他更加强调要继承、发扬孔孟道统，光大儒家学说，而仅仅以余力为文，并未把韩愈当作追求的终极目标。由此，体现出王安石与欧阳修不同的价值关怀。在"文""道"之间，王安石更加倾向于后者。

有的学者以互文的修辞手法，来解释这首诗歌的前四句，认为诗中其实将传道和为文、孟子和韩愈并重，并无高下之分。可备一说。不过，从王安石此期所写的其他诗歌来看，这种解释比较牵强。比如，《秋怀》："柴门半掩扫鸟迹，独抱残编与神遇。韩公既去岂能追，孟子有来还不拒。"《韩子》："纷纷易尽百年身，举世何人识道真？力去陈言夸末俗，可怜无补费精神。"二诗所言，也就是"他日若能窥孟子，终身何敢望韩公"的意思。清代蔡上翔分析道："介甫《送孙正之序》，时年二十二，即云以孟、韩之心为心。其后介甫刻意经学，因文证道，视韩子用力犹勤，此亦公论也……'可怜无补费精神'，当亦是公晚年所学有进，不欲仅以文章高世，而岂有意于贬韩子哉？"（《王荆公年谱考略》）这是持平之论，阐发出王安石希望跨越中唐古文诸家，直溯孔、孟的理想抱负。

韩　子①

纷纷易尽百年身②，举世何人识道真③？
力去陈言夸末俗④，可怜无补费精神⑤。

注释

① 韩子：即韩愈，详本书《奉酬永叔见赠》注。

② "纷纷"句：人生很短，百年易尽。百年身，语出鲍照《行药至城东桥》："争先万里途，各事百年身。"

③ 举世：普天下。道真：道德、学问的真谛。《庄子·让王》："道之真以治身，其绪余以为国家，其土苴以治天下。"

④ 力去陈言：语言上力求创新。韩愈倡导古文言辞的创新，他在《答李翊书》中提出："唯陈言之务去。"同时，韩愈在《答李秀才书》中又强调："愈之所志于古者，不惟其辞之好，好其道焉尔。"对此，王安石不以为然，认为韩愈其实不识道的真谛，只是夸耀末世而已。末俗：指衰落的时代。

⑤ "可怜"句：化用韩愈《赠崔立之评事》中的诗句"可怜无益费精神，有似黄金掷虚牝"。

评析

韩愈是中唐著名文学家，是唐宋古文运动的领袖，影响深远。王安石的诗文创作学习韩愈很多，早年也曾把韩愈与孟子并列，予以表彰。《送孙正之序》曰："时乎杨、墨，己不然者，孟轲氏而已；时乎释、老，己不然者，韩愈氏而已。如孟、韩者，可谓术素修而志素定也，不以时胜道也。惜也不得志于君，使真儒之效不白于当世，然其于众人也卓矣。"然而，随着北宋儒学复兴的深入发展，以及王安石学术思想的变化，他对韩愈的评价越来越严厉、苛刻。李壁注此诗曰："公此诗，尚谓退之未识道真也。"可谓一语中的。

简而言之，王安石认为，韩愈只知追求文辞，对于儒家之道缺乏真正的领悟，因此无补于救治衰世。韩愈所提及的道，只限于儒家的仁、义，以区别于佛、老。而王安石所理解的道，则统贯天人，根于性命，归于仁、义，其深度、厚度的确超过韩愈。这种评价，其实质是北宋儒学演进日益精深后，对古文运动中"文道"关系的重新界定。北宋著名诗人陈师道认为，王安石讽刺韩愈只知从事文学创作，但他本人也在诗歌写作上殚思竭虑，这是自相矛盾的："荆公诗：'力去陈言夸末俗，可怜无补费精神。'而公平生文体数变，暮年诗益工，用意益苦,故言不可不谨也。"(《王荆文公诗李壁注》)其实,王安石并没有将文、道二者截然对立,求"道"则不重"文",只不过对"道"的理解已经超过此前的古文家。

这首诗很能表现王安石的个性和思想演进。李壁注曰:"曾氏子弟载南丰(曾巩)语云:'介甫非前人尽,独黄帝、孔子未见非耳。'"可发一噱。

桃 源 行①

望夷宫中鹿为马②,秦人半死长城③下。

避时不独商山翁④,亦有桃源种桃者⑤。

此来种桃经几春,采花食实枝为薪⑥。

儿孙生长与世隔,虽有父子无君臣⑦。

渔郎漾舟迷远近⑧,花间相见因相问⑨。

世上那知古有秦,山中⑩岂料今为晋?

闻道长安吹战尘⑪,春风回首一沾巾。

重华一去宁复得⑫,天下纷纷经几秦⑬。

注释

① 桃源:即桃花源,语出晋代陶渊明《桃花源记》,记述一位渔人从桃花源进入一个山洞,发现秦代避乱者的后裔居其间,"土地平旷,屋舍俨然,有良田、美池、桑竹之属。阡陌交通,鸡犬相闻"。后用来指避世隐居的地方,也指理想的境地。行:歌行,古代乐府诗中的一体。后从乐府发展为古诗的一体,音节、格律一般比较自由,采用五言、七言、杂言,形式也多变化。

② 望夷宫:秦宫殿名,在今陕西泾阳东南,秦相赵高在此谋杀二世胡亥。鹿

为马：指鹿为马，比喻有意颠倒黑白，混淆是非。《史记·秦始皇本纪》载，赵高欲作乱，恐群臣不听，于是持鹿献于秦二世，称之为马。群臣有的沉默不语，有的阿顺赵高，有的直言是鹿。赵高便陷害后者，置之于法。之后，群臣都恐惧赵高。此处概言秦朝政治的黑暗。

③ 长城：春秋战国时，各国出于防御目的，分别在边境形势险要处修筑长城。秦始皇消灭六国完成统一后，为了防御北方匈奴的南侵，将秦、赵、燕三国的北边长城予以修缮，连贯为一，西起临洮（今甘肃岷县），北傍阴山，东至辽东，俗称"万里长城"。由于工程浩大，修筑时很多人死亡。此处代指秦朝繁重的徭役、压迫。

④ 商山翁：秦末汉初隐居于商山（今陕西商洛东南）的东园公、甪里先生、绮里季、夏黄公四老人，史称"商山四皓"。此句出自陶渊明《桃花源诗》："嬴氏乱天纪，贤者避其世。黄绮之商山，伊人亦云逝。"

⑤ "亦有"句：语出陶渊明《桃花源记》："先世避秦时乱，率妻子、邑人来此绝境，不复出焉。"

⑥ 枝为薪：用桃枝作为柴薪。

⑦ 无君臣：指没有统治与被统治、压迫与被压迫的社会关系。

⑧ "渔郎"句：语出陶渊明《桃花源记》："晋太元中，武陵人捕鱼为业，缘溪行，忘路之远近，忽逢桃花林。"漾舟，泛舟。

⑨ "花间"句：陶渊明《桃花源记》记载桃源中人"见渔人，乃大惊，问所从来"。"因"，朝鲜本《王荆文公诗李壁注》作"惊"。

⑩ 山中：指桃源中人。陶渊明《桃花源记》："问今是何世，乃不知有汉，无论魏、晋。"

⑪ 长安：西汉与西晋的首都，此处泛指北方中国。战尘：战场上的尘埃，指战争。

⑫ 重华：虞舜的美称，据说舜目重瞳。此处指上古理想的政治时代。

宁：岂。

⑬ 经几秦：经历过多少像秦这样残暴的统治王朝。

评析

自从晋代诗人陶渊明写下《桃花源记》《桃花源诗》以后，历代文人吟咏桃源的篇什便层出不穷，如唐代著名诗人王维、韩愈、刘禹锡等都有名篇传世。王安石的这首《桃源行》，体现出鲜明的宋代特色。诗歌共分三层。前四句叙述桃源的来历，接下来四句描写桃源中理想的社会生活和制度；"渔郎"以下四句写渔人偶入桃源，与桃源人彼此感慨世事变迁；最后四句借桃源人之口，慨叹理想盛世一去不返。

与前代作品相比，这首诗在写法上别出新意。首先，诗歌叙述本事时高度概括，力求从整体上把握而不作细节的描绘。如首二句，南宋曾慥质疑用典错误，认为指鹿为马发生在秦二世统治时，修建长城则发生在秦始皇时，而且"指鹿"事也不在望夷宫中。其实，王安石是选取"指鹿为马"和"建长城"这两件典型事例，来概括秦朝的昏庸无道。李壁指出："据公诗意，概言秦事实。"南宋诗人刘辰翁评道："正在不分时代莽莽，形容世界之所以不可处者，两语慨然。"（《王荆文公诗李壁注》）

其次，以精辟的议论行文。比如以"虽有父子无君臣"来概括桃源中人的平等相待、怡然自得；以"重华一去宁复得，天下纷纷经几秦"感叹盛世不再，都以警拔的议论从大处着笔，体现了宋人"议论为诗"的特点。

第三，布局谋篇突破前人的樊篱。诗歌避免了前代从渔人入山开始的叙述模式，先从秦人避难说起，纯写桃花源事。这样，诗歌重心就放在了秦代与后世的暴虐，以及诗人对太平盛世的向往上，加强了诗歌的现实批判力度。程千帆说："正同《桃花源记》乃《桃花源诗》一样，这篇诗也是作者写来抒发自己的政治感情和社会思想的。其中'虽有父子无君臣'一句，最能传达出陶渊明原作的精神，即指出了人们愿望保持家庭纯朴关系，却憎恨封建等级制度。"

宋初，以桃源为题材的诗歌不多，仅有梅询的《桃源》和张方平的《桃源二客行》。这两首都把桃源当作仙境，未脱离唐代桃源诗的窠臼。仁宗嘉祐元年(1056)，著名诗人梅尧臣写有一首《桃花源诗》，全诗如下：

> 鹿为马，龙为蛇，凤皇避罗麟避罝。
> 天下逃难不知数，入海居岩皆是家。
> 武陵源中深隐人，共将鸡犬栽桃花。
> 花开记春不记岁，金椎自劫博浪沙。
> 亦殊商颜采芝草，唯与少长亲胡麻。
> 岂意异时渔者入，各各因问人间赊。
> 秦已非秦孰为汉，奚论魏晋如割瓜。
> 英雄灭尽有石阙，智惠屏去无年华。
> 俗骨思归一相送，慎勿与世言云霞。
> 出洞沿溪梦寐觉，物景都失同回槎。
> 心寄草树欲复往，山幽水乱寻无涯。

两诗相较，梅诗前十七句与王诗前十四句诗意颇为相近。"鹿为马""商颜采芝草""秦已非秦孰为汉，奚论魏晋如割瓜"等语句，与"望夷宫中鹿为马""避时不独商山翁""世上那知古有秦，山中岂料今为晋"等也比较相似。"亦殊商颜采芝草""慎勿与世言云霞"，可见梅诗也开始有意识地摆脱将桃源视为仙境的陈套。嘉祐元年至二年(1056—1057)，王安石兄弟在京城和梅尧臣来往密切，多有同席赠别、同题唱和之作。这首《桃源行》，应当也是王安石对梅尧臣的唱和之作。不过，王诗叙述的凝练，还有境界的高远，都远超梅作。

虎　图

壮哉非罴亦非貙①，目光夹镜当坐隅②。

横行妥尾③不畏逐，顾盼欲去仍踟躇④。

卒然我见心为动⑤，熟视稍稍摩其须⑥。

固知画者巧为此，此物安肯来庭除⑦？

想当槃礴⑧欲画时，睥睨众史如庸奴。⑨

神闲意定始一扫⑩，功与造化论锱铢⑪。

悲风飒飒吹黄芦⑫，上有寒雀惊相呼。

槎牙死树鸣老乌⑬，向之俯啄如哺雏⑭。

山墙野壁黄昏后，冯妇遥看亦下车。⑮

注释

① 罴(pí)：熊的一种。貙(chū)：一种状似狸而大的猛兽。

② 目光夹镜：形容两眼像夹着两个圆镜一样炯炯发光。坐隅：座位的旁边。

③ 妥尾：垂着尾巴。

④ "顾盼"句：写虎的神态四处张望，欲行又止。顾盼(xì)：左顾右盼，形容自得貌。

⑤ "卒然"句：突然见画，仿佛是真虎，心中一惊。卒然：同猝然。

⑥ 熟视：仔细看。摩：抚摩。

⑦ 庭除：庭院。

⑧ 槃礴(pán bó)：箕踞，伸开两腿而坐。引申为不拘形迹，旷放自适。

⑨ 睥睨：侧目而视，表示厌恶或高傲之意。史：画师。以上二句，想象这位画家在动笔前箕踞而坐，旁若无人，没有把那些平庸的画师放在眼里。据

《庄子·田子方》载，宋元君将画图，众画师毕集，环立待命，气氛紧张。有一位画师最后来到，进入室内，"则解衣般礴裸，君曰：'可矣！是真画者也。'"这位画家从容不迫，充满自信，宋元君于是相信他技艺高强。

⑩ "神闲"句：意谓画家神气从容、心志专一，开始挥笔作画。语出《庄子·田子方》郭象注曰："内足者，神闲而意定。"

⑪ "功与"句：意谓画师的功力，与自然造化相比，不差分毫。论：较量。锱铢：古代很小的重量单位，比喻非常细微。

⑫ 飒飒（sà）：风声。黄芦：芦苇。

⑬ "槎牙"句，乌鸦在枯树上悲鸣，形容环境阴森。槎（chá）牙：树枝参差不齐。

⑭ 之：指寒雀。俯啄（zhuó）：俯啄。语出《战国策·楚策四》："黄雀因是以俯啄白粒，仰栖茂树，鼓翅奋翼。"此句描写树上的老乌俯下头向芦苇上的寒雀伸着嘴巴，似在喂哺小鸟。以上四句，描写画中衬笔，用寒雀受警、老乌俯啄来烘托虎威。"之"，有人理解为虎或老树，可备一说。

⑮ "山墙"二句：意谓如果把画挂在黄昏后的山墙野壁上，打虎的勇士看到后也会下车准备搏斗。冯妇：古代打虎的勇士。《孟子·尽心下》："晋人有冯妇者，善搏虎，卒为善士。"

> **评析**

这是一首题画诗，作于仁宗嘉祐初。据李壁注，当时王安石与欧阳修、梅尧臣等著名诗人一起分题赋虎图，"介甫先成，众服其敏妙，永叔乃袖手"。诗中前四句，从正面描写画中老虎的神态，继而四句写诗人观画时的主观感受。接下来四句宕开一笔，想象画家画虎时的非凡风度。"悲风"以下四句，描写画面上的枯树、芦苇、寒鹤、老鸦，烘托氛围。最后两句，设想打虎勇士看到画图后,也会信以为真,与虎搏斗。诗中从多个侧面来渲染、烘托老虎的凛凛威风,时而直写,时而虚拟,运笔极有骨力和气势,显示出遒劲的诗风和精致的篇章布局。蔡絛(tāo,蔡京之子)认为,此诗是学习模拟杜甫的《画鹘行》。其实,二者并不相同。

示 长 安 君①

少年离别意非轻,老去相逢亦怆情②。

草草杯盘供笑语,昏昏灯火话平生。

自怜湖海三年隔,又作尘沙万里行。

欲问后期何日是,寄书应见雁南征③。

注释

① 长安君：王安石的大妹王文淑,比部郎中张奎之妻,封长安县君。

② 怆情：伤心。

③ "寄书"句：意谓大雁南飞的秋天,期待你寄来书信。古人有雁足传书之说,故云。

评析

这是王安石的七律名篇,也是中国古典诗歌中描写家庭亲情的经典之作。

关于这首诗歌的作年,一般都沿袭李壁的注解"此诗恐是使北时作",把它确定在仁宗嘉祐五年（1060）王安石伴送契丹使者归国时。其实李壁只是推测，并不准确。这首诗是王安石写给长妹王文淑的，而王文淑有次韵之作，保存在《永乐大典》的《惠斋拾英集》中，全诗如下："昔年送别向都城，邂逅今宽万里情。壮观已怜江路隔，高谈却待月华生。君随传入隋堤去，我驾车从蜀栈行。两处相逢知有日，新诗何幸慰西征。"隋堤，即汴河。据王文淑和诗"君随传入隋堤去，我驾车从蜀栈行"，写此诗时，王安石即将从京师沿汴河而下，而文淑随夫入蜀。由此可知，王安石与长妹此次唱和，绝非作于嘉祐五年使北时（王安石使北的路线，可见拙作《王安石年谱长编》"嘉祐五年"），因交通路线不合。诗歌又曰："自怜湖海三年隔，又作尘沙万里行。"王安石与王文淑在至和元年（1054）初，曾相聚于江宁。至和元年七月，王安石入京任职；嘉祐二年（1057）春夏之交，自京师出守常州，前后恰为三年。所以这次唱和，当于嘉祐二年（1057）春，当时王安石即将出守常州，而王文淑随夫张奎入京待选，即将赴蜀为官。

王文淑工诗善书，博闻强记，明辨敏达，二人骨肉情深。文淑十四岁出嫁，随夫张奎宦游各地，与王安石彼此漂泊各地，离多会少。这就是诗歌首联"少年离别意非轻，老去相逢亦怆情"的背景和特定心情。颔联写家人相聚的场景，选择日常生活中的细节，创造出温馨亲切的家庭氛围。颈联点明即将分离，与首联呼应。"三年隔"见出此次相聚的不易，"万里行"凸显明日跋涉之艰。最后两句再订重会之期，渲染难分难舍之情。

全诗感情真挚自然。看似即景生情、信手拈来，其实颇费匠心构撰，在诗句对仗、炼字方面尤见功力。首联以"少年"对"老去"，似对非对。颔联以"草草"对"昏昏"，"杯盘"对"灯火"，"供笑语"对"话平生"，非常工整。"草草""昏昏"两个叠词，音韵和谐，摇曳生姿。颈联又改用流水对，使得文气贯注，活泼自然，情韵相生。吴可评道："七言律一篇中必有剩语，一句中必有剩字。如'草草杯盘供笑语，昏昏灯火话平生'，如此句无剩字。"（《藏海诗话》）

明妃曲二首①

一

明妃初出汉宫时，泪湿春风鬓脚垂②。

低徊顾影无颜色③，尚得君王不自持④。

归来却怪丹青手，入眼平生未曾有。⑤

意态由来画不成⑥，当时枉杀毛延寿。

一去心知更不归，可怜着尽汉宫衣。

寄声欲问塞南事⑦，只有年年鸿雁飞。

家人万里传消息，好在毡城⑧莫相忆。

君不见咫尺长门闭阿娇⑨，人生失意无南北⑩。

二

明妃初嫁与胡儿，毡车百两皆胡姬⑪。

含情欲说独无处，传与琵琶心自知。⑫

黄金捍拨⑬春风手，弹看飞鸿⑭劝胡酒。

汉宫侍女暗垂泪，沙上行人却回首。

汉恩自浅胡自深，人生乐在相知心。

可怜青冢已芜没⑮，尚有哀弦留至今⑯。

注释

① 明妃曲：乐府古题。据说汉代人怜惜王昭君远嫁，为作歌诗。明妃，即汉

元帝宫人王嫱(qiáng),字昭君,南郡秭(zǐ)归(今属湖北)人。晋避司马昭讳,改称明君,后人又称明妃。竟宁元年(前33),匈奴呼韩邪单于入朝,求美人以结和亲,她自请嫁匈奴。入匈奴后,被称为宁胡阏氏(yān zhī,汉代匈奴王后的称号),生一男。呼韩邪死,其前阏氏子代立,成帝又命她从胡俗,复为后单于的阏氏,生二女。卒葬于匈奴。

② 春风:指昭君的脸庞。此语出自杜甫《咏怀古迹》咏昭君:“画图省识春风面,环佩空归夜月魂。”鬓脚:鬓角。

③ 低徊顾影:低头徘徊,顾影自怜。无颜色:面容惨淡。

④ 尚得君王不自持:据《后汉书·南匈奴传》载,竟宁元年(前33),匈奴呼韩邪单于入朝,请求和亲。昭君入宫数年,不得进见,于是自动请行。临行时,昭君盛妆打扮,艳丽无比。汉元帝见了大惊,想留下她,却怕失信匈奴。君王,指汉元帝刘奭(shì,前74—前33)。自持,克制、控制。

⑤ “归来却怪丹青手”二句:据《西京杂记》载,汉元帝时因后宫人多,命画工为她们画像,按图召见,于是宫人都贿赂画工。王昭君自恃貌美,不去行贿,遂不得召见。后嫁匈奴离宫时,元帝才发现她容貌美丽。但怕失信匈奴,不能换人出嫁,因而怒杀画工毛延寿。丹青手,画工。“未”,底本原作“几”,据龙舒本《王文公文集》、朝鲜本《王荆文公诗李壁注》改。

⑥ 意态:神情姿态。

⑦ 寄声:托人传话。塞南:边塞以南,指汉朝统治的区域。

⑧ 毡城:匈奴人住在毡帐中,故称毡城。毡,用羊毛或其他动物毛,经过湿、热、压力等作用缩制而成的块片状材料,可御寒保温,用作铺垫及制作鞋帽等。

⑨ “君不见”句:此句用典,语出《汉书·外戚上》。汉武帝为太子时,娶表妹陈阿娇为妻,即陈皇后。后来失宠,被幽闭在长门宫,虽然与武帝近在咫尺,也不得相见。咫尺,周制八寸为咫,十寸为尺,形容距离极近。长门,

长门宫，汉代宫殿名。闭，幽闭。

⑩ "人生"句：失宠之人，无论是近在咫尺，还是远在天涯，情形都相似。

⑪ 毡车：指匈奴迎亲的车辆。两：同"辆"，《诗经·召南·鹊巢》："之子于归，百两御之。"此用其意。胡姬：指前来迎亲的匈奴女子。

⑫ "含情"二句：王昭君此时的满腔哀怨，无处诉说，只能寄托于琵琶曲中。

⑬ 黄金捍拨：贴在琵琶面板中部的装饰物，用以保护琵琶面板，防护弹拨时拨子对面板的碰击，故称"捍拨"。捍，防卫。叶廷珪《海录碎事》卷十六《琵琶》条："金捍拨在琵琶面上当弦，或以金涂为饰，所以捍护其拨也。"捍拨有以象牙制成，再以图画装饰者；更多是以皮革制成，贴于琵琶面板中段弹拨的部位，或以金涂饰，因称"金捍拨"或"黄金捍拨"（张鸣《宋诗选》）。

⑭ 弹看飞鸿：语出晋嵇康《赠秀才入军》："目送归鸿，手挥五弦。"

⑮ 青冢(zhǒng)：指王昭君墓，现内蒙古呼和浩特市南有昭君墓。传说当地多白草而此处独青，故称青冢。杜甫《咏怀古迹》其三："一去紫台连朔漠，独留青冢向黄昏。"芜没：荒芜埋没。

⑯ 哀弦：指王昭君弹奏的琵琶怨曲。刘长卿《王昭君歌》："琵琶弦中苦调多，萧萧羌笛声相和。谁怜一曲传乐府，能使千秋伤绮罗。"欧阳修《明妃曲和王介甫作》："玉颜流落死天涯，琵琶却传来汉家。"

评析

汉代以后，昭君出塞逐渐成为文人墨客吟咏的历史题材。他们用诗歌的形式，或是对昭君寄身异域孤苦伶仃的遭遇，予以深深的同情和哀怜，抒发悲哀怨思之情，如唐代储光羲《明妃曲》："日暮惊沙乱雪飞，傍人相劝易罗衣。强来前帐看歌舞，共待单于夜猎归。"或是探讨导致昭君悲剧的根源,谴责受贿的画工毛延寿。如唐代崔国辅《王昭君》其二:"一回望月一回悲,望月月移人不移。何时得见汉朝使,为妾传书斩画师。"白居易《昭君怨》则直斥汉元帝恩薄:"见疏从道迷图画,知屈那教配虏庭。自是君恩薄如纸,不须一向恨丹青。"当然,也有人将昭君的悲剧归结为红颜薄命。唐代刘长卿《王昭君歌》:"自矜娇艳色,不顾丹青人。那知粉绘能相负,却使容华翻误身。"

与上述诗歌相比,王安石的《明妃曲二首》表现出鲜明的创新。第一首前半部分,先选取昭君离宫时的一个细节"泪湿春风鬓脚垂",写昭君的凄美;借汉元帝"不自持"衬托其艳美;又以议论之笔,写昭君之美不仅在于外表,更在于内在的气质风韵。后半部分写昭君远赴异域、眷恋故国,却不能归还的遭遇,慨叹"人生失意无南北"。第二首着重写昭君身在异域,内心寂寞凄楚。"皆胡姬""独无处""心自知""弹看飞鸿劝胡酒",都是对昭君内心孤苦的描写、烘托。诗歌进而展开议论,认为昭君的失意不仅因为远去故国,也由于知心难求,一腔落寞,只能付与琵琶。

这两首诗歌的精彩之处,体现在诗中的议论。"意态由来画不成,当时枉杀毛延寿"二句,不单纯是翻案(之前将昭君悲剧归于画工),也凸显出昭君内在的气质风韵,隐隐含有非知音不能识别之意。"人生失意无南北""人生乐在相知心"两句,则从昭君个体的不幸,引申出具有广泛意义的人生哲理,实现了主题内涵的深化、拓展,从而使得此诗在众多的同题之作中矫然不落陈俗。

《明妃曲二首》作于宋仁宗嘉祐四年(1059)下半年,王安石在京任三司度支判官。在此稍前,他曾上书仁宗言事(即《上仁宗皇帝言事书》),对北宋存在的种种社会弊端,进行系统深入的剖析,提出了一系列改良方法。但这次上书并未引起仁宗的重视。鉴于中国古典诗歌中以男女关系隐喻君臣遇合的传统,我们可以合理地推测,王安石由此而来的失望心态,难免曲折反映在

《明妃曲》中。清代方东树评道："(《明妃曲》)此等题各人有寄托,借题立论而已……公此诗言失意不在近君,近君而不为国士知,犹泥途也。"(《昭昧詹言》)吴小如认为,此诗"借美女隐喻堪为朝廷柱石的贤才不受重用"(《诗词札丛·宋人咏昭君诗》)。二人所言甚是。换言之,通过昭君的故事,王安石在诗中表达了对君臣关系的认识:对于一位儒家士人来说,君主信任、理解和重用自己,能够使自己顺利地实施伟大的理想和抱负,这才是最重要的(知心)。至于侍奉哪一位君主,则是次要的。

从历代昭君诗的演变来看,《明妃曲》创立了一种新典范,其主要特色是诗中议论倾向的明显增强。它问世后,立即引起诗坛轰动,一时文坛名宿如欧阳修、梅尧臣、曾巩等,纷纷写诗唱和。这些唱和之作,往往借昭君故事生发出去,表达对人生、社会问题的深思。如欧阳修《明妃曲和王介甫作》:"耳目所及尚如此,万里安能制夷狄?"曾巩《明妃曲二首》则由昭君被画工所误,阐发是非难论、穷通任命:"丹青有迹尚如此,何况无形论是非。穷通岂不各有命,南北由来非尔为。"这与唐人在昭君题材创作中表现出的含蓄深婉、一唱三叹,颇有不同,反映出从唐音到宋调的转变。

《明妃曲二首》在北宋就引起了争议。王安石的好友王回(字深父)认为:"孔子曰:'夷狄之有君,不如诸夏之亡也。''人生失意无南北',非是。"(《王荆文公诗李壁注》卷六《明妃曲》引)但著名诗人黄庭坚高度评价此诗:"荆公作此篇,可与李翰林、王右丞并驱争先矣……词意深尽,无遗恨矣。"(李壁《王荆文公诗笺注》卷六《明妃曲》引)到了南宋,此诗更激起了轩然大波。特别是"人生失意无南北""汉恩自浅胡自深,人生乐在相知心"三句诗,由于"涉及的问题不仅在于其抵触了君臣关系这种对内的秩序,而且包含了对外关系的问题,即'胡''汉'民族间的秩序问题"(内山精也《王安石〈明妃曲〉考》),那些反对王安石变法的人,予以激烈抨击。比如元祐旧党的后人范冲,曾对宋高宗说:"诗人多作《明妃曲》,以失身胡虏为无穷之恨,读之者至于悲怆感伤。安石为《明妃曲》,则曰'汉恩自浅胡自深,人生乐在相知心'。然则刘豫不是罪过,汉恩浅而虏恩深也。今之背君父之恩投拜而为盗贼者,皆合于安石之意。"对于这种深文周纳,李壁驳斥说:"范公傅致,亦深矣。"(《王荆文公诗李壁注》)此后聚讼纷纭,伴随着王安石及变法,一直延续到今天。

思王逢原三首①

其　二

蓬蒿今日想纷披②,冢上秋风又一吹③。

妙质不为平世得④,微言唯有故人知。⑤

庐山南堕当书案,湓水东来入酒卮⑥。

陈迹可怜随手⑦尽,欲欢无复似当时。

注释

① 王逢原:北宋著名诗人王令(1032—1059),字逢原,广陵(今江苏扬州)人。嘉祐四年(1059)六月,病卒,著有《广陵集》。他才华横溢,深受王安石赏识,王安石将妻子的堂妹许配给他。

② 蓬蒿:此处指王令坟上的蓬草和蒿草。纷披:散乱貌。

③ 冢:坟墓。秋风又一吹:此诗写于嘉祐五年(1060),距王令之死已经一年,王安石在京城任职。

④ 妙质:优秀的资质、品德。平世:清平之世,此指当世。

⑤ 微言：精深微妙的言辞。北宋著名诗人陈师道《怀鲁直》"妙手不为平世
用，高怀犹有故人知"，便是模仿以上二句。

⑥ "庐山"二句：南面的庐山仿佛从天而降，落在书桌前；湓水向东滚滚而来，
似乎要涌进酒杯。书案，书桌。湓（pén）水，今名龙开河，源出江西瑞昌西
南清湓山，东流经九江城下，入长江。嘉祐三年（1058），王安石任提点江
南东路刑狱，治所在饶州鄱阳，曾邀请王令前去聚会。酒卮（zhī），盛酒的
器皿。这二句似受杜甫《奉观严郑公厅事岷山沱江画图十韵》"沱水流中
座，岷山到北堂"的启发，犹有过之。

⑦ 随手：随即，立刻。

评析

北宋著名诗人王令才华横溢，志向高远，王安石视为知己。由于生活贫
困，王令年仅二十八岁就不幸病逝。对此，王安石深感悲痛和惋惜，先后写下
挽词和墓志铭，寄托自己的哀思。嘉祐五年（1060）秋，王令卒后一年，王安石
又写了三首怀念他的诗，这是其中第二首。

诗歌首联先从想象王令的墓地写起。坟头上丛生的蓬蒿，在秋风中杂乱
摇摆，展现出凄怆悲凉的场面。一个"又"字，表现出作者无比的沉痛。颔联
关合彼我，由墓地联想到长眠地下的故友。虽有妙质、微言，却不为世人所
知，只有自己深深了解。由此可见人才难得，知人不易。颈联追忆当年一起
读书饮酒的情景，以庐山南堕作书案、湓水东流入酒杯，写王令豪迈的气概。
这两句化用杜甫《奉观严郑公厅事岷山沱江画图十韵》中的"沱水流中座，岷
山到北堂"，而气势雄伟则远过之。高耸的庐山与狭小的书案，浩荡的湓水与
浅浅的酒杯，四个意象之间的对比构成了强大的张力。尾联抒写作者的今昔
之感。

全诗情感深沉,想象奇特,对比强烈;同时熔写景、议论、追忆和抒情于一炉,一气贯注,真挚感人。

促　织①

金屏翠幔与秋宜②,得此年年醉不知③。
只向贫家促机杼④,几家能有一绚丝⑤?

注释

① 促织:催人织布。此指蟋蟀,因蟋蟀的鸣叫像织机的声音,故名促织。

② 金屏:此指养蟋蟀的金色盆子。翠幔:碧绿的帐幔。宜:适合。蟋蟀在秋天很活跃,唐宋间社会很流行养蟋蟀以斗玩的习俗。

③ 此句意谓,年年沉醉在这种优闲逸乐的生活中,却不知这种生活从何而来。

④ 此句意谓,它总是向贫困人家催促"织吧织吧"。机杼(zhù):织布机。此处用作动词,织布。杼:织机上的梭子。

⑤ 此句意谓,可有几户人家能织出一绚丝呢? 绚(qú):古代量词,丝五两为一绚。

评析

这是一首咏物诗。诗歌借咏蟋蟀,讽刺那些每天沉湎于优游享乐生活中的达官贵人,不知民间疾苦,只知剥削民众以自肥。诗中巧借"促织"的谐音,引申出讽刺之意,最后一句以设问作结,尖锐犀利,予人深省。诗歌的构思,似乎受到晚唐诗人张乔同名之作的启发:"念尔无机自有情,迎寒辛苦弄梭声。椒房金屋何曾识,偏向贫家壁下鸣。"

张 良

留侯美好如妇人[①],五世相韩韩入秦[②]。

倾家为主合壮士,博浪沙中击秦帝。

脱身下邳世不知,举国大索何能为。[③]

素书一卷天与之,谷城黄石非吾师。[④]

固陵解鞍聊出口,捕取项羽如婴儿。[⑤]

从来四皓招不得,为我立弃商山芝。[⑥]

洛阳贾谊才能薄,扰扰空令绛灌疑。[⑦]

注释

① 留侯:即张良(约前250—前186),字子房,新郑(今属河南省)人,秦末汉初杰出谋臣。运筹帷幄,佐刘邦平定天下,以功封留侯。《史记》有《留侯世家》。美好如妇人:指张良貌如妇人。据《留侯世家》:"余(司马迁)以为其人计魁梧奇伟,至见其图,状貌如妇人好女。"

② "五世"句:指张良出身于韩国贵族,韩国被秦所灭。

③ "倾家"以下四句:言张良为报国恨家仇,求得力士,于博浪沙狙击秦始皇,遭到缉捕,逃亡到下邳(pī)。博浪沙,地名,在今河南原阳县东南。下邳,今江苏睢(suī)宁。

④ "素书"二句：据《留侯世家》载，张良在下邳圯（yí，桥）上，遇一老翁。老翁命令张良为他拾取堕履，又约张良五日后相见，几次反复后，授予张良《太公兵法》，并对张良说："读此，则为王者师矣，后十年兴。十三年，孺子见我济北谷城山下，黄石即我矣。"十三年后，张良路过济北谷城山，果然见到黄石。这个故事充满神奇色彩。王安石则认为，这是上天授予张良兵书，命他灭秦兴汉。

⑤ "固陵"二句：叙述张良在楚汉之争中立下奇功，帮助刘邦打败项羽。据《史记·项羽本纪》及《留侯世家》载，汉高祖五年（前202），刘邦与项羽作战不利，退守固陵。原先约定出兵攻打项羽的韩信、彭越，失约不至。张良献计，封韩、彭为王，二人遂出兵，最后打败项羽。解鞍，停驻。出口，指张良献计。

⑥ "从来"二句：据《留侯世家》载，刘邦晚年欲废太子，立赵王如意，吕后求计于张良。张良指点太子，召商山四皓入朝。刘邦见到四皓都出山辅佐太子，认为太子羽翼已成，就取消了废太子的念头。四皓，指秦末隐居商山的东园公、甪（lù）里先生、绮里季、夏黄公。四人须眉皆白。刘邦曾召其入朝，不应。

⑦ "洛阳"二句：指贾谊（前200—前168）之事。贾谊为洛阳人，深受汉文帝信任，任太中大夫，数次上书言政，切中时弊。文帝欲委任贾谊公卿之位，却遭周勃、灌婴等人忌妒，贬为长沙王太傅，不得志而卒，年仅三十三岁。扰扰，纷乱、烦乱貌。绛，指周勃（？—前169），西汉开国功臣。于秦二世元年（前209）随刘邦起兵反秦，以功封绛侯。刘邦死后，吕后专权。周勃与陈平等合谋消灭吕氏诸王，拥立文帝，任右丞相。灌，灌婴（？—前176），睢阳（今河南商丘）人，西汉开国功臣，官至太尉、丞相。

$$\boxed{\text{评析}}$$

　　这是一首咏史诗。咏史，是中国古代一种重要的诗歌创作类型，主要针对历史事件或人物,进行吟咏。王安石是宋代咏史诗大家,现存咏史诗有六十多首,体裁多样。就创作形式而言,大致可划分为三类:史传型、咏怀型和史论型。史传型的咏史诗,起源于汉代班固的《咏史》。它主要是模仿历史传记,叙述史实,然后附以赞语,表达对所咏人物、事件的看法,相当于以诗歌形式创作的短篇史传。《张良》就属于这种类型。

诗歌从张良的相貌入手,依次叙述他的家世,以及不同时期的典型事件,高度概括他一生的事迹、功业,表现他忠义、勇敢、智慧的品格。语言精练,叙述赅当。"素书一卷天与之,谷城黄石非吾师"二句,对《史记》中略带神奇的传说予以否定,表现出高明的史识。"捕取项羽如婴儿",以夸张之笔,表现出对张良谋略的极度推崇。"为我立弃商山芝",又以商山四皓来衬托张良在秦汉鼎革中的重要作用。最后二句,则以洛阳才子贾谊为对比,烘托、突出张良过人的政治智慧。

据王俭《七志》载,宋高祖游张良庙,命僚佐赋诗,咏张良功业。其中谢瞻所赋,冠于一时。诗曰:"鸿门销薄蚀,垓下陨欃枪。爵仇建萧宰,定都护储皇。肇允契幽叟,翻飞指帝乡。"与此诗相比,高下立判。宋代葛立方评道:"王荆公云:'素书一卷天与之,谷城黄石非吾师。固陵解鞍聊出口,捕取项羽如婴儿。从来四皓招不得,为我立弃商山芝。'亦用此数事,而论议格调,出瞻数等。"(《韵语阳秋》)

详定试卷二首①

其　　二

童子常夸作赋②工,暮年羞悔有扬雄③。

当时赐帛倡优等④,今日论才将相中⑤。

细甚客卿因笔墨⑥,卑于尔雅注鱼虫⑦。

汉家故事⑧真当改,新咏知君胜弱翁⑨。

注释

① 详定试卷：即评阅试卷，审定等第。北宋前期，科举考试中的进士科主要以诗赋取士，举人通过省试后，还需参加御试。御试阅卷分为初考、复考、详定三级。详定，审察决定。

② 赋：中国古代的一种文体，讲究辞藻、对偶、用韵等。它是以"铺采摛（chī）文，体物写志"为手段，以"颂美"和"讽喻"为目的的一种有韵文体，多用铺陈叙事的手法。最早以"赋"名篇的是战国荀子《赋篇》。汉代时赋的体例正式确立，称为"辞赋"。魏晋以后，赋日益向骈文方向发展，称"骈赋"。唐代又由骈体转为律体，称"律赋"。宋代多用散文的形式写赋，称"文赋"。代表作家有司马相如、班固、扬雄等。北宋前期，科举考试中的进士科以诗赋取士，"赋"是非常重要的考试内容。

③ "暮年"句：扬雄（前53—18），字子云，西汉著名辞赋家、学者。早年曾撰《甘泉》《长杨》等赋，名闻天下。晚年颇为后悔，从辞赋之学转向儒家经典，模仿《论语》著《法言》，模仿《周易》著《太玄》。《法言·吾子篇》："或问：'吾子少而好赋。'曰：'然，童子雕虫篆刻。'俄而曰：'壮夫不为也。'"王安石也是凭借诗赋，在庆历二年（1042）以第四名进士及第。

④ 赐帛：西汉文学家王褒曾因作赋，得到汉宣帝赐帛。倡优等：当作和倡优一样。倡优，以音乐歌舞或杂技戏谑娱人的艺人。此语出《汉书·枚皋传》："自言为赋不如相如，又言为赋乃俳，见视如倡。"

⑤ 论才：选拔人才。将相：将帅和丞相，泛指高官。李壁注："唐人谓进士为将相科。"宋代沿袭了唐代的制度，入仕途径很多，而尤其重视科举考试中的进士科，宰相之类高官，大都出自进士。以上二句，意谓在汉代，辞赋写得好，不过是赏赐一点帛而已，和倡优相同；在当代，却可以官至高位。

⑥ 细：微小。甚：甚于。客卿因笔墨：指扬雄所写的《长杨》赋。这篇作品以
翰林（笔）为主人，以子墨（墨）为客卿，二者对答而成文。

⑦ 尔雅：西汉儒者编成的一部解释字词意义的训诂著作，其中有"释鱼""释
虫"两类。以上二句，指这些应试的诗赋和扬雄的《长杨》赋相比，微不足
道；和《尔雅》注释虫鱼相比，等而下之。

⑧ 汉家故事：此处以汉代唐，指唐代的制度与做法，即科举以诗赋取士。

⑨ 君：指杨畋，字乐道。进士及第，授秘书省校书郎、并州录事参军。嘉祐
中，进龙图阁直学士，知谏院。嘉祐七年（1062）卒，赠右谏议大夫。《宋
史》有传。嘉祐六年（1061），杨畋与王安石同为御试详定官，有诗唱和。
弱翁：汉代魏相，字弱翁，汉宣帝时为丞相。史载他为政保守，认为一切政
务只要"奉行故事而已"。此句赞扬杨畋的见解胜过魏相。

评析

　　自中唐至北宋，科举考试逐渐成为官僚选拔的主要途径，其中进士科尤
其重要。而进士科考试的主要内容，则是诗赋。对此，王安石深为不满。嘉
祐六年（1061），王安石与杨畋共同担任进士御试详定官，阅卷期间二人唱和，
写下此篇。

　　诗中首联引用汉代扬雄的典故，反省士人学习辞赋的风气。颔联以古今
对比，认为汉代作赋等同倡优，如今却用它来选拔将相高官。不满之意，溢于
言外。颈联进而表达了对当今辞赋取士的反感，认为与其把精力浪费在雕虫
篆刻上，还不如去注释《尔雅》中的虫鱼更有意义。尾联顺理成章地提出，应当
改革科举制度，回应与杨畋唱和的主题。此诗针对重要的社会问题议论，锋芒
毕露，铿锵有力。颈联对仗，工整精致，句法兼用省略、倒置，很见铸炼之功。

　　王安石的观点，集中反映了北宋仁宗朝若干士大夫们对科举考试的不

满,即诗赋取士限制了士人的知识结构、能力素养,不能为国家治理提供合格、专业的官僚后备人才。然而,与一般的士大夫仅仅"论议争煌煌"不同,王安石后来获得了千载难逢的"得君行道"的机缘,将自己的观点付诸实践。宋神宗熙宁二年(1069),王安石任参知政事(副宰相),主持变法,发起科举改革的讨论。熙宁四年(1071)二月,已任宰相的王安石上《乞改科条制札子》,再次阐述了他的科举改革设想,废除诗赋取士,改用经义、策论;继而又推行太学三舍法,兴建官学来养士、取士,深刻地影响了北宋及之后的中国历史。

葛蕴作《巫山高》,爱其飘逸,因亦作两篇①

其 二

巫山高,偃薄②江水之滔滔。

水于天下实至险,山亦起伏为波涛。

其巅冥冥③不可见,崖岸斗绝悲猨猱④。

赤枫青栎⑤生满谷,山鬼⑥白日樵人遭。

窈窕阳台彼神女⑦,朝朝暮暮能云雨。

以云为衣月为褚⑧,乘光服暗无留阻⑨。

昆仑曾城道可取,方丈蓬莱多伴侣。

块独守此嗟何求,况乃低徊梦中语。⑩

注释

① 葛蕴:字叔忱,润州丹徒(今江苏镇江)人,葛良嗣之子,北宋诗人。仁宗嘉

祐八年(1063)进士及第,补邓州穰(ráng)县主簿。《巫山高》:汉铙(náo)歌(军中乐歌)名,属乐府旧题。飘逸:形容清新洒脱,意境高远。

② 偃薄:压迫,迫临。

③ 冥冥:昏暗貌。

④ 斗绝:陡峭峻险。斗,通"陡"。猱猱(náo):猿猴。

⑤ 赤枫青栎:指枫树和栎树。枫树入秋,叶子变红;栎树色青。

⑥ 山鬼:山中的鬼怪。

⑦ 阳台:战国时楚国宋玉《高唐赋》描写巫山神女出没的地方,后用以指男女欢会之所。神女:传说中的巫山女神。

⑧ 褚(zhǔ):丝绵衣服。

⑨ 乘光服暗:不分白昼与黑暗。服,即乘,驾驭之意。无留阻:来去自如。

⑩ "昆仑"以下四句:神女来去自如,本可去昆仑遨游,也可到蓬莱与仙人为友,为何她却块然独守巫山呢? 何况她只能梦中传语。昆仑曾城,传说中的神仙住所。据《淮南子·地形训》载,昆仑山有曾城,九重,高一万一千里,上有不死之树。方丈蓬莱,传说中的海上仙山。《史记·秦始皇本纪》:"齐人徐市等上书,言海中有三神山,名曰蓬莱、方丈、瀛洲,仙人居之。"块独,孤独。宋玉《楚辞·九辨》:"块独守此无泽兮,仰浮云而永叹。"低徊,徘徊流连。

评析

《巫山高》是乐府旧题,本意是写思归。至南北朝时,此题才与巫山神女之事相联系,脱离了旧题原意。郭茂倩《乐府诗集》卷十六引《乐府解题》曰:"古辞言:江淮水深,无梁可度。临水远望,思归而已。若齐王融'想象巫山高',梁范云'巫山高不极',杂以阳台神女之事,无复远望思归之意也。"

　　王安石这首《巫山高》，沿袭了此类创作的传统主题。诗歌前八句描写巫山的高峻凶险，诡异阴森，对巫山巫峡山形水势的状写，具有一种掀雷挟电的气魄。后八句驰骋想象，极力渲染巫山神女的美丽传说。全诗想象奇特，气势浩荡，笔力雄健。特别是诗中多处运用古文的句式，又能自铸新词，制造出语言的奇崛之美，是宋代以文为诗的成功之作。南宋李壁评道："公此诗体制，颇类欧公（欧阳修）《庐山高》，皆一代之杰作。"（《王荆文公诗笺注》）

题西太一宫壁二首①

一

柳叶鸣蜩②绿暗，荷花落日红酣③。
三十六陂春水④，白头想见江南。

二

三十年前此地，父兄持我东西。⑤
今日重来白首，欲寻陈迹都迷。

注释

① 西太一宫：仁宗天圣六年（1028），建于开封西南八角镇，用以安奉太一神像。春、夏、秋、冬四立日，由知制诰、舍人率祠官，前往祭祀。太一，天神名。《史记·封禅书》："天神贵者太一。"司马贞《索隐》引宋均曰："天一、

太一,北极神之别名。"

② 蜩(tiáo):蝉。

③ 酣:深透。

④ 三十六陂:池塘名,在今安徽天长市。李壁注:"三十六陂在扬州天长县,
故云'想见江南'。"陈思《两宋名贤小集》卷三百六张良臣《雪窗小稿》之
《感旧》:"三十六陂春水绿,四十九年人事非。扬子江头永嘉后,吴侬荡桨
北人稀。"另外,汴京西也有三十六陂。"神宗元丰二年,导洛通汴,引古索
河为源,注房家、黄家、孟家三陂及三十六陂,高仰处潴水为塘,以备洛水
不足,则决以入河。"陂(bēi),池塘。"春",底本原作"流",据朝鲜本《王荆
文公诗李壁注》改。

⑤ "三十年前此地"二句:指仁宗景祐三年(1036),王安石随父亲王益首次入
京,曾到过西太一宫。《忆昨诗示诸外弟》:"丙子从亲走京国,浮尘垄并缁
人衣。"李壁注:"公生天禧五年辛酉,至景祐三年丙子,年十六。"本诗作于
嘉祐八年(1063)。自景祐三年至嘉祐八年,共二十八年,诗言"三十",是
按成数来说。

评析

仁宗景祐三年(1036),王安石的父亲王益入京城赴选,十六岁的王安石
首次随父入京,曾去过西太一宫。嘉祐八年(1063),已任知制诰的王安石重
返西太一宫,参预祠事,俯仰之间,已近三十年。诗人感慨万千,写下这两首
六言绝句。

第一首侧重写景。前两句以"荷花"对"柳叶"、"落日"对"鸣蜩"、"红酣"
对"绿暗",色彩鲜明,对比强烈,写景如画。后两句由眼前美景,兴起故乡之
思。"白头"一语,与之前的"绿暗""红酣"又形成一层对比:一面生机盎然,

一面白发衰颜。无限感慨，寄寓其中。

第二首全是叙述。以"三十年前"与"今日"作为对比，留下大段空白，予人想象空间，深得意在言外之妙。

由于音节变化单调，句式容易流于板滞，六言绝句历来作品较少，佳作更是罕见。王安石的这两首小诗将情、景、事浑然交融一体，感情沉挚，意蕴深广，言有尽而意无穷，是古代六言诗的绝唱。当时，以苏轼之高才，也倾慕不已："元祐间，东坡奉祠西太一宫，见公旧诗云……注目久之，曰：'此老野狐精也。'"（《苕溪渔隐丛话》）另一位诗坛大家黄庭坚，连续两次唱和。《次韵王荆公题西太一宫壁二首》："风急啼乌未了，雨来战蚁方酣。真是真非安在，人间北看成南。""晚风池莲香度，晓日宫槐影西。白下长干梦到，青门紫曲尘迷。"《有怀半山老人再次韵二首》："短世风惊雨过，成功梦迷酒酣。草《玄》不妨准《易》，论诗终近《周南》。""啜羹不如放麑，乐羊终愧巴西。欲问老翁归处，帝乡无路云迷。"（《山谷集》）与王安石原作相比，还是稍逊一筹。清末陈衍评道："绝代销魂，荆公诗当以此二首压卷。"（《宋诗精华录》）

秣陵道中口占二首①

其 一

经世②才难就，田园路欲迷③。

殷勤将白发，下马照青溪④。

> **注释**

① 秣陵：古县名，治所在今南京市东南，北宋时为秣陵镇，属江宁府。口占：

即兴随口吟成。

② 经世：治理国家。

③ 田园路欲迷：王安石故乡是临川，作此诗时，已经多年未回。李壁注曰："谓故庐在临川。"

④ 青溪：溪名，发源于钟山（今南京市城东紫金山），西南流入秦淮河。按《建康志》载，吴国孙权赤乌四年（241）凿东渠，名青溪，通城北堑潮沟。阔五丈，深八尺，以泄玄武湖水。发源钟山，西南流，东出于青溪闸口，接于秦淮。

评析

这首五言绝句大约作于嘉祐末、治平初（1063—1064），当时王安石回江宁居母丧。诗歌虽是随口吟成，即兴而作，却寄托了深沉的感慨：年纪已衰，而功业无成；欲回故乡，却路途迷茫。简短的二十个字，表现出作者内心入世和出世的深刻矛盾、纠结，笔墨凝练，深挚婉曲。后两句以临水照影，凸显内心的纠结，与杜甫《江上》诗中的名句"勋业频看镜，行藏独倚楼"一脉相通，各擅胜场。

泊 船 瓜 洲

京口瓜洲一水间①，钟山只隔数重山②。
春风自绿③江南岸，明月何时照我还。

注释

① 京口：今江苏镇江，在长江南岸，与瓜洲隔江相望。瓜洲：在今江苏扬州市南，长江北岸，当大运河入长江口，是长江南北水运交通的要冲。

② 数重山：指钟山与京口之间距离不远。

③ 自绿：或作"又绿"。洪迈《容斋随笔·续笔》卷八："王荆公绝句云：'京口瓜洲一水间，钟山只隔数重山。春风又绿江南岸，明月何时照我还。'吴中士人家藏其草，初云'又到江南岸'，圈去'到'字，注曰：'不好。'改为'过'。复圈去，而改为'入'，旋改为'满'。凡如是十许字，始定为'绿'。"另外，"绿"字前代诗人也有类似的用法。唐李白《侍从宜春苑奉诏赋龙池柳色初青听新莺百啭歌》："东风已绿瀛洲草。"丘为《题农父庐舍》："东风何时至？已绿湖上山。"

评析

治平四年（1067）九月，王安石被任命为翰林学士。翌年三月，王安石离开江宁，入京任职，途经长江北岸的瓜洲渡口，写下了这首脍炙人口的七言绝句。

诗歌前两句点明旅程，后两句借景抒情，抒发对故乡的眷恋与不舍。第三句"春风自绿江南岸"，一个"绿"字用作动词，将看不见的春风转换成鲜明的视觉形象，描绘出春风吹拂长江两岸带来的一片新绿，充满生机，非常精警，极富表现力。据洪迈所见草稿，王安石曾反复修改此句，从"到""过""入""满"等字中斟酌选择，最终确定为"绿"字。的确，较之"到"等纯粹表现动作的词语，"绿"字更能生动地表现出春意盎然，也更加耐人寻味。

　　关于此句的另一个焦点,是"春风自绿"还是"春风又绿"。现存王安石诗
歌的三个版本——杭州本、龙舒本、李壁注本,都作"自绿"。只有洪迈所见的
草稿,作"又绿",其实并不足据。王安石《与宝觉宿龙华院三绝句》自注,引
《泊船瓜洲》,即作"春风自绿江南岸"。细味诗意,"又绿"形容时光易逝,与下
句"明月何时照我还"句相连,意味着作者漂泊多年而不得还家。然而王安石
自仁宗嘉祐八年(1063)八月解官归江宁居丧,至英宗治平四年(1067)九月,
一直居于江宁。这与"又绿"所表现的意蕴、情感,并不符合。"自绿"则意谓
春草无情,"春风自管吹绿了江南的岸草,明月自管照射出皎洁的光辉,可是
却不理会诗人思归的满怀惆怅。作者正是受到无情美景的感触而引起自己
欲归不得的愁思"(吴小如《读书丛札》)。二者相较,"春风又绿江南岸"因暗
示了多年离家,较之"春风自绿江南岸"更能渲染一种浓郁的思乡之情;但这
并不符合作者创作时的情景、心绪。所以,"自绿"当为诗歌定稿。

次韵平甫金山会宿寄亲友[①]

天末海门横北固[②],烟中沙岸似西兴[③]。
已无船舫犹闻笛[④],远有楼台只见灯[⑤]。
山月入松金破碎[⑥],江风吹水雪崩腾[⑦]。
飘然欲作乘桴计[⑧],一到扶桑[⑨]恨未能。

注释

① 次韵:依次用所和诗中的韵作诗,也称步韵。平甫:王安石弟王安国,见
　本书《游褒禅山记》注,他的原诗为《金山同正之吉甫会宿作寄城中二三

  子》。金山：在今江苏镇江市西北，古有伏牛、浮玉等名，唐时裴头陀获金
于江边，因改名，上有金山寺等名胜。原屹立于长江中，唐张祜咏诗曰：
"树影中流见，钟声两岸闻。"晚清因泥沙淤积，此山已经与南岸相通，不再
需要船来摆渡。

② "天末"句：北固山像大海的门户，横亘在天边。天末，天边。北固山，在镇
  江东北，有南、中、北三峰，三面临江，北望海口，形势险要，故称"北固"。

③ "烟中"句：晚烟笼罩着沙岸，就和西兴镇一样。西兴，在今浙江萧山西北
  钱塘江边，当水陆要冲。庆历七年至皇祐二年（1047—1050），王安石知鄞
  县期间，曾与王安国经过此地。

④ "已无"句：游船已经靠岸了，还听见船中悠扬的笛声。船舫，游船。

⑤ "远有"句：远处楼台隐没在黑暗的暮色中，只有灯火在闪烁。

⑥ "山月"句：月色透过山上的松林，如金光闪烁。

⑦ "江风"句：夜风掠过江面，波浪如雪汹涌奔腾。

⑧ 飘然：轻快状。乘桴：乘着木筏，语出《论语·公冶长》："子曰：'道不行，
  乘桴浮于海。'"

⑨ 扶桑：神话中日出的地方。《十洲记》记载，扶桑在碧海中，树长数千丈，一
  千余围，是日所出处。

评析

  神宗熙宁元年（1068），王安国因大臣推荐，入京召试舍人院，途经金山，
和亲友会宿，写下《金山同正之吉甫会宿作寄城中二三子》："寺压苍厓势欲
倾，欢然西度为谁兴。云随草树萦群岫，江浸楼台点万灯。坐久不知身寂寞，
梦回犹觉气轩腾。思君城郭尘埃满，相逐寻闲亦未能。"王安石的这首七言律
诗，是次韵王安国之作。

　　这首诗描绘金山夜景。金山是风景名胜,题咏者甚众,如晚唐著名诗人张祜"寺影中流见,钟声两岸闻",孙鲂"天多剩得月,地少不生尘",等等。这些诗句享有盛名,但仔细推敲,写景虽工,却较为通泛,如用在别处景点,似乎也无不可。宋代陈正敏认为:"金山寺留题者亦多,而绝少佳句,惟'寺影中流见,钟声两岸闻',又'天多剩得月,地少不生尘',最为人传诵,要亦未为至工。若用之于落星寺,有何不可?"(《遁斋闲览》)

　　这首诗却没有以上缺陷。首联写北固山像大海的门户横亘天边,想象雄伟奇特,而又准确地描绘出金山独特的地理位置和壮丽景观。颔联写金山夜景,一写缥缈笛声,一写隐约灯火,紧切"夜宿"主题,表现出金山的游览之胜。颈联写月光透过松林如洒下的碎金,晚风吹起江面的波涛如积雪崩落,生动形象,对仗工整。以上六句写景,从远及近,从傍晚到夜中,层次井然。尾联宕开一笔,由写景转入抒怀,忽发奇想,想乘木筏去扶桑一游,极尽赞叹之致。

　　全诗对偶精妙,章法井然,写景真切,蕴藉空灵,毫无"次韵"之作常见的拘谨板滞之病,不仅胜过张祜等人所咏,也压倒王安国原作。许印芳评道:"荆公此诗,三、四工于写景,不让张祜'树影中流见,钟声两岸闻'之句。而通体稳称,实胜张诗。"查慎行评道:"第二联善写夜景,又切江天,移易他处不得,可以压倒原唱。"(《瀛奎律髓汇评》)

元　　日^①

爆竹声中一岁除,春风送暖入屠苏^②。

千门万户曈曈^③日,总把新桃换旧符^④。

注释

① 元日：农历正月初一。

② 屠苏：酒名，用屠苏草浸泡而成，据说饮了可辟瘟疫。据《荆楚岁时记》，古代正月初一，家人共饮屠苏酒。苏轼《除夜野宿常州城外》："不辞最后饮屠苏。"

③ 瞳瞳：形容日出时的光亮。

④ 新桃换旧符：用新的桃符换去旧的。桃符：古时挂在大门上两块画着门神或写着门神名字的桃木板，用于避邪。后在其上贴春联。

评析

此篇是王安石元日有感而作。诗人以欢快的笔调，描写了燃放爆竹、春风送暖、饮屠苏酒、更换桃符等民俗景象，渲染出正月初一万象更新的喜庆氛围。诗歌的基调积极开朗，洋溢着一种除旧立新的激情，很可能写于熙宁变法初期。

孟　子

沉魄浮魂不可招①，遗编一读想风标②。

何妨举世嫌迂阔③，故有斯人④慰寂寥。

注释

① 沉魄浮魂：指人的魂魄。魂是人的阳神，死后升天；魄是人的阴神，死后入地，故曰"沉魄浮魂"。李商隐《祭令狐相公文》："浮魂沉魄，公其与之。"不可招：古代有招魂的习俗，此处指人死不能复生。

② 遗编：前人留下的著作，此指《孟子》。风标：风度、品格。

③ 迂阔：迂腐，不切实际。

④ 斯人：指孟子。

评析

这首七绝作年不详，很可能作于熙宁变法期间。诗歌借咏孟子而抒怀，引孟子为隔代知音，寄托自己高远的胸襟和宏伟的政治抱负。全诗沉郁顿挫，铿锵有力，是王安石咏史诗中的佳作。

王安石早年就对孟子推崇备至，文章、思想都得益于孟子很多。他的《淮南杂说》问世后，世人以为极似《孟子》。不过，此诗唯独拈出"迂阔"二字（据《史记·孟子荀卿列传》载，梁惠王以为孟子"迂远而阔于事情"），向孟子致敬，显然有着明确的现实背景。在《上仁宗皇帝言事书》中，王安石说："然臣之所称，流俗之所不讲，而今之议者以谓迂阔而熟烂者也。"《续资治通鉴长编》载："工部郎中、知制诰王安石既除丧，诏安石赴阙……（吴）奎曰：'臣尝与安石同领群牧，备见其临事迂阔，且护前非，万一用之，必紊乱纲纪。'"可见，此诗的写作，很大程度上是针对反对变革的流俗而发。

江　上

江水漾西风，江花脱晚红①。

离情被横笛，吹过乱山东。

① 脱：凋零、脱落。晚红：残留的红色。

　　此诗写江上送别。前两句点明送别的地点、时节以及典型的景物。后两句写离情被横笛吹走，将无形的思绪、情感具体化、形象化，仿佛可感可见。诗歌清新流丽，想象奇特。

半山春晚即事①

春风取花去，酬我以清阴②。

翳翳陂路静③，交交④园屋深。

床敷⑤每小息，杖屦或幽寻⑥。

惟有北山⑦鸟，经过遗好音。

① 半山：在江宁钟山南。王安石第二次罢相后退居江宁，在这里营建庭园，

因地处江宁府城东门去钟山的半道，故名之为"半山园"。

② 清阴：清凉的树荫。

③ 翳翳：草木茂密成荫。陂（bēi）路：山坡小路。

④ 交交：犹交加，错杂貌。

⑤ 床敷：床铺。

⑥ 杖屦（jù）：手杖与鞋子。幽寻：寻幽访胜。

⑦ 北山：即钟山，今南京市城东的紫金山。

评析

神宗元丰年间，王安石辞去宰相之位，退居江宁。元丰二年（1079），营建半山园。平时则乘一头驴，带着几位僮仆游览诸山各寺。如入城，便乘小舫船泛潮沟。寻幽访胜，悠闲自在。这首诗便表现了王安石晚年退隐生活的一个侧面。

诗歌首联以散文化的句式，拟人化的描写，赋予春风以人的性格。"取"字、"酬"字，非常形象地描写出春夏之交的景色。尽管春花已谢，却换来一片绿荫。这两句不仅句式新奇，而且充满了欣欣生意，与一般的惜春、悲春之作不同。方回评曰："半山诗工密圆妥，不事奇险。惟此'春风取花去'之联，乃出奇也。余皆淡静有味。"（《瀛奎律髓汇评》）颔联写被茂密草木遮掩下幽静的小路，还有错综的房屋，对仗工整。颈联则截取了日常生活中小息、漫步两个片段，来写诗人悠闲自得的心境。末联则以清脆的鸟鸣，以动写静，进一步衬托半山园的寂静。

即　　事

径暖草如积①，山晴花更繁。

纵横一川水，高下数家村。②

静憩鸡鸣午③,荒寻犬吠昏。

归来向人说,疑是武陵源④。

注释

① 积:堆积,形容草丛茂密。

② "纵横"二句:一道河水从山前曲折流过,村里高高低低散落着几户人家。

③ 憩:休息。

④ 武陵源:即桃花源,详见本书《桃源行》注。武陵,郡名,治所在今湖南常德。

评析

这首五言律诗描写乡村午时景色。从首联"草如积""花更繁"的景致来看,应当是春夏之交。颔联以"纵横"对"高下","一川水"对"数家村",经纬错织,对仗工稳,极富立体感地勾勒出一幅静谧的乡村画图。颈联写寂静乡村里的鸡中午休息时打鸣,荒野上的狗寻找到阴凉处时叫了起来,捕捉住夏日乡村中午的典型细节片段,极富表现力。这两句把形容乡村氛围的"静""荒"两个词置前,把动作的主语鸡、狗放在句中间,语序颠倒,内涵丰厚,炼句很见功力。末联以武陵源来概括这种乡村生活,略显平庸陈俗。据说,王安石也感觉到最后一句平平,只不过由于押韵的缘故,勉强用了武陵源一词:"公自言:'武陵源不甚好,韵中别无韵也。'"(《王荆文公诗李壁注》)

岁　晚

月映林塘澹①，风含笑语凉。

俯窥怜绿净，小立伫②幽香。

携幼寻新菂③，扶衰坐野航④。

延缘⑤久未已，岁晚惜流光⑥。

注释

① 澹：静。

② 伫：停留。

③ 菂（dì）：指莲实，底本原作"的"，据朝鲜本《王荆文公诗李壁注》改。

④ 扶衰：支撑着衰老的身体。野航：指农家小船。杜甫《南邻》："秋水才深
　　四五尺，野航恰受两三人。"

⑤ 延缘：徘徊流连。

⑥ 流光：流逝的光阴。

评析

　　这是一首记游诗，记叙了秋天的一个夜晚，诗人乘兴夜游，为秋夜景色而
流连忘返。首联描绘出"月映林塘""风含笑语"的静谧凉爽景色，静中有声，很
有立体感。颔联以"绿净"代水，以"幽香"代花，以"窥""立""怜""伫"四个字，
表现诗人欣赏水、花的动作及神态心境，"窥"字尤其传神。颈联由静而动，写
诗人受花香吸引，携幼扶衰，坐上小船，深入水中，寻幽访胜。最后点题，一个
"惜"字画龙点睛，为前面六句注入灵魂。此诗记游，有向南朝著名山水诗人

谢灵运学习的痕迹,而写景惟妙惟肖,语言精雕细琢,则青出于蓝。《漫叟诗话》评道:"荆公定林后诗,精深华妙,非少作之比。尝作《岁晚》诗,自以比谢灵运,议者以为然。"南宋方回评为"一唱三叹之音"。(《瀛奎律髓汇评》)

登 宝 公 塔①

倦童疲马放松门②,自把长筇倚石根③。

江月转空为白昼,岭云分暝与黄昏。

鼠摇岑寂④声随起,鸦矫荒寒影对翻。

当此不知谁客主,道人忘我我忘言⑤。

注释

① 宝公:南朝高僧宝志,梁天监十三年(514)卒,葬于钟山定林寺前。梁武帝
建塔于其上,名宝公塔,塔前有寺。

② 松门:谓以松为门。

③ 筇(qióng):竹名,可作拐杖。石根:指岩石底部。

④ 岑寂:高而静。

⑤ 忘言:心中领会其意,不必用言语来表达。陶渊明《饮酒》:"此中有真意,
欲辨已忘言。"

评析

这首七言律诗作于王安石晚年退居江宁时。诗中描写了黄昏时分,诗人

登上宝公塔所见景色。

宝公塔毗临大江，仡立众山之上，形势险峻。诗歌首联以"倦童疲马""倚石根"写登塔的艰辛之状。颔联写登塔所眺之景。皓月升起，江上明如白昼；岭云丛聚，山间暮色沉沉。一明一暗，对比鲜明，构思新颖，境界阔大。颈联则由远及近，写老鼠的叫声摇动塔上的寂静，乌鸦飞过留下矫健的身影，观察细致，描写入微。末联写诗人陶醉其中，物我两忘。

此诗的语言、句式，用思深刻，极锻炼之工。"转空""分暝"，是作者戛戛独造之语。"鼠摇""鸦矫"，可能受到唐代卢纶"斗鼠摇松影"、杜甫"雁矫衔芦内"的影响，但王诗更精彩：上句以鼠声写静，下句以"影对翻"写荒凉，且"岑寂"与"荒寒"互文，将荒凉岑寂之景写尽。释惠洪认为："造语之工，至于荆公、东坡（苏轼）、山谷（黄庭坚），尽古今之变。荆公曰'江月转空为白昼，岭云分暝与黄昏'……山谷曰：'此皆谓之句中眼。学者不知此妙语，韵终不胜。'"（《冷斋夜话》）

纯甫出释惠崇画要予作诗①

画史②纷纷何足数，惠崇晚出吾最许③。

旱云六月涨林莽④，移我倏然堕洲渚⑤。

黄芦低摧雪翳土⑥，凫雁静立将俦侣⑦。

往时所历今在眼，沙平水淡西江浦⑧。

暮气沉舟暗鱼罟⑨，欹眠呕轧如闻橹⑩。

颇疑道人三昧力⑪，异域山川能断取⑫。

方诸承水调幻药⑬，洒落生绡⑭变寒暑。

金坡巨然山数堵⑮，粉墨空多真漫与⑯。

大梁崔白亦善画⑰，曾见桃花净初吐。

酒酣弄笔起春风⑱，便恐漂零作红雨⑲。

流莺探枝婉欲语⑳，蜜蜂掇蕊随翅股㉑。

一时二子皆绝艺，裘马穿羸久羁旅㉒。

华堂岂惜万黄金，苦道今人不如古。㉓

注释

① 纯甫：王安上，字纯甫，王安石幼弟。惠崇：宋初僧人，又称慧崇，福建建阳人。能诗善画，工画鹅、雁、鹭鸶，尤善画寒江远渚之类小景。

② 画史：画师，画家。

③ 许：推崇、赞许。

④ 旱云：干云，不能致雨。涨：指云升起、聚集。林莽：草木丛聚之处。

⑤ 翛（xiāo）然：无拘无束、超脱貌。堕：落下。洲渚：水中小块陆地。

⑥ 黄芦：枯黄的芦苇。低摧：憔悴状，此处指低垂。雪：指芦花似雪。翳（yì）：遮蔽。

⑦ 凫：野鸭。将：携。俦侣：伴侣。

⑧ 澹：静。浦：水边。

⑨ 鱼罟（gǔ）：渔网。

⑩ 敧（qī）眠：斜躺着睡。呕轧：象声词，摇橹的声音。唐薛逢《潼关河亭》："橹声呕轧中流渡，柳色微茫远岸村。"宋王禹偁《东门送郎吏行寄承旨宋侍郎》："醒来闻鸣橹，呕轧摇斜阳。"

⑪ 道人：佛教徒，此指惠崇。三昧力：指神通、法力。三昧，梵文音译，又译为"三摩地"。意译为"正定"，指屏除杂念，心不散乱，专注于一境。《大智度论》卷七："何等为三昧？善心一处住不动，是名三昧。"

⑫ 断取：截取。语出《维摩经》："菩萨断取三千大千世界，如陶家轮，着右掌中，掷过恒沙世界之外。其中众生，不觉不知。"

⑬ 方诸：古代在月下承露取水的器具。《淮南子·览冥训》："夫阳燧取火于日，方诸取露于月。"幻药：使人产生不同幻觉的药物。《楞严经》卷三："诸大幻师求太阴精，用和幻药。是诸师等，于白月昼，手执方诸，承月中水。"

⑭ 生绡（xiāo）：未经漂煮过的丝织品，古时用以作画。

⑮ 金坡：金銮坡的省称，指翰林院。巨然：江宁人，五代时南唐著名画家，工画山水。李煜降宋，随至开封，居开宝寺。其画笔甚草草，宜远观，景物粲然，具幽情远思。与董源并称，是山水画南派大师。山数堵：指巨然画在翰林院的数堵山水壁画。堵，墙。

⑯ 粉墨：指颜色和墨。粉，铅粉，绘画颜料。漫与：随意。

⑰ 大梁：北宋都城开封，今属河南。"大"，龙舒本《王文公文集》、朝鲜本《王荆文公诗李壁注》作"濠"。崔白：字子西，濠梁（今安徽凤阳）人。工画花竹翎毛，体制清赡，以善画败荷、凫雁得名，尤其精于鬼神人兽。熙宁初，曾受诏至开封，画垂拱殿御扆（yǐ，一种屏风）竹、鹤。

⑱ 酒酣：喝酒尽兴。弄笔：执笔作画。起春风：春风从他腕底流出。此与上句"桃花净初吐"相应，指提笔作画，画出春天的桃花。

⑲ 漂零作红雨：指桃花被春风吹落。唐李贺《将进酒》："况是青春日将暮，桃花乱落如红雨。"

⑳ 流莺：即黄莺鸟。体小，鸣声清婉流动，故称流莺。

㉑ 掇蕊：指采花酿蜜。掇，采摘。随翅股：翅股相随，即一只接着一只。股，腿。

㉒ 裘马穿羸（léi）：衣服破烂，马匹瘦弱，形容生活困顿。裘，皮衣。羸，瘦弱。羁旅：在异乡客居。

㉓ "华堂"二句：富贵人家虽不吝惜金钱，却极力说今人的画不及古人，不愿

购买。华堂,华丽的厅堂,指代富豪人家。苦道,极力说。苦,极力。

> 评析

这是一首咏画诗,作于王安石晚年罢相退居江宁(今江苏南京)时期。画的作者是北宋著名诗僧惠崇,善画寒汀、远渚、平沙小景。

诗歌开头两句先以议论之笔,肯定惠崇在画史上的地位,为全篇定下基调。以下十二句分三层描述画面。第一层,自"旱云"至"闻橹",从正面描写画面。"静立""低摧""翳"等字眼,展现出一幅色彩对比鲜明的立体画面。然后从主观感受入手,以个人体验与画面相印证,表现出画面动人之深。第二层,"颇疑"以下四句,又由实到虚,利用佛典以幻境写画。第三层,自"金坡"至"翅股",以巨然、崔白两位画师衬托惠崇。这既是回应开头两句,进一步写惠崇技艺的高超,同时又为后面的议论作了铺垫。最后四句,由题画生出议论,感慨画师身怀绝艺却穷愁潦倒。

全诗在章法布局上,或正写,或旁衬,或虚或实,或点或应,波澜曲折却又异常严谨。同时笔力奇险,用语精练,叙写生动传神,是历代咏画诗中的名篇。清代方东树评道:"通篇用全力,千锤百炼,无一字一笔懈,如挽百钧之弩。此可药世之粗才俗子……此一派皆深于古文,乃解为此。初学宜从此下手,乃能立脚。"(《昭昧詹言》)

杏　花

石梁度空旷①,茅屋临清炯②。

俯窥娇饶③杏,未觉身胜影。

嫣如景阳妃④，含笑堕宫井。

怊怅⑤有微波，残妆坏难整⑥。

注释

① 石梁：石桥。空旷：空阔。本是形容词，此处用借代手法，指空阔的水面。

② 清炯：清而明亮。本是形容词，此处用借代手法，指溪水。

③ 娇饶：柔美妩媚。

④ 嫣：美好、娇媚的样子。景阳妃：指南朝陈后主的宠妃张丽华、孔贵嫔。她们聪明貌美，与陈后主每天沉溺酒色，不理国政。隋军攻破台城时，他们三人躲到景阳宫的井里。此井后来被称为"胭脂井""辱井"。此处以人喻花。

⑤ 怊怅：惆怅。

⑥ 残妆坏难整：水面泛起微波，把这位水中美人的妆饰弄乱了。

评析

这是一首咏物诗。咏物，是指通篇以物为吟咏对象的一种诗歌题材。它起源很早，《诗经·桧风·隰（xí）有苌楚》篇中对羊桃的描写，已经初步具备咏物诗的雏形。经过魏、晋、南北朝的发展，咏物题材至唐、宋时蔚为大观。它是王安石诗歌中最常见的题材之一。现存王诗一千六百多首，咏物诗大约占了十分之一。它们大致可分为两类：一是客观描绘，二是有所寄托。这首《杏花》就是王安石咏物诗的代表作。

诗歌写杏花的水中倒影。首二句从石桥、茅屋写起，"空旷""清炯"以借代手法，描写溪流水面。接下来六句，描写水波由静到动时，花影在这一过程中的变化。以美女堕井，喻杏花映水；以残妆难整，谓水波微动时杏花影子凌乱。构思新颖别致,描写富有层次。全诗不着一个花字、水字,避开坐实的镂刻描摹,着重以空灵之笔写杏花的风姿,显得含蓄蕴藉,风神悠然。宋代王铚(zhì)评道:"荆公暮年赋临水杏花诗:'嫣如景阳妃,含笑堕宫井。'此善体物者也。然不可止此而已,终云'惆怅有微波,残妆坏难整',此乃能见境而却扫除尽净。此所谓倒弄造化手也。"(《默记》)

题 舫 子①

爱此江边好,留连至日斜。

眠分黄犊②草,坐占白鸥沙。

注释

① 舫子:小船。

② 黄犊:小黄牛。

评析

这首小诗刻画了作者晚年退隐后日常生活中的一个片段,表现出他与自然万物融为一体、物我两忘的境界。后两句的本意,不过是说:有时睡在小黄牛歇息的草地上,有时又坐在白鸥嬉戏的沙滩上。但诗人极尽锻炼融铸之能事,用一个"分"字、一个"占"字,来表示人物之间的和谐两忘,于是情趣益然。造语之工,令人叹为观止。这两句的意思,唐代卢仝的诗中也有表现,其《山中绝句》:"阳坡草软厚如织,因与鹿麑相伴眠。"而这首小诗仅用五字便写

出卢诗中意境,"岂不简而妙乎!"(《苕溪渔隐丛话》)释惠洪评曰:"笔力高妙,殆若天成。"(《苕溪渔隐丛话》)

南　浦①

南浦随花去,回舟路已迷。

暗香②无觅处,日落画桥③西。

注释

① 南浦:指南面的水边,具体不详。王安石诗中屡次出现,如《招约之职方并示正甫书记》:"当缘东门水,尚涩南浦舢。"《再至京口寄漕使曹郎中》:"北城红出高枝靓,南浦青回老树圆。"《送方劢秘校》:"南浦柔条拂地垂,攀翻聊寄我西悲。"

② 暗香:幽香。

③ 画桥:有彩绘装饰的桥。

评析

这是王安石的绝句名篇,作于他晚年退居江宁时期。"诗歌以流利的语言、随事宛转的构思,表现沉醉于自然美景的深情。在短小的格局中,创造出深远的意境,传达了悠远绵渺的情韵。"(张鸣《宋诗选》)北宋著名诗人黄庭坚曾评论道:"荆公暮年作小诗,雅丽精绝,脱去流俗,每讽味之,便觉沉溺生牙颊间。"(《苕溪渔隐丛话》)此诗足以当之。

江　　上

江北秋阴①一半开，晚云含雨却低回。

青山缭绕②疑无路，忽见千帆隐映③来。

注释

① 秋阴：秋天阴沉的天色。

② 缭绕：回环，缠绕。

③ 隐映：时隐时现。

评析

　　这首七言绝句作年不详。诗歌描写秋天的江上舟行所见。天色半开，暮云低回，江边青山缭绕，就在此时，忽见远处千帆隐映而来。"疑无路""忽见"，形象地表现出诗人内心情绪瞬间的变化。后两句借景写情，而又寄寓着人生遇困塞忽通达的丰富哲理，耐人寻味。陆游《游山西村》的名句"山重水复疑无路，柳暗花明又一村"，即受这两句的启发。

南　　浦

南浦东冈①二月时，物华撩我有新诗②。

含风鸭绿粼粼起③，弄日鹅黄袅袅垂④。

注释

① 东冈：在金陵城东，一名白土冈。

② 物华：自然景物。撩：撩拨，挑逗。

③ 鸭绿：喻水色如鸭头般浓绿。粼粼：水流清澈、闪烁貌。

④ 弄：逗引。鹅黄：即鹅儿黄，嫩黄色，指初春的杨柳。袅袅：细长柔美的
样子。

评析

这首绝句作于王安石晚年，描写了江宁南浦、东冈初春的自然美景。前
两句点明时令，一个"撩"字先声夺人，引起读者对春色的无限向往。后两
句描写春风拂过碧绿的水面，泛起层层涟漪；柔嫩的柳枝映着阳光，依依低
垂。这两句以"鸭绿"代绿水，以"鹅黄"代柳枝，二者借助字面义、借代义
等，形成了多重对仗："鸭绿"和"鹅黄"分别代指水和柳，二者相对；同时，二
者的字面义又构成了颜色对。整首诗色彩明丽，对偶精严，是王安石的得
意之笔。李壁注曰："公每自哦'鸭绿''鹅黄'之句，云：'此几凌轹（lì，"凌
轹"指压倒）春物。'"魏泰《临汉隐居诗话》载："元丰癸亥春，余谒王荆公于
钟山。因从容问公：'比作诗否？'公曰：'久不作矣，盖赋咏之言，亦近口业。
然近日复不能忍，亦时有之。'余曰：'近诗自何始，可得闻乎？'公笑而口占
一绝云：'南浦东冈二月时，物华撩我有新诗。含风鸭绿粼粼起，弄日鹅黄
袅袅垂。'真佳句也。"

木　末①

木末北山烟冉冉②，草根南涧水泠泠③。
缫成白雪桑重绿④，割尽黄云⑤稻正青。

注释

① 木末：树梢。此处取诗歌首句开头二字为题，王安石晚年所作的绝句，取
　　题多有此类。

② 冉冉：缓缓移动的样子。

③ 泠泠：形容水声清越、悠扬。

④ 缫(sāo)：缫丝，把蚕茧浸在热水里，抽出蚕丝。白雪：喻指蚕丝。重绿：
　　再绿、又绿。

⑤ 黄云：比喻黄熟的稻麦等。稻麦成熟时，田野一片金黄，故云。《环溪诗
　　话》曰："白雪不是雪，黄云不是云，但下一'割'字，便见黄云是麦；将一
　　'缫'字，便见白雪是茧。如此用意，可谓工矣。"

评析

　　这首七言绝句作于王安石晚年。诗歌描绘了钟山附近的田野风光，呈现
出大自然的一片勃勃生机。前两句以偶对入绝，对仗精致，描写北山树梢云
烟缭绕，南涧草根下水声清扬。后两句使用比喻和借代的修辞，以"白雪"和
"黄云"分指蚕丝和成熟的稻子。白、黄、绿、青四种色彩渲染，鲜明生动，造语
凝练。"缫成""割尽"，从眼前的桑树重绿联想到日后蚕丝丰收，从稻秧正青
而预知秋后水稻丰收，构思奇妙，可与苏轼《南园》诗"春畦雨过罗纨腻，夏垄

风来饼饵香"相互参读。释惠洪评论道："唐诗有曰：'长因送人处，忆得别家时。'又曰：'旧国别多日，故人无少年。'荆公用其意，作古今不经人道语。荆公诗曰……，如《华严经》举因知果，譬如莲花，方其吐华，而果具蕊中。"（《冷斋夜话》）后人对此二句极口称颂，纷纷模仿，如南宋赵师秀《送谢耘游淮》"柘空淮茧白，梅近楚秧青"等。

梅　花

墙角数枝梅，凌寒①独自开。

遥知不是雪，为有暗香来②。

注释

① 凌寒：冒着严寒。

② 为：因为。暗香：指梅花的幽香。

评析

据北宋释惠洪《冷斋夜话》记载："荆公尝访一高士，不遇，题其壁曰：'墙角数枝梅……'"假如惠洪所言可信，那么，这首小诗很有可能作于王安石晚年退居江宁期间。诗中所咏梅花，隐隐象征了一种高洁孤寒的人格。首句写梅花所处之地的偏僻，与隐士远避尘嚣的处境相似。次句写梅花不惧严寒，独自开放，象征着人格的孤高。三、四句写梅花的幽香自远处飘来，不仅有雪花般的洁白，而且沁人心脾，故自远处便能分辨得出。这是化用了古乐府的咏梅名作:"庭前一树梅,寒多未觉开。只言花似雪,不悟有香来。"但后者只是单纯咏物,而王安石的诗句却有个人情志的寄托,重在传神,凸显梅花在寒冬中送出幽香的神韵,能引起读者更多的联想。这就远远超出了前代咏梅诗将梅、雪相类比的俗套。(如梁简文帝《雪里觅梅花》:"绝讶梅花晚,争来雪里窥。"何逊《咏早梅》:"衔霜当路发,映雪拟寒开。")而将"庭前"改为"墙角"的偏僻,也是蓄势之笔,使得下句梅花绽放的形象异常鲜明,更有光彩。南宋诗人杨万里认为此诗不如古乐府诗,"述者不及作者"(《诚斋诗话》),恐非的评。

北陂①杏花

一陂春水绕花身,花影妖饶各占春②。

纵被春风吹作雪,绝胜南陌③碾成尘。

注释

① 陂:池塘。

② 妖饶:同"妖娆",妩媚多姿。各占春:各呈娇媚之姿,占尽春光。

③ 南陌:南面的道路。

评析

这是一首咏物诗,作于王安石晚年退居江宁时期。诗歌前两句描写临水杏花的风姿,着重从水中倒影写杏花的妩媚和春意。后两句以对比手法,赞美水边杏花的高洁品格,借以象征诗人不落凡俗的人格理想。

与本书所选的另一首《杏花》相比,二者都咏杏花,也都从水中倒影写起,但写法还是有很大不同。《杏花》属于写实,重在穷形极相。此诗却重在寄托,在杏花的物象上寄托诗人主观的理想、情趣、胸怀,物我交融。"纵被""绝胜"两词,凸显出杏花宁肯随风吹落水中也不肯陷于泥淖的高洁,颇有一份倔强悲壮之气,隐喻着诗人的出处选择。清代吴之振认为:"安石遗情世外,其悲壮即寓闲淡之中。"(《宋诗钞初集·临川诗钞序》)这首七言绝句就体现出这一点。

北　山①

北山输绿涨横陂②,直堑回塘滟滟时③。
细数落花因④坐久,缓寻芳草得归迟⑤。

注释

① 龙舒本题作"蔷薇四首",此为第三首。北山:即钟山,今南京市城东的紫金山。

② 输绿:指北山上的水往下流注。绿,此处用颜色来借指水。王安石晚年的诗歌,常用借代的修辞手法。陂:池塘的堤岸。

③ 堑:沟壕、水沟。回塘:环曲的池塘。滟(yàn)滟:水满而动荡的样子。

④ 因:因而。此句化用唐代王维《从岐王过杨氏别业应教》"兴阑啼鸟换,坐久落花多",也可能受到杜甫"见轻吹鸟毳,随意数花须"的影响。

⑤ "缓寻"句:可与唐代刘长卿《长沙过贾谊宅》"秋草独寻人去后,寒林空见日斜时"相参看。

评析

　　这首七言绝句作于王安石晚年退居江宁时期,抒写诗人闲适的心情和对自然美景的热爱。诗歌前两句描写北山泉水,从山上注入池塘,溢漫塘岸。后两句写诗人在眼前美景中的悠闲自在。因为细数树上落下的花瓣,就坐了很久;由于留意地上的芳草,回去就迟了。这两句对仗精巧自然,轻重匀称,以"细数"和"缓寻"两个动作,形象地表现出诗人内在闲适优游的心境、意态。吴可评论道:"'细数落花''缓寻芳草',其语轻清。'因坐久''得归迟',则其语典重。以轻清配典重,所以不堕唐末人句法中。盖唐末人诗轻佻耳。"(《藏海诗话》)尽管有借鉴前人之处,但青出于蓝。吴曾指出:"前辈读诗与作诗既多,则遣辞措意,皆相缘以起,有不自知其然者。荆公晚年闲居诗云'细数落花因坐久,缓寻芳草得归迟',盖本于王摩诘'兴阑啼鸟唤,坐久落花多',而其辞意益工也。"后来,南宋诗人徐俯又模仿王安石的这两句诗,写下"细落李花那可数,偶行芳草步因迟",转而逊色不少(吴曾《能改斋漫录》)。

书湖阴先生^①壁二首

其　一

茅檐长扫静^②无苔,花木成畦^③手自栽。
一水护田将绿绕^④,两山排闼送青来^⑤。

注释

① 湖阴先生：即杨骥，字德逢，鄱阳人，居江宁，通《易》学。王安石晚年退居江宁，和他经常来往，诗歌唱酬。

② 静：洁净。

③ 畦(qí)：田园花圃中有一定界限的长条地块。

④ 护田：保护园田，此处用典。据《汉书·西域传》，谓汉代西域置屯田，"置使者校尉领护，以给使外国者"。颜师古注："统领保护营田之事也。"这里用其字面义。将：携带。绿：指水色。

⑤ 排闼(tà)：推开门。闼，宫中的小门。此处用典。据《汉书·樊哙传》载，汉高祖刘邦病卧禁中，下令不准任何人进见，但骁将樊哙"乃排闼直入"，闯进刘邦卧室。青：指山色。以上两句的句式，与五代沈彬的"地隈一水巡城转，天约群山附郭来"相似。

评析

这首七言绝句是王安石的名作。元丰六年(1083)，著名诗人黄庭坚至江宁谒见，王安石便以此诗相示，可见其得意之情："山谷尝见荆公于金陵，因问：'丞相近有何诗？'荆公指壁上所题两句云：'一水护田云云，此近所作也。'"(李璧注引《冷斋夜话》)

诗歌前两句，描述湖阴先生的庭院清静而洁净，花木成畦。后两句转向庭院外面的山水，描写曲折的溪水围绕着绿色的农田，对面的青山似乎扑面而来。这两句用拟人的手法，将山水人格化，似乎具备了人的情感，形象地表现出物我一体、自然与生活相融的诗境。诗中的"护田""排闼"都是出自《汉书》的典故，用在此处却浑然自如，没有"掉书袋"的感觉。这正是用典的最高境界。另外，诗句以"一水"对"两山"、"护田"对"排闼"、"将绿绕"对"送青来"，对偶工整之极。由于取景先由近及远，又由远到近，层层推展，使得这两句的诗意蝉联环抱，一气流转，没有因为精致雕琢而造成诗句的语脉断裂。叶梦得评曰："荆公诗用法甚严，尤精于对偶，尝云用汉人语，止可以汉人语对，若参以异代语，便不相类。如'一水护田将绿绕，两山排闼送青来'之类，皆汉人语也。此法惟公用之，不觉拘窘卑凡。"（《石林诗话》）

金陵即事①三首

其　　一

水际②柴门一半开，小桥分路入青苔③。
背人④照影无穷柳，隔屋吹香并是梅。

注释

① 即事：以当前事物为题材作诗。

② 水际：水边。

③ 入青苔：通向长满青苔的小路。以上二句，化用唐代许浑《闲居孟夏即事》"绿树荫青苔，柴门临水开"两句。

④ 背人：指人迹罕至的地方。

评析

　　这首七言绝句作于王安石晚年。诗歌前两句写水边的柴门半开半掩，一架小桥通往青苔小路，意境清寂幽冷。后两句描写在人迹罕到的地方，无数杨柳在水中照看倒影；隔着屋子，梅花的清香随风阵阵飘来。"照影"二字，表现出一种顾影自怜的动态；"吹香"二字，呈现出不着迹象、随风飘送的梅香，于是在清寂幽冷中，传达出大自然的盎然生趣。诗歌就眼前景物随意挥写，宛然如画，对仗则新颖工致，"似是作律诗未就，化成截句"（陈衍《宋诗精华录》）。南宋李壁评曰："此诗吟讽不足，可入画图。"（《王荆文诗李壁注》）

拟寒山拾得二十首①

其　四

风吹瓦堕屋，正打破我头。

瓦亦自破碎，岂但我血流。

我终不嗔渠②，此瓦不自由。

众生造众恶③，亦有一机抽④。

渠不知此机，故自认怨尤⑤。

此但可哀怜，劝令真正修。

岂可自迷闷，与渠作冤仇。

注释

① 寒山：唐代著名诗僧，名、字、生卒年等均不详。早年周游四方，后隐居于浙江台州寒岩，自号寒山子。与台州国清寺僧丰干、拾得友善，时相过往。常在山林间题诗作偈，语言通俗，诗风浅显，多用村言俚语，诙谐风趣，主要表现山林逸趣与佛教出世思想，蕴含人生哲理，讥讽世态。后人辑成《寒山子诗集》。"其诗有工语，有率语，有庄语，有谐语"，"所作皆信手拈弄，全作禅门偈语，不可复以诗格绳之。而机趣横溢，多足以资劝戒"。(《四库全书总目》)拾得：唐代著名诗僧，生卒年不详。小时被遗弃赤城道侧，为台州国清寺僧丰干拾得，就养寺中，因以为名。与寒山友善。或传为菩萨后身，时人尊为贤士。喜作歌诗，内容多宣扬佛教思想以劝谕世人，也有吟咏山林风光和隐逸生活之作。诗风浅显明白，通俗易懂，与寒山诗风格相近。后世并称二人诗歌为"寒山拾得体"。

② 嗔：责怪。渠：它。以上五句，与《庄子·达生篇》可相互参详："复仇者不折镆干，虽有忮(zhì)心者不怨飘瓦。"郭象注曰："由瓦无情故。"

③ 众生：泛指人和一切动物。众恶：指各种罪恶。

④ 一机抽：语出《楞严经》："虽见诸根动，要以一机抽。"机，机关，即发起之处。抽，引，拉。

⑤ 愆尤：过失。

评析

王安石从小便受到佛教的熏染。从知鄞县时开始，他与高僧大德的交游越来越频繁，在生活作风、学术思想方面，受到佛教的若干影响。晚年退居江宁后，更加沉溺于佛教，佛学造诣日深，先后注解《维摩经》《华严经》《金刚经》《楞严经》等。此外，他还写下了上百篇染有佛教思想的诗词，或以佛典入诗，或以禅理入诗，或以禅趣入诗。他的《拟寒山拾得二十首》，就是模仿唐代著名诗僧寒山和拾得，以通俗易懂的语言形式来表达深刻的佛教哲理。

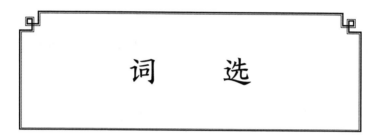

词　　选

桂 枝 香^①

登临送目^②，正故国^③晚秋，天气初肃^④。千里澄江似练^⑤，翠峰如簇^⑥。归帆去棹^⑦残阳里，背西风、酒旗斜矗^⑧。彩舟云淡^⑨，星河鹭起^⑩，画图难足^⑪。

念往昔、繁华竞逐^⑫。叹门外楼头^⑬，悲恨相续^⑭。千古凭高^⑮，对此谩嗟荣辱^⑯。六朝旧事随流水^⑰，但寒烟、芳草凝绿。至今商女，时时犹歌，后庭遗曲^⑱。

注释

① 桂枝香：词牌名。据说唐代裴思谦在状元及第后赋诗，有"夜来新惹桂枝香"句，即此调取名所本，又名"疏帘淡月"。双调，一百零一字，仄韵。

② 送目：远眺，远望。

③ 故国：指金陵（今江苏南京）。金陵是东吴、东晋、宋、齐、梁、陈的六朝故都，故称故国。黄升《唐宋诸贤绝妙词选》将此词题为"金陵怀古"，当是据词意擅增。

④ 肃：肃杀，萧瑟。《诗经·豳风·七月》："九月肃霜。"

⑤ 澄江似练：语出谢朓《晚登三山还望京邑》："澄江静如练。"练，白绸。

⑥ 簇：丛集，聚集。

⑦ 归帆去棹：指来来往往的船只。

⑧ 矗（chù）：笔直。

⑨ 彩舟云淡：远望彩舟，天水相接，如行云中。

⑩ 星河鹭起：江中小洲上的白鹭纷纷起舞。金陵西南长江中有白鹭洲，上有白鹭聚此。星河，银河，此处代指长江。

⑪ 画图难足：画图难以充分地描述。

⑫ 繁华竞逐：即竞逐繁华，竞相追逐奢靡荒淫的生活。

⑬ 门外楼头：语出杜牧《台城曲》："门外韩擒虎，楼头张丽华。"开皇九年(589)，隋朝大将韩擒虎率军伐陈，兵临城下，陈后主还在和宠妃张丽华等在结绮阁饮酒作乐。门外，指朱雀门外，隋军从此门攻入建康，俘获陈后主、张丽华等。楼头，指结绮阁，陈后主为张丽华所建。

⑭ 悲恨相续：指历史上在金陵建都的各个王朝相继败亡。

⑮ 凭高：凭靠在高处。

⑯ 谩嗟荣辱：徒然感叹历朝的兴亡。

⑰ "六朝"句：语出唐代窦巩《南游感兴》："伤心欲问南朝事，惟见江流去不回。"

⑱ "至今商女"以下三句：语出唐代杜牧《泊秦淮》："商女不知亡国恨，隔江犹唱后庭花。"商女，歌女。后庭遗曲，指《玉树后庭花》，陈后主所写的艳曲，被视为亡国之音。

> 评析

　　王安石不以词名，词作很少，偶尔技痒，所作即"瘦削雅素，一洗五代旧习"(刘熙载《艺概》)。这首《桂枝香》就是宋词中的名篇。英宗治平三、四年间(1066—1067)，王安石居江宁讲学，其间写下了多首金陵怀古之作，如《金陵怀古四首》《自金陵如丹阳道中有感》《和王微之登高斋》等等。这首词与以上诸篇，题材、基调相似，应当写于此时。

　　词的上阕，描写登高远眺所见的长江秋景，视野开阔，气象壮观。写法上从静到动，层次分明，最后以"画图难足"作结。下阕即景抒怀，追古寄慨，感叹六朝因穷奢极欲而导致的兴亡相续。"但寒烟、芳草凝绿"句，以自然景物之无情,衬托出人事兴亡的悲怆。"至今商女"三句,则借杜牧诗意,由历史转向现实,表达诗人的反思与警省。全词立意高远,结构严整,语言凝练,意境悲怆,风格雄健,是词史上第一首成熟的怀古咏史词,标志着宋词进一步摆脱了五代宋初倚红偎翠的软靡风格。杨湜评道:"金陵怀古,寄词于《桂枝香》凡三十余首,独介甫最为绝唱。"(《古今词话》)梁启超甚至认为:"此作却颉颃清真(周邦彦)、稼轩(辛弃疾)。"(《饮冰室评词》)

文　　选

送孙正之序

时然而然，众人也①；己然而然，君子也②。己然而然，非私己③也，圣人之道④在焉尔。夫君子有穷苦颠跌⑤，不肯一失诎己以从时⑥者，不以时胜道也。故其得志于君⑦，则变时而之道⑧，若反手然⑨，彼其术素修而志素定⑩也。时乎杨、墨，己不然者，孟轲氏而已⑪；时乎释、老，己不然者，韩愈氏而已⑫。如孟、韩者，可谓术素修而志素定也，不以时胜道也。惜也不得志于君，使真儒之效不白于当世⑬，然其于众人也卓⑭矣。呜呼！予观今之世，圆冠峨如⑮，大裾襜如⑯，坐而尧言，起而舜趋⑰，不以孟、韩之心为心⑱者，果异众人乎？

予官于扬⑲，得友曰孙正之⑳。正之行古之道㉑，又善为古文㉒，予知其能以孟、韩之心为心而不已者也。夫越人之望燕㉓，为绝域㉔也。北辕而首之，苟不已，无不至㉕。孟、韩之道去吾党㉖，岂若越人之望燕哉？以正之之不已，而不至焉，予未之信也。一日得志于吾君，而真儒之效不白于当世，予亦未之信也。正之之兄官于温，奉其亲以行，将从之，先为言以处予㉗。予欲默，安得而默也？

庆历二年闰九月十一日。

注释

① "时然而然"二句：时俗崇尚如此，也就跟着如此，这就是普通人。时，时尚、时俗。

② "己然而然"二句：认为自己正确的就坚持，而不顾及时俗如何，这就是君子。

③ 私己：自以为是。

④ 圣人之道：儒家的学术思想及政治理念。

⑤ 颠跌：困顿挫折。

⑥ 从时：顺从时宜、世俗。

⑦ 得志于君：受到君主的重用。

⑧ 变时而之道：改变世俗，使之符合儒家的理想。

⑨ 若反手然：形容十分容易。

⑩ 术素修而志素定：治国的方法平时已经修习，志向平时已经确定。

⑪ "时乎杨、墨"以下三句：时俗崇尚杨朱、墨子的学说，不肯盲从的只有孟子而已。杨，杨朱，又称杨子，魏国人，战国时著名思想家。主张"贵己""重生"，"拔一毛利天下而不为"，其见解散见于《列子》《庄子》《孟子》等书。战国时期，他的学说和墨子一样，影响很大，孟子曾经予以抨击。《孟子·尽心上》："杨子取为我，拔一毛而利天下，不为也。墨子兼爱，摩顶放踵利天下，为之。"

⑫ "时乎释、老"以下三句：时俗崇尚佛教、道教的学说，不肯盲从的只有韩愈而已。中唐时佛教、道教盛行，韩愈曾著《原道》《谢自然》等诗文予以抨击。

⑬ 真儒之效：真正儒者的功效。白：显明。

⑭ 卓：高超，超绝。

⑮ 峨（é）如：高耸。

⑯ 裙：指下裳，男女同用。襜（chān）如：衣服前后摆整齐的样子。

⑰ "坐而尧言"二句：言谈举止都模仿尧、舜等儒家圣人。

⑱ 以孟、韩之心为心：像孟子、韩愈那样真诚地奉行儒家之道，排斥异端。

⑲ 官于扬：庆历二年（1042）三月，王安石进士及第，授校书郎、签书淮南东路节度判官公事，治所在扬州。

⑳ 孙正之：孙侔，字正之，后改字少述，湖州（今浙江湖州）人。隐逸不仕，以

讲学为生,与王安石、曾巩友善。《宋史》有传。

㉑ 古之道:此指孔、孟儒家之道。

㉒ 古文:与六朝骈体文相对的散体文。唐代韩愈、柳宗元等提倡,至北宋时,
   欧阳修、曾巩、王安石、苏氏父子等继承发扬。

㉓ 越:春秋战国时的古国,其地在今浙江绍兴一带,后称此地为越。燕:周
   朝分封的诸侯国,其地在今河北北部和辽宁西端,后称此地为燕。

㉔ 绝域:极远之地。

㉕ "北辕而首之"以下三句:只要方向对而又前进不止,终会到达目的地。
   辕,车辕,用作动词,指驾车。首,向。

㉖ 吾党:犹吾辈、同侪。

㉗ 处予:留给我。处,留。

评析

庆历二年(1042)三月,王安石进士及第,赴扬州任签书淮南节度判官厅
公事。在扬州,他与孙侔相识,结为好友。九月,孙侔和母亲、兄长一起赴扬
州,王安石写下这篇《送孙正之序》赠别。序,此处指赠序,即离别的赠言,而
与书序不同。

在序文中,王安石预设了两组对立。一是"道"与"时",即儒家的理想和
现实。二是君子与众人。他认为,君子之所以不同于众人,就在于他强烈的
自信和勇于自行其是。这种自信不是固执或自私,而是他坚信象征着终极价
值和真理的"圣人之道"就在自己身上,所以能够特立独行,不循时俗。拥有
深厚学术修养和高远志向的君子,一旦"得志于君",便可辅助君主,改变时
俗,在现实中实现儒家的理想。这种写法和论调,是受到中唐古文家李翱《从
道论》的影响,即"君子从乎道也,不从乎众也。道之公,余将是之,岂知天下

党然而非之；道之私，余将非之，岂知天下謷然而是之"。

　　这篇序文是王安石现存最早的散文之一。当时，北宋文坛上的复古思潮、古文运动，历经真宗朝的衰退后，又重新兴起。序文中将孟子与韩愈相提并论，赞扬他们排斥异端、独尊儒学，体现出王安石早年思想深受韩愈等古文家的影响。之后，他对韩愈的评价以及对佛教、道教的态度都有所转变，但对儒家得君行道理想的坚持，以及敢于对抗时俗、特立独行的精神，却始终一以贯之。

伤　仲　永

　　金溪①民方仲永，世隶耕②。仲永生五年，未尝识书具③，忽啼求之。父异④焉，借旁近⑤与之，即书诗四句，并自为其名⑥。其诗以养父母、收族为意⑦，传一乡秀才观之。自是指物作诗立就⑧，其文理皆有可观者。邑人奇之，稍稍宾客其父⑨，或以钱币乞之。父利其然也，日扳仲永环谒于邑人⑩，不使学。

　　予闻之也久。明道中，从先人还家⑪，于舅家见之，十二三矣。令作诗，不能称前时之闻⑫。又七年，还自扬州⑬，复到舅家，问焉，曰："泯然众人矣。"⑭

　　王子⑮曰：仲永之通悟⑯，受之天⑰也。其受之天也，贤于材人远矣⑱，卒之为众人⑲，则其受于人者不至也⑳。彼其受之天也，如此其贤也，不受之人，且为众人；今夫不受之天，固众人，又不受之人，得为众人而已邪？㉑

> **注释**

① 金溪：今江西金溪县。

② 世隶耕：世代务农。隶，属于。

③ 书具：书写工具，指笔、墨、纸、砚等。

④ 异：惊奇。

⑤ 旁近：邻居。

⑥ 自为其名：自己写上名字。

⑦ "其诗"句：意谓所写的诗以供养父母、团结族人为主旨。收族：团结同族人。

⑧ 指物作诗：随意指定某一事物令他作诗。立就：立刻写成。

⑨ "稍稍"句：乡人渐渐用待宾客的礼节，接待他的父亲。

⑩ 扳：牵引。丐：求。原作"谒"，据龙舒本《王文公文集》改。底本宋刊亦作"匄（丐）"，"谒"字是明人妄改。邑人：乡人。

⑪ "明道"二句：王安石自幼随父亲游宦在外，仁宗明道二年（1033），才和父亲一起从韶州回到故乡临川。

⑫ 闻：名声。

⑬ "又七年"二句：王安石于庆历二年（1042）中进士，签书淮南判官，治所在扬州。庆历三年，曾自扬州归省临川，距上次回乡约为七年。

⑭ 泯然众人矣：方仲永的才华完全消失，同众人一样了。泯然，泯灭，消失。

⑮ 王子：王安石自称。

⑯ 通悟：聪明颖悟。

⑰ 受之天：承受了先天的禀赋。

⑱ "贤于"句：远远胜过一般有才能的人。

⑲ 卒之：最终。众人：一般人。

⑳ 受于人：接受后天的教育。不至：不够。

㉑ "今夫"以下四句：天赋并不聪明，本来就是普通人，又不接受后天的教育，恐怕就连一个普通人也做不成。

评析

庆历三年(1043),王安石自扬州回临川省亲。在金溪舅父家,他得悉乡民方仲永的情况,颇有感触,写下此文。文章通过方仲永幼年聪明颖悟,最终却沦为庸才的个案,说明仅有先天的禀赋不足凭恃,后天教育才是成才的关键。本中先叙事后议论,由感性到理性,因事言理,叙议结合,了无空泛枯燥之弊,是王安石短篇散文中的佳作。

这篇文章反映了王安石的教育观。仲永的家庭世代为农,不知道教育的重要性。乡人们同样如此,仅以好奇的态度来观看仲永的才艺表演。这种家庭条件、环境氛围,是导致仲永从天才沦为庸才的重要原因。之后,王安石屡次三番强调官方办学的重要性,极力推动教育改革,兴办官学以教育民众,或许与此文不无关系。

文章也体现出王安石"天生人成"的哲学观。天生,即事物的创生属于自然的范畴,人力无法参预。但事物最终的成就,却有赖于外在人力的能动介入。方仲永的悲剧,就在于只有"天生",缺乏"人成"。至于为何缺乏,则引人反省当时的教育制度。

同学一首别子固^①

江之南有贤人焉,字子固,非今所谓贤人者,予慕而友之^②。淮之南有贤人焉,字正之^③,非今所谓贤人者,予慕而友之。二贤人者,足未尝相过^④也,口未尝相语也,辞币未尝相接也^⑤,其师若友,岂尽同哉?予考其言行,其不相似者何其少也!曰:学圣人而已矣。学圣人,则其师若友必学圣人者。圣人之言行,岂有二哉?其相似也适然⑥。

予在淮南,为正之道子固,正之不予疑⑦也。还江南,为子固道正之,子固亦以为然。予又知所谓贤人者,既相似,又相信不疑也。

子固作《怀友》一首遗予⑧,其大略欲相扳以至乎中庸而后已⑨。正之盖亦常云尔。夫安驱徐行⑩,轥中庸之庭而造于其堂⑪,舍二贤人者而谁哉?予昔非敢自必⑫其有至也,亦愿从事⑬于左右焉尔,辅而进之,其可也。

噫!官有守⑭,私有系⑮,会合不可以常也。作《同学一首别子固》,以相警⑯且相慰云。

注释

① 子固:北宋著名文学家曾巩,字子固,南丰(今属江西)人。

② 慕:仰慕。友:结为朋友。

③ 正之:即《送孙正之序》中的孙侔,字正之。

④ 过:拜访。

⑤ 辞:指书信。币:礼物。接:指彼此间的书信来往与礼物馈赠。

⑥ 适然:当然。

⑦ 不予疑:即不疑予,不怀疑我说的话。

⑧《怀友》:曾巩写给王安石的一篇文章,载于吴曾《能改斋漫录》。遗(wèi):赠送。

⑨ "其大略"句:曾巩文章的主要意思,是希望互相激励援引,以达到中庸的境界为止。

⑩ 安驱徐行:平稳地驾车,从容前行。

⑪ "轥中庸"句:意谓经过中庸的门庭而到达内室,比喻治学由浅到深。中

庸：儒家奉行的一种道德标准，即不偏不倚。辗：车轮，此处指车轮碾过。

造：到。

⑫ 自必：自信一定。

⑬ 从事：追随。

⑭ 官有守：做官有职责。

⑮ 私有系：个人有私事牵累。

⑯ 警：告诫。

评析

这是一篇赠别之作。庆历三年（1043），王安石回临川省亲，会晤好友曾巩，临别时作此文相赠。文中表达了对曾巩的倾慕，勉励要携手共进学为圣人，反映出青年王安石的高远志向以及对友人的诚挚情谊。文章最大的特点是运用陪衬法，提到曾巩时处处以另一位好友孙正之作衬托。写正之即写子固，写子固即写正之，相互映发，参差错落，结构严谨。明代茅坤评曰："文严而格古。"（《唐宋八大家文钞》）

上 人 书

尝谓文者，礼教治政云尔①。其书诸策②而传之人，大体归然③而已。而曰"言之不文，行之不远"④云者，徒谓"辞之不可以已也"⑤，非圣人作文之本意也。

自孔子之死久，韩子作⑥，望⑦圣人于百千年中，卓然也，独子厚⑧名与韩并。子厚非韩比也，然其文卒配韩以传，亦豪杰可畏者也。韩子尝语人以文矣,曰云云,子厚亦曰云云。疑二子者,徒语人以其辞耳。作文之本意,不如是其已也。孟子曰:"君子欲其自得之也,自得之则居之安,居之安则资之深,资之深则取诸左右逢其原⑨。"孟子之云尔,非直施于文而已,然亦可托⑩以为作文之本意。

且所谓文者,务为有补于世而已矣;所谓辞者,犹器之有刻镂⑪绘画也。诚使巧且华,不必适用;诚使适用,亦不必巧且华。要之,以适用为本,以刻镂绘画为之容而已。不适用,非所以为器也;不为之容,其亦若是乎? 否也。然容亦未可已也,勿先之其可也。

某学文久,数挟此说以自治⑫。始欲书之策而传之人,其试于事者,则有待矣。其为是非邪? 未能自定也。执事,正人也,不阿其所好者。书杂文十篇献左右,愿赐之教,使之是非有定焉。

注释

① 云尔:而已。

② 策:古代用于记事的竹片、木片,编在一起的称作"策"。

③ 归然:归之于此。意谓文只是"礼教治政"的记录、书写。

④ 言之不文,行之不远:语出《左传•襄公二十五年》。意谓如果语言没有修饰,就不能流传很远。

⑤ 辞之不可以已也:语出《左传•襄公三十一年》。意谓文辞是不能废弃的,表示修饰文辞的重要。

⑥ 韩子:唐代古文家韩愈。作:兴起。

⑦ 望:仰望,追慕。

⑧ 子厚:唐代古文家柳宗元,与韩愈并称"韩柳"。

⑨ "君子欲其自得之也"以下四句:出自《孟子•离娄下》。意谓君子要求他

自觉地有所得，自觉地有所得，就能牢固地掌握它而不动摇。牢固地掌握它而不动摇，就能积蓄很深，就能取之不尽，左右逢源。

⑩ 托：借。

⑪ 刻镂：雕刻。

⑫ 挟：持。自治：自修，谓读书为文。

评析

此文是王安石文学理论的代表作，当为仁宗庆历年间所作，而所上之人不详。书中强调，所谓的"文"不过是"礼教治政"，并从内容和形式两方面予以阐述。

文中以器具为喻，认为作文之本意正如制作器具，目的在于应用。至于辞采等文之形式，正如器具上的"刻镂绘画"，不过是一种增添美观的装饰。二者之间，轻重、主次判然分明，不宜相混。由此，王安石批评了韩愈、柳宗元等重视古文文采、强调"文必己出"的倾向，指出他们并未真正理解"作文之本意"，从而凸显出政治家独特的功利主义文学观。南宋黄震评曰："论文至此，不其盛矣乎！"（《黄氏日钞》）

原　过

天有过乎？有之，陵历斗蚀①是也。地有过乎？有之，崩弛竭塞②是也。天地举③有过，卒不累覆且载者何④？善复常⑤也。人介⑥乎天地之间，则固不能无过，卒不害圣且贤者何？亦善复常也。故太甲思庸⑦，孔子曰"勿惮改过"⑧，扬雄贵迁善⑨，皆是术也。

予之朋有过而能悔,悔而能改,人则曰:"是向之从事云尔⑩,今从事与向之从事弗类⑪,非其性也,饰表以疑世也⑫。"夫岂知言⑬哉? 天播五行于万灵,人固备而有之⑭。有而不思⑮则失,思而不行则废。一日咎⑯前之非,沛然⑰思而行之,是失而复得,废而复举⑱也。顾曰非其性⑲,是率天下而戕⑳性也。

且如人有财,见篡㉑于盗,已而得之,曰:"非夫人之财,向篡于盗矣。"可欤? 不可也。财之在己,固不若性之为己有也。财失复得,曰非其财,且不可;性失复得,曰非其性,可乎?

注释

① 陵历:谓星辰超越本来的轨道进入他星轨道,如日食、月食等。斗蚀:星辰撞击,日食月食。以上喻天之过失。

② 崩弛:塌毁。竭塞:干涸、阻塞。

③ 举:都。

④ 卒不累覆且载者何:尽管都有过,但为何最终并不妨碍天地涵育包容万物的功能呢? 累,牵连,妨碍。覆且载,即天覆地载,指天地涵育包容万物。

⑤ 复常:回复到原来的运行轨迹、状态。

⑥ 介:处于二者之间。

⑦ 太甲思庸:语出《尚书·太甲》序。太甲,商汤嫡长孙,太丁之子。即位后,荒淫无道,不理国政,被大臣伊尹放逐到桐宫。三年后,太甲悔过,伊尹迎他复位,从此太甲勤政爱民,终成名君。思庸,指改过。

⑧ 孔子曰"勿惮改过":语出《论语·学而》。意谓有了过错,就不怕改正。惮,畏难。

⑨ 扬雄(前53—18):字子云,西汉蜀郡成都(今属四川)人,著名学者、文学

家。《汉书》有传。贵迁善：语出扬雄《法言·学行第一》："是以君子贵迁善。迁善也者，圣人之徒与！"贵，推崇、重视。迁善，即去恶为善，改过向善。

⑩ 向：从前。从事：行事、做事。

⑪ 类：相似，像。

⑫ 饰表：修饰、装饰外表。疑世：迷惑世人。

⑬ 知言：有见识的话。

⑭ "天播五行于万灵"二句：上天以五行之气普生万物，人本来就具有这五行之气所凝聚而成的仁、义、礼、智、信等品德。播，播化，谓天地普生万物。五行，指水、火、金、木、土五种基本元素，人禀五行，为仁、义、礼、智、信五种品德。万灵，众生灵。

⑮ 思：反思、反省。

⑯ 咎：责怪、追咎。

⑰ 沛然：谓行动迅速之状。

⑱ 举：动词，取起、拿起。

⑲ 顾：反而。性：本性。

⑳ 戕（qiāng）：残害。

㉑ 篡（cuàn）：以强力夺取。

{评析}

　　"原"是论说文中的一种，起源于中唐韩愈的"五原"（《原道》《原性》《原鬼》《原人》《原毁》），其文体特点是着重推究追溯事物的本原，阐述其嬗变。原过，即推究探讨人们之所以犯错误的根源。

　　文章首先论述天地的变化也有差错，但并不妨碍其化生万物的功能，因为天地能恢复常道。继而以太甲、孔子、扬雄等圣贤言行为例，由天地及人，阐述人不可能避免犯错，只要能够改正，也不妨碍成圣成贤。接着驳斥那种认为改过即改变本性的错误观点，为改过而辩护；最后以财物被盗失而复得为喻，论证改过即回归本性，无可厚非。

上运使孙司谏书①

伏见阁下令吏民出钱购人捕盐②，窃以为过矣。海旁之盐，虽日杀人而禁之，势不止也。今重诱之，使相捕告，则州县之狱必蕃③，而民之陷刑者将众。无赖奸人将乘此势，于海旁渔业之地搔动鹾户④，使不得成其业。鹾户失业，则必有合而为盗，贼杀⑤以相仇者。此不可不以为虑也。

鄞于州为大邑。某为县⑥于此两年，见所谓大户者，其田多不过百亩，少者至不满百亩。百亩之直，为钱百千，其尤良田，乃直二百千而已。大抵数口之家，养生送死⑦，皆自田出，州县百须，又出于其家。方今田桑之家，尤不可时得者，钱也。今责购而不可得，则其间必有鬻⑧田以应责者。夫使良民鬻田以赏无赖告讦之人，非所以为政也。又其间必有扞⑨州县之令而不时出钱者，州县不得不鞭械⑩以督之。鞭械吏民，使之出钱，以应捕盐之购，又非所以为政也。

且吏治宜何所师法也？必曰古之君子。重告讦之利以败俗，广诛求⑪之害，急较固⑫之法，以失百姓之心，因国家不得已之禁而又重之，古之君子盖未有然者也。犯者不休，告者不止，粜⑬盐之额不复于旧，则购⑭之势未见其止也。购将安出哉？出于吏之家而已，吏固多贫而无有也；出于大户之家而已，大家将有由此而破产失职者。安有仁人在上，而令下有失职之民乎？在上之仁人有所为，则世辄指以为师⑮，故不可不慎也。使世之在上者指阁下之为此而师之，独不害阁下之义乎？上好是物，下必有甚者。阁下之为方尔，而有司或以谓将请于阁下，求增购赏，以励告者。故某窃以谓阁下之欲有为，不可不慎也。

天下之吏，不由先王之道而主于利。其所谓利者，又非所以为利也，非一日之积也。公家日以窘⑯，而民日以穷而怨。常恐天下之势，积而不已，以至于此，虽力排⑰之，已若无奈何。又从而为之辞⑱，其与抱薪救火⑲何异？窃独为阁下惜此也。在阁下之势，必欲变今之法令如古之为，固未能也。非不能也，势不可也。循今之法而无所变，有何不可，而必欲重之乎？

伏惟阁下常立天子之侧，而论古今所以存亡治乱，将大有为于世，而复之乎二帝、三代之隆⑳，顾欲为而不得者也。如此等事，岂待讲说而明？今退而当财利责，盖迫于公家用调之不足，其势不得不权㉑事势而为此，以纾一切之急也㉒。虽然，阁下亦过矣，非所以得财利而救一切之道。阁下于古书无所不观，观之于书，以古已然之事验之，其易知较然㉓，不待某辞说也。枉尺直寻而利㉔，古人尚不肯为，安有此而可为者乎？

今之时，士之在下者浸渍㉕成俗，苟以顺从为得。而上之人亦往往憎人之言，言有忤己者，辄怒而不听之。故下情不得自言于上，而上不得闻其过，恣㉖所欲为。上可以使下之人自言者惟阁下，其职不得不自言者某也，伏惟留思而幸听之。

文书虽已施行，追而改之，若犹愈于遂行而不反也。干犯㉗云云。

注释

① 运使孙司谏：即孙甫（998—1057），字之翰，许州阳翟（今河南禹州）人。天圣五年（1027）举进士，得同学究出身，为蔡州汝阳县主簿。天圣八年

(1030)，再举进士及第，为华州推官。庆历年间，以右司谏出知邓州，徙安州，历江东、两浙转运使。《宋史》有传。

② 购人：悬赏聘人。捕盐：缉捕私自煎盐贩卖者。

③ 蕃：通"繁"，繁多。

④ 艚(cáo)户：担任艚运的船户。

⑤ 贼杀：残杀。

⑥ 某为县：庆历七年(1047)春夏之交，王安石知鄞县。

⑦ 养生送死：赡养生者，殡葬死者。

⑧ 鬻(yù)：卖。

⑨ 扦：抗拒，违背。

⑩ 鞭械：鞭打拘禁。

⑪ 诛求：需索，强制征收。

⑫ 较固：犹垄断。

⑬ 粜(tiào)：卖，此指官方对盐的专卖。

⑭ 购：此指上文所提到的悬赏。

⑮ 师：学习，效法。

⑯ 窘：匮乏。

⑰ 排：排解。

⑱ 辞：指借口。

⑲ 抱薪救火：语出《战国策·魏策三》。比喻用错误的方法去削除祸患，反而使祸患扩大。

⑳ "伏惟"以下四句：庆历初，孙甫授秘阁校理，曾奉诏上奏言十二事，改任右正言。又因河北降赤雪，河东地震不止，上疏言事。

㉑ 权：权衡。

㉒ 纾：解除。一切：权宜，临时。

㉓ 较然：明显。

㉔ 枉尺直寻：语出《孟子·滕文公下》。比喻小有所损，而大有所获；或者暂时委屈，以求得更大的利益。枉，曲。直，伸。寻，八尺曰寻。利，获利。

㉕ 浸渍：浸染，熏陶。

㉖ 恣：放纵。

㉗ 干犯：冒犯。

评析

宋朝对食盐实行禁榷（què，专卖）制度。官府垄断食盐的销售，先用较低价格收盐，然后高价出售，获取厚利。由于官盐的价格高，质量差，民众往往私自买卖食盐。两浙地区是重要的食盐产地，其中明州便多设盐场，而当地民众的私贩现象也比较普遍。

由于与西夏的战事，至庆历六、七年间（1046—1047），北宋政府的财政状况变得十分窘迫，两浙盐利对于国家财政的重要性进一步凸显。在此背景下，为了禁止私盐买卖，增加官盐专卖的收入，两浙转运使孙甫下令悬赏士民，告发缉捕私盐买卖者。当时，王安石知鄞县已经两年。作为一县之长，他目睹购捕私盐的弊端，深感不安，于是毅然上书孙甫，直言进谏，要求取消这一禁令。

在信中，王安石先是直言不讳地指出"购人捕盐"的危害，然后分析鄞县的自然条件和经济状况，认为"购人捕盐"不是"为政"的正确方向。继而又进一步展开议论，指出这一做法与"古之君子"的行为截然相反，流弊所至，必然导致官场上行下效不遗余力地盘剥民众。这种枉尺直寻、与民争利的做法，并不可取。作为一介知县，王安石敢于向顶头上司直言进谏，"以一县吏而能直民之利害于运使如此"（《唐宋八大家文钞》），毫不隐讳地指斥其过失，表现出他为民请命的勇气。清代储欣评曰："反复晓畅，论事之豪。"（《唐宋十大家

全集录·临川先生全集录》）

与此同时，王安石还写下一首《收盐》诗：

> 州家飞符来比栉，海中收盐今复密。穷囚破屋正嗟欷，吏兵操舟去复出。海中诸岛古不毛，岛夷为生今独劳。不煎海水饿死耳，谁肯坐守无亡逃？尔来盗贼往往有，劫杀贾客沉其艘。一民之生重天下，君子忍与争秋毫？

"一民之生重天下，君子忍与争秋毫？"这与本文表达的精神是一致的，是对孟子以来儒家民本思想传统的继承和发扬。

全文围绕捕盐一事进行分析议论，尖锐直率，晓畅明白，表现出王安石敢于抨击弊政、要求改革的无畏精神，以及高远的政治襟怀。诚如蔡上翔所说："其为爱民恻怛之心，筹划利害之明，虽复老成谋国者弗如。"（《王荆公年谱考略》）

慈溪县学记

天下不可一日而无政教，故学不可一日而亡①于天下。古者井天下之田②，而党庠、遂序、国学之法立乎其中。乡射饮酒、春秋合乐、养老劳农、尊贤使能、考艺选言之政③，至于受成、献馘、讯囚之事④，无不出于学。于此养天下智仁圣义忠和之士，以至一偏之伎、一曲之学⑤，无所不养。而又取士大夫之材行完洁⑥，而其施设已尝试于位而去者⑦，以为之师。释奠、释菜⑧，以教不忘其学之所自。迁徙逼逐⑨，以勉其怠而除其恶。则士朝夕所见所闻，无非所以治天下国家之道，其服习⑩必于仁义，而所学必皆尽其材。一日取以备公卿大夫百执事⑪之选，则其材行皆已素定，而士之备选者，其施设亦皆素所见闻而已，不待阅习⑫而后能者也。古之在上者，事不虑而尽，功不为而足，其要如此而已。此二帝、三王所以治天下国家而立学之本意也。

后世无井田之法，而学亦或存或废，大抵所以治天下国家者，不复皆出于学。而学之士，群居族⑬处，为师弟子之位者，讲章句、课文字而已⑭。至其陵夷⑮之久，则四方之学者废而为庙，以祀孔子于天下，斫木抟土，如浮屠、道士法，为王者象。州县吏春秋帅其属，释奠于其堂，而学士者或不预焉。盖庙之作出于学废，而近世之法然也⑯。

今天子⑰即位若干年，颇修法度，而革近世之不然者。当此之时，学稍稍立于天下矣，犹曰县之士满二百人，乃得立学⑱。于是慈溪之士不得有学，而为孔子庙如故，庙又坏不治。今刘君在中言于州，使民出钱，将修而作之，未及为而去，时庆历某年也。

后林君肇⑲至，则曰："古之所以为学者，吾不得而见，而法者，吾不可以毋循也。虽然，吾之人民于此，不可以无教。"即因民钱作孔子庙，如今之所云，而治其四旁，为学舍讲堂其中，帅⑳县之子弟，起先生杜君醇㉑为之师，而兴于学。噫，林君其有道者耶！夫吏者无变今之法，而不失古之实，此有道者之所能也。林君之为，其几于此矣。

林君固贤令，而慈溪小邑，无珍产淫货㉒以来四方游贩之民。田桑之美，有以自足，无水旱之忧也。无游贩㉓之民，故其俗一而不杂；有以自足，故人慎刑而易治。而吾所见其邑之士，亦多美茂之材，易成也。杜君者，越之隐君子，其学行宜为人师者也。夫以小邑得贤令，又得宜为人师者为之师，而以修醇一易治之俗，而进美茂易成之材，虽拘于法、限于势，不得尽如古之所为，吾固信其教化之将行，而风俗之成也。夫教化可以美风俗，虽然，必久而后至于善，而今之吏其势不能以久也。吾虽喜且幸其将行，而又忧夫来者之不吾继也，于是本其意以告来者。

注释

① 亡：无，没有。

② 井天下之田：即井田，相传古代的一种土地制度。以方九百亩为一里，划为九区，形如"井"字，故名。中间的一区为公田，其外八区为私田，八家均私百亩，同养公田。公事毕，然后治私田。从春秋时起，井田制开始崩溃，逐渐被封建生产关系所取代。

③ 乡射：古代射箭饮酒的礼仪。乡射有二：一是州长春秋于州序（学校）以礼会民习射；二是乡大夫于三年大比（乡试）贡士之后，乡大夫、乡老与乡人习射。秦汉以后，也有仿行。饮酒：指乡饮酒礼。古代乡学，三年学成，以其德行道艺贤能杰出者推荐给国君。临行时，乡大夫主持设宴送行，与之饮酒，皆有仪式，称乡饮酒礼。合乐：众乐同时合奏。考艺选言：考察技艺，选拔能言善辩之士。

④ 受成：接受已定的谋略、计划。此语出《礼记·王制》："天子将出征……受命于祖，受成于学。"献馘（guó）：古时出征杀敌，割取左耳，以多寡论功，泛指奏凯报捷。馘，被杀者之左耳。

⑤ 一偏：即片面、偏于一面。一偏之伎，与下句"一曲之学"相对。之，底本原作"一"，据龙舒本《王文公文集》改。一曲：犹一隅。曲，局部、片面。

⑥ 完洁：（道德）清正纯备。

⑦ 其施设已尝试于位而去者：指曾经任职而施展过才华的卸任官员。

⑧ 释奠：古代在学校设置酒食以祭奠先圣先师的一种典礼。释菜：古代入学时祭祀先圣先师的一种典礼。

⑨ 迁徙：流放到边远地区。逼逐：放逐。

⑩ 服习：熟悉。

⑪ 百执事：泛指一般的官员。

⑫ 阅习：训练演习。

⑬ 族：聚集。

⑭ 讲章句：剖章析句。课文字：学习文字。课，讲习，学习。以上是汉唐经
学家解说经义、教育弟子的治学方式。

⑮ 陵夷：衰落。

⑯ "则四方"以下十句：描述自唐代以来，孔庙兴盛而学校却衰落的情况。在
唐代，孔庙祭祀是属于国家正式承认的"中祀"，各州县都建有孔子庙，地
方官上任伊始，便去孔庙祭祀。相形之下，各州县的官方学校却不甚兴
盛。北宋也是如此。王安石对这种情况非常不满，认为这是在学习佛教、
道教广建庙观。抟(tuán)，捏。

⑰ 今天子：指仁宗赵祯。

⑱ "犹曰"二句：按，仁宗庆历四年(1044)三月下诏，命诸州、府、军、监等建立
学校。诸县如学者达二百人以上，也允许立县学。"县"，底本原作"州"，
据龙舒本《王文公文集》改。

⑲ 林君肇：即林肇，字公权，吴兴人，进士及第。庆历五年至皇祐二年
(1045—1050)，任慈溪县令。

⑳ 帅：率领。

㉑ 杜君醇：杜醇，慈溪人，通经术，不求闻达。杜醇卒后，王安石有诗悼念。

㉒ 淫货：奢侈工巧的物品。

㉓ 游贩：往来贩卖。

评析

学记是中唐以后兴起的一种新文体。北宋仁宗一朝，随着地方兴学的展

开,学记的写作开始兴盛起来,形成了较为固定的文体模式。一般而言,学记的整体结构包括三个部分:一是叙述学校的兴建过程;二是考述学校制度在历代的兴衰及其与治乱之关系;三是阐述兴学之意,或是描述兴学的效果,或是称颂修建者。在"记"体文中,学记被后人视为"最不易为"的一类。其一,需要高超的叙事技巧,才能在有限的篇幅内将修建始末叙述得明白而扼要,否则很容易堕入记体文的陈窠中去,即仅叙述修筑的日期,楼宇亭台的位置,雷同铺叙。其二,需要对历代学校制度有清楚的了解,带有考订的成分,需要学者具备渊博的学识。其三,阐明兴学本意,要求按照儒家的经典立论,对学习的必要性、目的、方法、步骤等均需胸有成竹。一篇成功的学记,往往是义理、考据、辞章三者缺一不可,都需要很深的造诣。这与一般的亭台楼阁之记在简明扼要地叙述兴建经过之后,再切时切地抒发一些人生感慨或哲理性的议论迥然不同。所以,学记属于典型的"学者之文"。

通常认为,学记创作典范是在宋代才形成的。所谓"曾王学记",即王安石与曾巩的学记创作,被后世视为圭臬。这篇《慈溪县学记》撰于仁宗庆历八年(1048)王安石知鄞县任上,是他的学记代表作。文章先以议论起笔,阐述古代兴学的本意在于治理天下国家,学校是政教兴衰之本。接着概述学校制度的大体内涵,强调其重要性。然后,文中叙述汉代以后学校制度衰落,只有模仿佛道的孔庙,不足为学。在这之后,文章才转入正题,交代知县林肇修建县学的背景、过程以及聘请师资的经过,表明兴学的期待,戛然而止。清代徐乾学评道:"此与《虔州学记》,皆借一州一邑,发挥大议,闳阔重厚之文。"(《古文渊鉴》)

答韶州张殿丞书

某启:伏蒙①再赐书,示及先君韶州之政②,为吏民称诵,至今不绝。

伤③今之士大夫不尽知，又恐史官不能记载，以次④前世良吏之后。此皆不肖之孤，言行不足信于天下，不能推扬先人之功绪余烈⑤，使人人得闻知之，所以夙夜愁痛疚心疾首⑥而不敢息者，以此也。

先人之存，某尚少，不得备⑦闻为政之迹。然尝侍左右，尚能记诵教诲之余。盖先君所存⑧，尝欲大润泽⑨于天下，一物枯槁⑩，以为身羞。大者既不得试，已试乃其小者耳，小者又将泯没而无传，则不肖之孤罪大衅⑪厚矣，尚何以自立于天地之间耶？阁下勤勤恻恻⑫，以不传为念，非夫仁人君子乐道人之善，安能以及此？

自三代之时，国各有史。而当时之史⑬，多世其家⑭，往往以身死职，不负其意。盖其所传，皆可考据。后既无诸侯之史，而近世非尊爵盛位⑮，虽雄奇俦烈⑯，道德满衍⑰，不幸不为朝廷所称，辄不得见于史。而执笔者又杂出一时之贵人，观其在廷论议之时，人人得讲其然不，尚或以忠为邪，以异为同，诛当前而不栗，讪在后而不羞，苟以屦其忿好之心而止耳⑱。而况阴挟翰墨以裁前人之善恶⑲，疑可以贷褒，似可以附毁⑳，往者不能讼当否，生者不得论曲直，赏罚谤誉，又不施其间。以彼其私，独安能无欺于冥昧㉑之间邪？善既不尽传，而传者又不可尽信如此。唯能言之君子，有大公至正之道，名实足以信后世者，耳目所遇㉒，一以言载之，则遂以不朽于无穷耳。

伏惟阁下于先人非有一日之雅㉓，余论㉔所及，无党私㉕之嫌。苟以发潜德㉖为己事，务推所闻，告世之能言而足信者，使得论次㉗以传焉，则先君之不得列于史官，岂有恨哉！

注释

① 伏蒙：承蒙。

② 先君：已故的父亲。韶州：北宋时属广南东路，治所在曲江（今属广东韶关）。王安石的父亲王益，于仁宗天圣八年至明道元年间（1030—1032）知韶州，王安石随行。王益任职期间，移风易俗，政绩卓著，事迹被胡瑗编入《政范》。

③ 伤：叹惜。

④ 次：排列。

⑤ 功绪：功绩。余烈：遗留下来的功业。

⑥ 疾心疾首：犹痛心疾首，形容忧心愁痛到极点。

⑦ 备：尽，全。

⑧ 存：向往，期待。

⑨ 润泽：滋润，喻施予恩泽。

⑩ 枯槁：穷困潦倒。

⑪ 衅：罪。

⑫ 恻恻：恳切貌。

⑬ 史：指商、周时在王左右的史官，担任祭祀、星历、卜筮、记事等职。

⑭ 世其家：世代家传。

⑮ 尊爵盛位：指尊崇有爵位的高官。

⑯ 儁（jùn）烈：才智杰出，刚毅正直。儁，同"俊"。

⑰ 满衍：充沛、广布。

⑱ "诛当前而不栗"以下三句：对于当前可能遭到的责罚不知恐惧，对于日后可能会受到的讥讽不知羞愧，只有满足了自己的喜怒爱憎之心才停止。诛，责罚。栗，恐惧。讪，讥讽。餍（yàn），满足。忿好，怨恨爱好。

⑲ 阴挟翰墨：暗中以私心操弄文辞。裁：裁定。

⑳ "疑可以贷褒"二句：有些似是而非或是非难辨的历史事实，可以刻意掩饰表扬，蓄意诋毁。

㉑ 冥昧：幽暗。

㉒ 耳目所遇：耳见目闻，指亲身经历。

㉓ 阁下：古代对尊者的敬称，后泛用于朋友之间，称谈话、通信的对方。此处指张殿丞，其人不详。殿丞，指殿中丞，宋代殿中省的属官。一日之雅：犹言一面之交。

㉔ 余论：一言半语。

㉕ 党私：偏私。

㉖ 潜德：不为人知的美德。

㉗ 论次：论定编次。

评析

这封书信大约写于仁宗庆历七年（1047）。当时，王安石正知鄞县，准备回江宁埋葬父亲王益。张殿丞写信告知王益知韶州时的一些政绩，于是王安石回信感谢。

王益进士及第后，历任各地地方官。他志向远大，以天下安危为己任，为政清廉，治绩卓然。王安石对父亲很是崇拜，深受感染。在信中，他首先回顾了父亲的教诲，愧疚自己未能发扬先人功业，感谢张殿丞来信。继而展开议论，阐述对历代史书记载的看法，对三代以下史官的品德、史事的真伪，以及后世史官以官爵高下为取舍标准、不能秉笔直书的作法，表示了愤慨。唯其如此，父亲的事迹未能得列史书，几遭湮没。

以上集中体现了王安石的史学思想。在他看来，历史记录以三代为界，可分为两个阶段。三代之前由于"国各有史"，史官能够尽忠职守，所录可信，"皆可考据"。三代以下便截然不同了。首先，在史料的取舍上，史官所载都是"尊爵盛位"，取材范围相当有限。其次，作史之人缺乏"史德"，难以做到客观公正地对待史料，在史料选取上渗透着过多个人好恶，"苟以厌其忿好之心而止耳"。再次，在价值评判上，史官也往往出于个人私意，蓄意颠倒黑白，甚至"阴挟翰墨以裁前人之善恶，疑可以贷褒，似可以附毁"，以成谤史。在此，王安石主要从史官的角度，由史官的道德修养、职业素养进而怀疑史料，从而产生了对历史记录的怀疑。他不相信仅仅通过史传记载，人们能够获得古人古事的真正面貌，因为记载史传的史官，受到主客观因素的影响，并没有、也不可能忠实地将历史的原貌记载下来，更毋论对人物、事件的褒贬了。他的七言律诗《读史》，更加凝练地表现出以上史学思想："自古功名亦苦辛，行藏终欲付何人。当时黯暗犹承误，末俗纷纭更乱真。糟粕所传非粹美，丹青难写是精神。区区岂尽高贤意，独守千秋纸上尘。"可与本文相互参看。

另外，中唐古文家韩愈曾说："夫为史者，不有人祸，则有天刑，岂可不畏惧而轻为之哉？"(《韩昌黎文集校注·文外集》上《答刘秀才论史书》)可见此信中的议论，也是沿袭了韩愈关于史官的话题而来。清代李光地认为，王、韩所论有相同之处："此古今升降一大节目。此篇议论，亦大关系。韩子之不为史官，意亦如此，而有难显言者，故以鬼神祸福自说。"(《唐宋文醇》)颇具只眼。不过，韩愈仅言史官之难为，而此信则直斥后世史官之谬，义正词严。"文字宛转抑扬。中间一节，曲尽作史情态。古今史笔得失，只在公私疑信之间，其论甚备。"(楼昉《崇古文诀》)清代储欣评道："论史事，确不可刊。读王文如对执法御史，冰心铁面，凛然有莫能犯之色，而此书尤其较著者。"(《唐宋八大家类选》)

书李文公集后

文公非董子作《仕不遇赋》^①，惜其自待不厚。以予观之，《诗》三百发愤于不遇者甚众②。而孔子亦曰:"凤鸟不至,河不出图,吾已矣夫!"③盖叹不遇也。文公论高如此,及观于史,一不得职,则诋宰相以自快④。今"吾于人也,听其言而观其行"⑤,言不可独信久矣。虽然,彼宰相名实⑥固有辨。彼诚小人也⑦,则文公之发,为不忍于小人可也。为史者,独安取其怒之以失职耶?世之浅者,固好以其利心量君子,以为触⑧宰相以近祸,非以其私则莫为也。夫文公之好恶,盖所谓皆过其分者耳。

方其不信⑨于天下,更以推贤进善⑩为急。一士之不显⑪,至寝食为之不甘,盖奔走有力,成其名而后已。士之废兴,彼各有命。身非王公大人之位,取其任而私之⑫,又自以为贤,仆仆然⑬忘其身之劳也,岂所谓知命⑭者耶!《记》曰:"道之不行,贤者过之,不肖者不及也。"⑮夫文公之过也,抑⑯其所以为贤欤?

注释

① "文公"句:此指李翱《答独孤舍人书》:"仆尝怪董生大贤,而著《仕不遇赋》,惜其自待不厚。凡人之蓄道德才智于身,以待时用,盖将以代天理物,非为衣服饮食之鲜肥而为也。董生道德备具,武帝不用为相,故汉德不如三代,而生人受其憔悴,于董生何苦而为仕不遇之词乎?"文公,即中唐古文家李翱(772—841),字习之,陇西成纪(今甘肃秦安)人。唐德宗贞元年间进士,曾随韩愈学习古文,官至山南东道节度使,死后谥"文",故称为李文公。有《李文公集》十卷。《旧唐书》有传。非,非议。董子,西汉著名儒者董仲舒(前179—前104),广川(今河北景县)人。汉景帝时任博士,教授《公羊春秋》。汉武帝时,他以《天人三策》建议独尊儒术,为汉武帝采纳。曾著《仕不遇赋》,感慨仕途不顺。"仕"与"士"古通。

② "《诗》三百"句:语出《史记·太史公自序》:"《诗》三百篇,大抵圣贤发愤之

所为作也。"《诗》:《诗经》,中国古代最早的诗歌总集,汉代以后被尊为经,现存三百零五篇。发愤,发泄愤闷。不遇,不得志,未显达。

③ "凤鸟不至"以下三句:语出《论语·子罕》。意谓凤凰不飞来了,黄河里也没有图画出来,我这一生恐怕要完了。孔子以此悲叹天下再无太平清明之望。河图,据说伏羲时有龙马出于黄河,马背有旋毛如星点,称作龙图。伏羲取法以画八卦。古代认为河图出现,是帝王受命的祥瑞。

④ "文公论高如此"以下四句:指李翱因未得迁升知制诰,而当面指责宰相李逢吉之事。怏(yàng),强求。

⑤ "吾于人也"二句:语出《论语·公冶长》。意谓听了别人说的话,还要考察他的行为。

⑥ 名实:名称与实质、实际。

⑦ 彼诚小人也:指李逢吉实为小人。李逢吉,字虚舟,生性忌刻,险谲多端。《旧唐书》有传,称其"天与奸回,妒贤伤善"。

⑧ 触:触犯,冒犯。

⑨ 不信:不得志。信,通"伸"。

⑩ 推贤进善:推荐引进贤能善良之人。

⑪ 不显:不显达。

⑫ 取其任而私之:推贤进善,本来应当是王公大人们的职责,而李翱却将其当作自己的私事。

⑬ 仆仆然:奔走劳顿之貌。

⑭ 知命:明白事物的变化都由上天命运所决定。

⑮ "道之不行"以下三句:语出《礼记·中庸》:"子曰:'道之不行也,我知之矣。知者过之,愚者不及也。道之不明也,我知之矣。贤者过之,不肖者不及也。'"意谓中庸之道不行不明,是因为知者、贤者的所为过分了,而愚者、不肖者做得不够。道,中庸之道。过,超越,过分。

⑯ 抑：或许。

> 评析

　　本文是王安石阅读中唐古文家李翱文集后所写的一篇读后感。它没有针对文集本身展开讨论，而是通过叙述李翱生平中的两件事情——面斥宰相、推引贤士，来评骘李翱的为人。

　　首先，文章提出李翱对西汉董仲舒作《仕不遇赋》的非议，以《诗经》和孔子之言为例，反驳李翱的观点。进而根据史书对李翱面斥宰相的记载，指出李翱言行不符。文章至此，看似批评李翱，其实不然。接下来文章指出宰相李逢吉实为小人，而李翱的行为，不过是好恶过分；史官的记载，反而是以利心揣度贤者，从而隐隐表达了对史书记载真实性的怀疑。在第二部分，文章极力描述李翱引进推荐贤士不遗余力，点明他才是真正的贤人。尽管作者认为李翱似乎不是知命之人，但也是孔子责备贤者之义。全文仅三百多字，文意却数次陡接陡转，欲扬先抑，极尽转折腾挪变化之能事。明人茅坤评道："看王公文字，须识得他笔力天纵处。"（《唐宋八大家文钞》）即指此而言。

孔子世家议

　　太史公①叙帝王则曰"本纪"，公侯传国则曰"世家"，公卿特起②则曰"列传"，此其例③也。其列孔子为世家④，奚其进退无所据耶⑤？孔子，旅人⑥也，栖栖衰季之世⑦，无尺土之柄⑧，此列之以传宜矣，曷为世家哉⑨？岂以仲尼躬将圣之资⑩，其教化之盛，乌奕⑪万世，故为之世家以抗⑫之？

又非极挚⑬之论也。夫仲尼之才，帝王可也，何特公侯哉？仲尼之道，世天下⑭可也，何特世其家哉？处之世家，仲尼之道不从而大；置之列传，仲尼之道不从而小。而迁也自乱其例，所谓多所抵牾者也⑮。

注释

① 太史公：指司马迁(前145—?)，字子长，夏阳(今陕西韩城南)人，西汉史学家、文学家。汉武帝元封三年(前108)任太史令，故称为太史公。所著史籍，人称《太史公书》，后称《史记》。它是中国历史上第一部纪传体通史，被列为"二十四史"之首，记载了自上古传说中的黄帝时代，至汉武帝元狩元年间共3 000多年的历史。全书一百三十篇，共有八书、十表、十二本纪、三十世家、七十列传。

② 特起：特出，杰出。

③ 例：著述的体例。

④ 列孔子为世家：《史记》有《孔子世家》。

⑤ 奚：为何。进退：指褒贬。据：根据。

⑥ 旅人：孔子带领弟子们常年在外，周游列国讲学，故称。

⑦ 栖栖：忙碌不安貌。衰季：衰微末世。

⑧ 尺土之柄：治理统率一尺之地的权力。柄，喻权力。

⑨ 曷为世家哉：为何要把他列在世家呢？

⑩ 仲尼：孔子名丘，字仲尼。躬将圣之资：本身具备圣人的资质。

⑪ 舄奕(xì yì)：连绵不断。

⑫ 抗：匹配。

⑬ 极挚：最高程度。

⑭ 世天下：天下世代流传。

⑮ 抵牾(wǔ)：矛盾，抵触。《汉书·司马迁传》称，《史记》一书采摭(zhí，拾取)经传，很多疏略，或有抵牾。

评析

这篇短文，或题作《读孔子世家》，是王安石读了《史记·孔子世家》后所写下的一篇读后感。

《史记》是我国第一部纪传体的通史。在这部伟大著作中，司马迁创立了全新的编纂体例，"本纪以序帝王，世家以记侯国，十表以系时事，八书以详制度，列传以志人物，然后一代君臣政事，贤否得失，总汇于一编之中。"(赵翼《廿二史札记》)然而，孔子不是公侯，司马迁为了尊崇孔子，特意将孔子列入世家。张守节《史记正义》解释说："孔子无侯伯之位，而称世家者，太史公以孔子布衣传十余世，学者宗之，自天下王侯，中国言六艺者宗于夫子，可谓至圣，故为世家。"

对此，王安石提出异议。他认为孔子的伟大，并不会因为是否列入世家而有所增损。司马迁自乱著述的体例，其实没有必要。文章表明了王安石对孔子的极度尊崇；同时，也从侧面反映了他"先体制，后工拙"的文学思想。全文仅一百七十多字，却写得转折顿挫，简洁劲峭，很能体现王安石散文的特色。

信州兴造记

晋陵张公治信之明年①，皇祐二年也。奸强帖柔②，隐讹发舒③，既政大行，民以宁息④。夏六月乙亥，大水。公徒囚于高狱，命百隶戒⑤，不共有常诛⑥。夜漏半⑦，水破城，灭府寺⑧，芑⑨民庐居。公趋谯门⑩，坐其下，敕吏士以桴⑪收民，鳏孤老癃与所徙之囚⑫，咸得不死。

丙子，水降。公从宾佐按行隐度⑬，符县调富民水之所不至者夫钱⑭，户七百八十六，收佛寺之积材一千一百三十有二。不足，则前此公所命富民出粟以赒⑮贫民者二十三人，自言曰："食新矣，赒可以已⑯，愿输粟直以佐材费。"七月甲午，募人城水之所入，垣郡府之缺⑰，考⑱监军之室，立司理⑲之狱。营州之西北亢爽之墟⑳，以宅㉑屯驻之师，除其故营，以时教士刺伐坐作之法㉒，故所无也。作驿㉓曰饶阳，作宅曰回车。筑二亭于南门之外，左曰仁，右曰智，山水之所附也。梁四十有二，舟㉔于两亭之间，以通车徒之道。筑一亭于州门之左，曰宴，月吉所以属宾也㉕。凡为梁一，为城垣九千尺，为屋八。以楹㉖数之，得五百五十二。自七月九日，卒九月七日，为日五十二，为夫一万一千四百二十五。中家以下，见城郭室屋之完㉗，而不知材之所出；见徒之合散，而不见役使之及己。凡故之所有必具，其所无也，乃今有之，故其经费卒不出县官之给。公所以捄灾补败㉘之政如此，其贤于世吏远矣。

今州县之灾相属㉙，民未病灾㉚也，且有治灾之政出焉。弛舍之不适㉛，敛取之不中㉜，元奸宿豪舞手以乘民㉝，而民始病。病极矣，吏乃始警然㉞自喜，民相与诽㉟且笑之而不知也。吏而不知为政，其重困民多如此。此予所以哀民，而闵吏之不学也。由是而言，则为公之民，不幸而遇害灾，其亦庶乎无憾矣。十月二十日，临川王某记。

> **注释**

① 晋陵：今江苏常州。张公：即张衡，皇祐元年（1049）知信州。

② 奸强：邪恶豪强之人。帖柔：服顺，听从。

③ 隐讪：冤屈。发舒：发泄,辩白。

④ 宁息：安定休息。

⑤ 百隶：众官吏。戒：戒饬,警戒。

⑥ 共：通"恭"。常诛：规定的惩罚。

⑦ 夜漏半：即夜半。漏,古代滴水计时的器具。

⑧ 府寺：官署。

⑨ 苞：通"包",包围。

⑩ 谯(qiáo)门：建有望楼的城门。

⑪ 桴：竹筏,木筏。

⑫ 鳏(guān)：成年无妻或丧妻的人。癃(lóng)：衰老病弱。

⑬ 宾佐：幕宾佐吏。按行：巡行,巡视。隐度：考察计量。

⑭ 符：此用作动词,指下达盖有官府印信的公文。夫：服劳役的。

⑮ 赒(zhōu)：周济。

⑯ "食新矣"二句：有了新粮,不需要赒济了。

⑰ 垣：此处用作动词,指修补围墙。郡府：指州府。

⑱ 考：完成。

⑲ 司理：官名,司理参军的简称,宋代置于诸州,掌狱讼。

⑳ 亢爽：地势高旷。墟：空地。

㉑ 宅：住。

㉒ 刺伐：击刺。坐作：坐与起,止与行。二者都是古代练兵的科目。

㉓ 驿：驿站。

㉔ 舟：此处用作动词,行舟之意。

㉕ 月吉：农历每月初一。属宾：招待宾客。

㉖ 楹：房屋的计量单位,屋一列或一间为一楹。

㉗ 完：完成,完好。

㉘ 补败：弥补灾年。

㉙ 相属：相接，相继。

㉚ 病灾：即以灾为病。

㉛ 不适：不当。

㉜ 裒（póu）取：聚敛索取。不中：不适当。

㉝ 元奸宿豪：指强横不法的奸恶之人。舞手：耍弄手段。乘民：欺压民众。

㉞ 謷（áo）然：傲慢貌。

㉟ 诽：讽刺。

评析

皇祐二年(1050)，王安石自临川赴杭州，途经信州。信州正遇水灾，知州张衡率民兴役，救灾补败，而民不扰，于是王安石撰文纪之。

全文分三段。第一段叙述信州因遭水灾而城破，引出信州城兴造的缘由。第二段记叙灾后张衡率领士民修造州城的经过，呈现出一位能够体恤百姓而又精明强干的能吏形象。第三段则由此展开议论，就信城州的兴造，抨击当今的治灾之政，"吏而不知为政"，与张衡形成了鲜明对比。

此文语言简练，叙述详略得当，描写细致，议论精警。三者依次展开，符合"记"体文的常规写法。南宋楼昉评论道："意有发明，文有涵蓄，叙事有法，又其余事。"（《崇古文诀》）

广西转运使①孙君墓碑

君少学问勤苦，寄食②浮屠山中，步行借书数百里，升楼诵之而去其阶③。盖数年而具众经,后遂博极④天下之书。属文⑤,操笔布纸,谓为方思,而数百千言已就。

以天圣五年同学究出身⑥,补滁州来安县主簿、洪州右司理⑦。再举进士甲科,迁大理寺丞⑧,知常州晋陵县⑨,移知浔州⑩。浔当是时,人未趣⑪学,乃改作庙学⑫,召吏民子弟之秀者,亲为据案讲说,诱劝以文艺。居未几⑬,旁州士皆来学,学者由此遂多。以选⑭,通判耀州⑮。兵士有讼财而不直者,安抚使以为直,君争之不得,乃奏决于大理⑯。大理以君所争为是,而用君议编于敕⑰。庆历二年,擢为监察御史里行⑱,于是弹奏狄武襄公不当沮败刘沪水洛城事⑲。又因日食言阴盛,以后宫为戒。仁宗大猎于城南,卫士不及整而归以夜。明日,将复出,有雉陨于殿中。君奏疏,即是夜有诏止猎⑳。蛮唐和寇湖南㉑,以君安抚,奏事有所不合,因自劾,乃知复州㉒。又通判金州㉓,知汉阳军、吉州㉔,稍迁至尚书都官员外郎、提点江南西路刑狱㉕。有言常平岁凶当稍贵其粟以利籴本者㉖,诏从之;君言此非常平本意也,诏又从之。

侬智高反㉗,君即出兵二千于岭㉘,以助英、韶㉙。会除广西转运使,驰至所部,而智高方煽㉚,天子出大臣部诸将兵数万击之㉛。君驱散亡残败之吏民,转刍米于惶扰卒急之间㉜,又以余力督守吏治城堑㉝、修器械。属州多完,而师饱以有功,君劳居多,以劳迁尚书司封员外郎。初,君请斩大将之北者,发骑军以讨贼,及后,贼所以破灭,皆如君计策。军罢而人重困,方恃君绥抚,君乘险阻,冒瘴毒,经理出入,启居无时。以皇祐三年三月初七日卒于治所,年五十四。官至尚书工部郎中㉞,散官至朝奉郎㉟,勋至上骑都尉㊱。

君所为州,整齐㊲其大体,阔略其细故㊳。与宾客谈说,弦歌饮酒,往往终日,而能听用㊴佐属尽其力,事以不废。在御史言事,计曲直利害如何,不顾望大臣㊵,以此无助。所为文,自少及终,以类集之,至百卷。天德、地业、人事之治,掇拾㊶贯穿,无所不言,而诗为多。

君讳㊷抗,字和叔,姓孙氏,得姓于卫,得望于富春㊸。其在黟县㊹,自君之高祖弃广陵以避孙儒之乱㊺。而至君曾大父讳师睦㊻,善治生㊼以致富,岁饥,贱出米谷,以斗升付籴者,得欢心于乡里。大父讳旦,始尽弃其产而能招士以教子。父讳遂良,当终时,君始十余岁。后以君故,赠尚书职方员外郎㊽。

君初娶张氏,又娶吴氏,又娶舒氏,封太康县君。五男子:适、邈、迪、适、遘。适尝从予游,年十四,论议著书,足以惊人,终永州军事推官㊾。邈,今潞州上党㊿县令,亦好学能文。状君行以求铭者,邈也。君之卒也,天子以适试秘书省校书郎㉝。二女子:一嫁太庙斋郎㉞李简夫,一嫁进士郑安平。

君以其卒之年十二月二十五日,葬黟县怀远乡上林村。歙之为州,在山岭涧谷崎岖之中。自去五代之乱百年,名士大夫亦往往而出,然不能多也。黟尤僻陋㉟,中州能人贤士之所罕至。君孤童子,徒步宦学,终以就立,为朝廷显用。论次㊱终始,作为铭诗,岂特以显孙氏而慰其子孙,乃亦以诒其乡里。铭曰:

在仁宗世,蛮跳㊲不制。馈师牧民㊳,实有肤使㊴。践艰乘危,条变画奇。瘴毒㊵既除,膏熨㊶以治。方迁既陨㊷,哀暨山夷㊸。维此肤使,文优以仕。禄则不殖㊹,其书满笥㊺。书藏于家,铭在墓前。以告黟人,孙氏之阡㊻。

注释

① 转运使:官名。北宋路级长官,掌管一路财赋,监察各州官吏,并以官吏违法、民生疾苦情况上报朝廷。转运使官署称为转运使司,也称转运司。

② 寄食：依附别人生活。

③ 阶：梯。

④ 博极：犹言博通，谓遍览群书，知识渊博。

⑤ 属文：撰文。

⑥ 天圣：仁宗年号(1023—1031)。同学究出身：唐宋科举均有学究科。宋代学究科考试及格而等第次于学究出身者，称为同学究出身，也有未经科举而恩赐此称的。

⑦ 滁州来安县：今属安徽滁州。主簿：知县、县令的属官，负责文书等事务。洪州：北宋时属江南西路，州治在今江西南昌。司理：官名，司理参军的简称。太祖开宝六年(973)，改各州马步院为司理院，以文臣为司寇参军，后改司寇为司理，掌狱讼勘鞫(kān jū，审讯)之事，不兼他职。

⑧ 大理寺丞：官名。中央司法机构大理寺以卿为长官，寺丞是佐官。北宋前期，大理寺丞无职事，为文臣迁转官阶。

⑨ 常州晋陵县：今江苏武进。

⑩ 浔州：北宋时属广南西路，州治在今广西桂平。

⑪ 趣：趋。

⑫ 庙学：指古代设于孔庙内的学校。

⑬ 未几：不久。

⑭ 选：指诠选，量才授官。

⑮ 通判：官名。宋初始于诸州府设置，即共同处理政务之意。地位略次于州府长官，但握有连署州府公事和监察官吏的实权，号称“监州”。耀州：北宋时属永兴军路，州治在今陕西铜川市耀州区。

⑯ 大理：即大理寺，官署名。宋初承唐制，设判寺一至二员，以朝官充任。负责详断各地奏报案件，送审刑院复审后，同署上报。熙宁九年(1076)，复置大理狱，始治狱事。

⑰ 敕：文书名。唐代法令、法制文书有律、令、格、式，宋初称令、格、式、敕。神宗以律不能概括一切，改为敕、令、格、式，而仍存律。凡断狱必先依律，律未载，则依敕、令、格、式。前朝所颁敕、令、格、式，后朝必编纂成书。

⑱ 监察御史里行：差遣名，隶御史台察院，北宋景祐元年(1034)置。执掌与监察御史相同，主弹劾官员。御史须太常博士、曾任州通判、有人荐举，方能除授。如不及资格而除台官，则带"里行"二字。据李焘《续资治通鉴长编》庆历五年(1045)四月丁未，原注曰："孙抗去年十二月癸丑，乃自太常博士为监察御史里行。"与碑中所言不同。

⑲ "弹奏"句：指庆历三年(1043)冬，刘沪收降水洛城，遭尹洙、狄青破坏，且监押刘沪下狱。庆历四年(1044)三月，参知政事范仲淹因屡有臣僚言及此事，派遣鱼周询、程戡案视，复以刘沪为水洛城寨主。事详《宋史·刘沪传》、《续资治通鉴长编》卷一百四十七。狄武襄公：狄青(1008—1057)，字汉臣，宋汾州西河(今山西汾阳)人。行伍出身，善骑射。宝元初，任延州指使，与西夏作战，屡立战功。谥号武襄。沮(jǔ)，破坏。

⑳ "仁宗大猎于城南"以下七句：指庆历年间，孙抗曾上疏谏止仁宗田猎。雉，鸡。陨，坠落。

㉑ 唐和寇湖南：据《续资治通鉴长编》载，庆历五年(1045)二月，唐和等盗寇骚扰湖南等地。

㉒ "以君安抚"以下四句：指孙抗安抚湖南，因奏事不合而罢。

㉓ 金州：北宋时属京西路，州治在今陕西安康。

㉔ 汉阳军：北宋时属荆湖北路，州治在今湖北汉阳。吉州：北宋时属江南西路，州治在今江西吉安。

㉕ 都官员外郎：即尚书省刑部都官司员外郎，刑部属官。北宋前期无职事，为官阶名，属中行员外郎。江南西路：至道三年(997)，宋太宗在州之上改道为路，将宋朝全境划分为京东、京西、河北、河东、淮南、江南等十五路。

真宗天禧四年(1020),分江南路为江南东路和江南西路。

㉖ 常平:指用以平准粮价的常平仓。景德三年(1006),除沿边州郡外,全国普遍建立。每岁夏秋谷贱,增价改籴(dí,买进粮食);遇谷贵则减价出粜(tiào,卖出粮食),间也用于荒年赈济。熙宁二年(1069),青苗法行,常平仓被取代。

㉗ 侬智高反:皇祐元年(1049),广源州(今越南高平省广渊县)蛮族首领侬智高起兵搔扰邕州(今广西南宁一带),皇祐四年(1052),攻破邕州称帝,继而攻陷横州、贵州等,围攻广州受挫。皇祐五年(1053),仁宗以狄青为宣抚使,与安抚使余靖等合兵大败侬智高,收复邕州等地,侬智高逃亡。

㉘ 岭:即岭南,指五岭以南的地区。

㉙ 英:英州,北宋时属广南东路,州治在今广东英德东。韶:韶州,北宋时属广南东路,州治在今广东韶关。

㉚ 煽:盛。

㉛ "天子"句:指仁宗任命狄青等出兵平定侬智高之乱。

㉜ 刍米:此指军粮。惶扰:惊慌混乱。

㉝ 城堑:护城河。

㉞ 工部郎中:尚书省工部司郎中的简称,掌营造城池、兴建土木诸事。

㉟ 散官:有官名而无固定职事之官,与职事官相对而言。朝奉郎:北宋前期为正六品上阶文散官。

㊱ 勋:勋官,授给有功官员的一种荣誉称号,没有实职,共十二等。上骑都尉:勋级十二等中,上骑都尉为正五品。

㊲ 整齐:整治。

㊳ 阔略:宽简,简省。细故:细小琐事。

㊴ 听用:听从并予采用或任用。

㊵ 不顾望大臣:指不顾忌大臣而敢于直言。此指孙抗庆历四年(1044)四月

弹劾宰相章得象。

㊶ 掇拾：搜集。

㊷ 讳：本指对君主、尊长辈名字避而不直称，此指死者之名。

㊸ “得姓于卫”二句：指孙氏为周文王第八子卫康叔之后，郡望在富春。

㊹ 黟（yī）县：唐时属江南道黟州，今属安徽。

㊺ 广陵：今江苏扬州。孙儒：唐末藩镇秦宗权部将。唐僖宗文德元年（888），孙儒袭取扬州，自封为淮南节度使。《新唐书》有传。

㊻ “曾大父讳师睦”：据曾巩《元丰类稿》卷四十四《永州军事推官孙君墓志铭》载，“师睦”当作“延绪”。

㊼ 治生：经营家业，谋生计。

㊽ 职方员外郎：全称为尚书省兵部职方司员外郎。

㊾ “适尝从予游”以下五句：孙適是孙抗长子，从学于王安石，至和二年（1055）卒。永州，北宋时属荆湖南路，治所在今湖南永州市零陵区。军事推官，幕职官名，唐玄宗天宝后始置，宋代沿置。为州府属官，协助长吏治本州府公事。

㊿ 潞州上党：治所在今山西长治。

(51) 试：北宋前期，非正式命官称为“试官”。秘书省校书郎：官名，北宋前期无实际执掌，为文臣迁转官阶。

(52) 太庙斋郎：宋代朝官子弟荫补之官。遇祠祭或太庙行五大享礼，赴殿行应奉侍斋祭等。

(53) 僻陋：地处偏远，风俗简陋。

(54) 论次：论定编次。

(55) 跳：横行。

(56) 馈师：给军队供应粮食。牧民：治民。

(57) 肤使：圆满完成使命的使者。

⑱ 瘭（biāo）毒：疽病，疮毒。此处喻祸害。

⑲ 膏熨（yù）：用药膏涂敷患处，喻救治经历战乱的民众。

⑳ 迁：升官。陨：死。

㉑ 暨（jì）：及。山夷：山民。

㉒ 禄则不殖：没有蓄积繁殖财富俸禄。

㉓ 笥（sì）：方形的竹器。

㉔ 阡：坟墓。

评析

作为传统中国源远流长的丧葬礼仪的主要文学载体，碑志（墓碑、墓志）是中国古代最重要、最常见的文体形态之一。自中唐韩愈以来，碑志便是文章家的"大典册"，名家作手几乎无不染翰于此，穷极艺海翻澜的能事。唐宋八大家当中，韩愈、欧阳修特别擅长这种文体，艺术成就也最高。他们以古文和史传的手法写作碑志，善于运用记叙、描写、议论、抒情等多种手法，选材精当，挖掘墓主生平重要或特殊的事迹来表现人物，人物形态传神。王安石的碑志写作也具有鲜明的个人特色，其成就几乎不逊韩、欧。茅坤评论道："欧阳公最长于墓志表，以其序事处往往多太史公逸调，唐以来学士大夫所不及者。而王荆公独自出机轴，多巉画曲折之言。其尤长者，往往于序事中，一面点缀著色，隽永远出，令人览之，如走骏马于千山万壑之中，而层峦叠嶂，应接不暇。序事中之剑戟也。"（《唐宋八大家文钞》）

这篇《孙君墓碑》就是王安石碑志文的代表作之一。文中叙述很有特色。首先，它没有按碑志的常规写法，平铺直叙墓主孙抗的姓氏、名讳、乡邑、族出、行治、履历、卒日、寿年、妻子、葬日、葬地等。而是先述墓主治学之勤勉，再叙述其历官经过，并刻意凸显墓主生平中最具光彩的事迹：平定依智高之乱。然后再总叙墓主的大节及文章，交代墓主的家世谱系、家庭成员等。其次，叙述时语言简练明洗，偶尔以细节描写点缀其中，如首段以"升楼诵之而去其阶"刻画墓主少年时读书之刻苦，形象鲜明生动。第三，叙议结合。文章叙述完碑志的常规内容后，末尾突然就墓主所生之地发表议论，感慨墓主学而优则仕，自立成才之不易，别出心裁，显得波澜有致。

祭范颍州文仲淹①

呜呼我公！一世之师。由初迄终，名节无疵②。明肃之盛，身危志殖③。瑶华失位，又随以斥④。治功亟闻，尹帝之都。闭奸兴良，稚子歌呼⑤。赫赫之家，万首俯趋。独绳其私，以走江湖⑥。士争留公，蹈祸不栗。有危其辞，谒与俱出⑦。风俗之衰，骇正怡邪。蹇蹇我初，人以疑嗟。力行不回，慕者兴起。儒先訚訚，以节相侈⑧。

公之在贬，愈勇为忠。稽前引古，谊不营躬⑨。外更三州⑩，施有余泽。如酾⑪河江，以灌寻尺⑫。宿赃⑬自解，不以刑加。猾盗涵仁，终老无邪。讲艺弦歌，慕来千里⑭。沟川障泽，田桑有喜。

戎犟猘狂，敢崎我疆⑮。铸印刻符，公屏一方⑯。取将于伍，后常名显⑰。收士至佐，维邦之彦⑱。声之所加，虏不敢濒⑲。以其余威，走敌完邻⑳。昔也始至，疮痍㉑满道。药之养之㉒，内外完好。既其无为，饮酒笑歌。百城晏眠㉓，吏士委蛇㉔。

上嘉曰材，以副枢密。稽首辞让，至于六七㉕。遂参宰相，厘我典常㉖。扶贤赞杰，乱冗除荒㉗。官更于朝，士变于乡。百治具修，偷堕勉强㉘。彼阋不遂，归侍帝侧。卒屏于外，身屯道塞㉙。谓宜耆老㉚，尚有以为。神乎孰忍，使至于斯！盖公之才，犹不尽试。肆其经纶，功孰与计㉛？

自公之贵,厩库②逾空。和其色辞,傲讦以容③。化于妇妾,不靡珠玉④。翼翼公子,弊绨恶粟⑤。闵死怜穷,惟是之奢⑥。孤女以嫁,男成厥家⑦。孰埋⑧于深,孰锲⑨乎厚？其传其详,以法永久。

硕人今亡,邦国之忧。翔鄙不肖,辱公知尤⑩。承凶万里,不往而留⑪。涕哭驰辞⑫,以赞醪羞⑬。

注释

① 范颍州文仲淹：即范仲淹（989—1052），字希文，苏州吴县（今江苏苏州）人。幼年丧父，贫困力学，大中祥符八年（1015）进士及第，授广德军司理参军。天圣初，任泰州兴化令，主持修筑捍海堰，世称范公堤。天圣六年（1028），任秘阁校理，因奏请刘太后还政，出判河中府，移陈州。仁宗亲政，擢右司谏。以力谏废郭皇后，忤宰相吕夷简，出知睦州、苏州。在苏州时曾疏浚太湖入海水道，解除江南涝灾。旋召还判国子监，迁权知开封府。景祐三年（1036），针对时弊上《百官图》，抨击吕夷简专政，被指为朋党，出知饶、润、越三州。康定元年（1040），召为陕西都转运使，未几，与韩琦同任陕西经略安抚招讨副使，兼知延州，防御西夏，时称"范韩"。庆历三年（1043），入为枢密副使，旋拜参知政事，与富弼、欧阳修等发起庆历新政，被指为朋党，罢政，出知邠州、邓州、杭州。皇祐四年（1052），知青州，因病请改颍州。五月，逝于途中，时年六十四。谥文正，世称范文正公。有《范文正公集》。《宋史》有传。

② 无疵：没有缺点。

③ "明肃之盛"二句：指仁宗天圣七年（1029），范仲淹上书请刘太后还政于仁宗，不报，出通判河中府。明肃，指宋真宗皇后刘氏。真宗去世，遗诏尊为皇太后。仁宗立，刘后称制凡十一年，史称"章献垂帘"。晚年颇亲用外

戚、内官,拒绝还政于仁宗。庆历四年(1044),谥章献明肃。殖,树立。

④ "瑶华失位"二句:指明道二年(1033)仁宗废郭皇后,出居瑶华宫。范仲淹
上奏谏止,被贬知睦州。

⑤ "治功亟闻"以下四句:指范仲淹知苏州任上,疏浚太湖入海水道,解除江
南涝灾。旋召还判国子监,迁权知开封府,治绩炳然。亟,屡。尹,治理。

⑥ "赫赫之家"以下四句:指景祐三年(1036),范仲淹针对时弊上《百官图》,
抨击宰相吕夷简擅政弄权,被指为朋党,贬知饶州。绳,弹劾。

⑦ "士争留公"以下四句:指范仲淹因抨击宰相吕夷简被贬,余靖上书请仁宗
追改前命,尹洙请与范仲淹同贬,欧阳修致书谏官高若讷,责备高坐视范
被贬而不言。于是余、尹、欧阳三人也同时被贬。栗,恐惧。

⑧ "风俗之衰"以下八句:指范仲淹的所作所为,改变了衰败的风俗,使得士
人崇尚节操。《宋史·范仲淹传》曰:"每感激论天下事,奋不顾身,一时士
大夫矫厉尚风节,自仲淹倡之。"蹇(jiǎn)蹇,正直貌。蹇,通"謇"。儒先,
儒生。酋酋,成就之意。相傮,相激励。

⑨ 营躬:为自己着想。

⑩ 外更三州:指范仲淹出知饶、润、越三州。

⑪ 釃(shī):分流,疏导。

⑫ 寻尺:喻微小之地。

⑬ 宿赃:先前的贪污行为。

⑭ "讲艺弦歌"二句:指范仲淹在饶州等地兴建学校,举办教育,讲学授艺,仰
慕者千里来投。

⑮ "戎孽猘(zhì)狂"二句:指西夏元昊入侵宋境。戎孽,指元昊。猘狂,犹猖
狂。齮(yǐ),本意是咬、啮,此指侵犯。

⑯ "铸印刻符"二句:指仲淹任陕西经略安抚副使,抵御西夏。

⑰ "取将于伍"二句:指仲淹自行伍中选任重用狄青、种世衡等名将。

⑱ "收士至佐"二句：指范仲淹在陕西，曾举荐欧阳修、张方平等人为僚佐，后皆为名臣。彦，贤士、俊才。

⑲ "声之所加"二句：指范仲淹守边，声名威震，敌不敢犯。《宋史·韩琦传》："琦与范仲淹在兵间久，名重一时，人心归之，朝廷倚以为重，故天下称为'韩范'。"濒，近。

⑳ "以其余威"二句：指庆历二年（1042）九月，元昊入寇定川，宋军惨败，大将葛怀敏战殁，关中震动。范仲淹率兵增援，安定局势。

㉑ 疮痍：创伤，此指民众困苦。

㉒ 药之养之：疗治救助，抚养爱育。

㉓ 晏眠：安眠。

㉔ 委蛇：雍容自得貌。语出《诗经·召南·羔羊》："退食自公，委蛇委蛇。"

㉕ "上嘉曰材"以下四句：指庆历三年（1043），仁宗召范仲淹入朝任枢密副使，范数次辞让，不许，遂就职。

㉖ "遂参宰相"二句：指范仲淹由枢密副使改任参知政事。参宰相，与宰相并立。参知政事相当于副宰相。厘，治理。典常，典章制度。

㉗ "扶贤赞杰"二句：指范仲淹荐举人才，奏陈十事，主持庆历革新。十事是：明黜陟、抑侥幸、精贡举、择长官、均公田、厚农桑、修武备、推恩信、重命令、减徭役。以上十事中，明黜陟、抑侥幸等，属于"乱冗除荒"。

㉘ "官更于朝"以下四句：指十事中精贡举、择长官等。偷堕，苟且怠惰之人。勉强，尽力而为。

㉙ "彼阏（è）不遂"以下四句：指庆历新政受到小人攻击，范仲淹辞免参知政事，出为陕西四路安抚使，后出知邓州。阏，抑制、扼制。屏，放逐、摈弃。屯，困顿。塞，阻塞。

㉚ 耇（gǒu）老：指年高有德有贤人。

㉛ "肆其经纶"二句：若让范仲淹尽施其才，那么功业将会多么辉煌。肆，全

部施展。经纶,治国谋略。

㉜ 厩库:马厩和仓库。

㉝ 傲讦以容:谓范仲淹能够包容那些傲慢刚直的人。

㉞ "化于妇妾"二句:指在范仲淹的感染下,他的妇妾不奢侈。靡,浪费。

㉟ "翼翼公子"二句:指范仲淹的儿子恭谨有礼,也非常朴素。翼翼,恭敬谨慎貌。弊,破旧。绨(tí),比绸子厚的丝织品。

㊱ "闵死怜穷"二句:指范仲淹唯独在救助穷困、悯恤死者方面,却非常慷慨。

㊲ "孤女以嫁"二句:指范仲淹建立义庄抚恤族人,使得族人中的贫困者都能娶妇嫁女。

㊳ 埋:此指埋墓志。

㊴ 锲(qiè):此指刻碑铭。

㊵ "硕人今亡"以下四句:意谓范公去世,举国悲痛,又何况像我这样的不肖之人,曾经受到范公的器重呢?硕人,大人。语出《诗经·郑风·考槃》:"大人之宽。"矧(shěn),何况。不肖,自谦之词。知尤,特别地器重、了解。皇祐元年(1049),王安石知鄞县任上,曾与范仲淹(知杭州)书信往返。皇祐二年(1050)夏,王安石途经杭州,曾拜谒范仲淹。

㊶ "承凶万里"二句:意谓范仲淹去世时,自己身处万里之外,不能前往拜祭。当时,王安石通判舒州。

㊷ 驰辞:以文辞尽情地表达自己的悲伤哀悼。

㊸ 以赞醪(láo)羞:写此祭文,用来祭奠。醪羞,祭祀时所用的酒食。

> 评析

仁宗皇祐四年(1052)五月,一代名臣范仲淹卒于赴颍州任途中。范仲淹与王安石父亲王益是同年进士。王安石也曾于皇祐二年(1050)在杭州谒见范仲淹,颇受器重。听此噩耗后,便撰此祭文,以抒写哀悼之情。

祭文对范仲淹在各个时期各个职位上的所作所为,进行简明的概括追述。第一段叙述范仲淹屡遭贬谪,百折不挠,激励士风。第二段述及范仲淹在饶州、润州、苏州等地任职,政绩卓然。第三段叙述范仲淹镇守边陲,抵御西夏入侵,稳定了北宋的局势。第四段叙述范仲淹主持庆历新政,变革朝政弊端,却遭奸人沮败,出知地方州府。第五段由国事至家事,叙述范仲淹日常行事作风。最后抒写哀悼之情,以文致祭。

范仲淹主持庆历新政,可以说是王安石变法的先驱。二人在精神气质上,都有以天下为己任的大胸怀、大气魄。所以范的遭遇,特别能引起王安石的共鸣。蔡世远评道:"范公亦立法度以变易天下者,观其所上十事条目,不少于介甫新法也。故荆公契合独深,赞颂倍至。"(《古文雅正》)这篇祭文感情真挚,爱憎分明,对范仲淹生平事迹的概括,简明扼要,重点突出。既抓住关涉国家兴衰、士风变迁的"大节",也凸显出个人品德、日常作风,"摹写范公曲尽"(蔡世远《古文雅正》)。在叙述时,又不时夹以哀惋之笔,叹惜范仲淹未尽其才。方苞认为:"祭韩、范诸公文,此为第一。"(《唐宋文举要》)当非溢美。

芝 阁 记

祥符时,封泰山以文天下之平,四方以芝来告者万数①。其大吏,则天子赐书以宠嘉之,小吏若民,辄锡②金帛。方是时,希世③有力之大臣,穷搜而远采,山农野老,攀缘狙伏④,以上至不测之高,下至涧溪壑谷,分崩裂绝⑤,幽穷隐伏⑥,人迹之所不通,往往求焉。而芝出于九州四海之间,盖几于尽矣。

中华文史经典精读
· 134 ·

至今上即位,谦让不德,自大臣不敢言封禅,诏有司以祥瑞告者皆勿纳。于是神奇之产,销藏委翳于蒿藜榛莽之间⑦,而山农野老不复知其为瑞也。则知因一时之好恶,而能成天下之风俗,况于行先王之治哉?太丘陈君,学文而好奇。芝生于庭,能识其为芝,惜其可献而莫售也,故阁于其居之东偏,摄取而藏之。盖其好奇如此。

噫!芝一也,或贵于天子,或贵于士,或辱于凡民,夫岂不以时乎哉?士之有道,固不役志于贵贱,而卒所以贵贱者,何以异哉?此予之所以叹也。皇祐五年十月日记。

注释

① "祥符时"以下三句:指宋真宗封禅泰山。大中祥符元年(1008)四月,真宗下诏将封禅泰山,以知枢密院事王钦若、参知政事赵安仁为封禅经度制置使。八月,王钦若献芝草八千本。九月,赵安仁献紫芝八千七百余本。十月,王钦若等献紫芝三万八千余本。十月,真宗率百官至泰山封禅。祥符,真宗赵恒的年号(1008—1016),全称"大中祥符"。封泰山,即封禅,古代帝王祭天地的大典。在泰山上筑土为坛,报天之功,称"封";在泰山下的梁父山上辟场祭地,报地之德,称"禅"。

② 锡:赐。

③ 希世:世所罕有。

④ 攀缘:援引他物而上。狙杙(jū yì):谓猴缘木,形容行动矫捷。

⑤ 分崩裂绝:指断裂的山岩绝壁。

⑥ 幽穷隐伏:深幽隐蔽。

⑦ 销藏:消失隐没。委翳:屏弃。蒿藜榛莽(zhēn mǎng):指草木芜杂丛生。

评析

　　芝阁就是收藏灵芝的楼阁。灵芝，本来只是一种菌类植物，古人把它当作瑞草、仙草。本文作于仁宗皇祐五年（1053），先写灵芝在真宗祥符年间备受爱重，人们争相采掇；然后写仁宗朝灵芝被委弃于草丛榛莽，世人不再视为祥瑞。最后写陈君建阁藏芝，点明题意，并抒发感慨。通过灵芝在真宗、仁宗两朝截然不同的遭遇，感叹帝王一时的好恶，对天下风俗的影响；并将灵芝的境况与人才的命运联系起来。文章虽然以芝阁为题，但主旨却是赋予灵芝以象征意义，借灵芝来抒写人才进退的感慨。全文以叙述为主，而以议论点缀其间，寄兴深远，颇受后世好评。南宋黄震认为："《芝阁记》实贬题，而寄兴以及其大者，意味无穷，犹为诸记中第一。"（《黄氏日钞》）这或许有些溢美。但此文的确体现了王安石记体文的特色，所以茅坤评曰："荆公本色之佳处。"（《唐宋八大家文钞》）

答 姚 辟 书

　　姚君①足下：别足下三年于兹，一旦犯②大寒，绝③不测之江，亲屈④来门，出所为文书与谒⑤并入，若见贵者然。始惊以疑，卒观文书，词盛气豪⑥，于理悖⑦焉者希。间而论众经，有所开发，私独喜故旧之不予遗⑧而朋友之足望也。

　　今冠衣而名进士者用万千计，蹈道⑨者有焉，蹈利⑩者有焉。蹈利者则否，蹈道者则未免离章绝句⑪，解名释数⑫，遽然自以圣人之术单此者⑬，有焉。夫圣人之术，修其身，治天下国家，在于安危治乱，不在章句名数焉而已。而曰圣人之术单此者,妄也。虽然,离章绝句,解名释数,遽然自以圣人之术单此者,皆守经而不苟世者也。守经而不苟世,其于道也几⑭,其去蹈利者则缅然⑮矣。观足下固已几于道,姑汲汲⑯乎其可急,于章句名数乎徐徐⑰之,则古之蹈道者将无以出足下上。足下以为何如?

注释

① 姚君:姚辟,字子张,金坛人(今属江苏常州)。仁宗皇祐元年(1049)登进士第,历陈州项城令,后通判通州。嘉祐六年至治平二年(1061—1065),在京与苏洵编撰礼制典籍《太常因革礼》。

② 犯:冒。

③ 绝:横渡,越过。

④ 屈:屈驾。

⑤ 谒:名帖。

⑥ 词盛气豪:文辞丰赡,气势豪健。

⑦ 悖:违背。

⑧ 不予遗:即"不遗予"。遗,忘记。

⑨ 蹈道:履行正道。

⑩ 蹈利:犹求利。

⑪ "蹈",底本原作"陷",今据龙舒本《王文公文集》改,上句亦曰"蹈道"。离章绝句:指汉代以来儒者以分章析句来解释经典的一种著述体例、治学方法。

⑫ 解名释数:解释名位、礼数等。

⑬ 遽然:骤然。单:通"殚",全部。

⑭ 几：将近，几乎。

⑮ 缅然：遥远貌。

⑯ 汲汲：心情急切貌，引申为迫切地追求。

⑰ 徐徐：迟缓，缓慢。

评析

这封书信大约作于仁宗皇祐五年(1053)冬。信中先是寒暄客套之语，感谢姚辟冒寒来访，诚意款款，同时点出下文将要讨论的主题：如何理解儒学的主旨。接着，信中指责当时的士人热衷于章句名数之学，以为这就是儒学的全部，却忽略了儒学真正的主旨在于修身治国。进而勉励姚辟摆脱章句之学的束缚，追求儒家经世之学。

此信虽短，谈及的却是北宋儒学转捩的大问题。北宋前期的儒学，基本沿袭唐末五代，恪守汉唐章句注疏之学。自仁宗朝起，欧阳修、孙复、胡瑗、刘敞等人开始反思汉唐章句注疏的弊端，强调自出新意解释儒家经典，将经典注释与政治时事紧密相联，重视经典的经世功能。王安石也是如此。他曾多次批评汉唐章句之学只知拘泥于家传师说，恪守章句，不能做到思问结合，没有理解圣人之道的本质就是经世致用。《宋史·王安石传》载："(熙宁)二年二月，拜参知政事。上谓曰：'人皆不能知卿，以为卿但知经术，不晓世务。'安石对曰：'经术正所以经世务，但后世所谓儒者，大抵皆庸人，故世俗皆以为经术不可施于世务尔。'""经术正所以经世务"的名言，其实在《答姚辟书》中已经略具雏形。这为宋代经学的发展，指出了新的发展方向。

这封书信篇幅不长，内涵却比较丰富。既考虑到姚辟治学的勤勉，来访的诚意；又指出他治学路数的偏差，告诫他不要沉溺于章句之学。所以字斟句酌,用笔很是讲究,语言凝练,措辞委婉,句与句之间的衔接转合,颇见功力。

伯　夷

事有出于千世①之前,圣贤辩之甚详而明。然后世不深考之,因以偏见独识,遂以为说,既失其本,而学士大夫②共守之不为变者,盖有之矣,伯夷③是已。

夫伯夷,古之论有孔子、孟子焉,以孔、孟之可信而又辩之反复不一,是愈益可信也。孔子曰:"不念旧恶,求仁而得仁,饿于首阳之下,逸民也④。"孟子曰:"伯夷非其君不事,不立恶人之朝,避纣居北海之滨,目不视恶色,不事不肖,百世之师也⑤。"故孔、孟皆以伯夷遭纣之恶,不念以怨⑥,不忍事之⑦,以求其仁,饿而避,不自降辱,以待天下之清⑧,而号为圣人耳。然则司马迁以为武王伐纣,伯夷叩马而谏,天下宗周而耻之,义不食周粟,而为采薇之歌⑨。韩子因之,亦为之颂,以为微二子,乱臣贼子接迹于后世⑩。是大不然也。

夫商衰,而纣以不仁残⑪天下,天下孰不病⑫纣?而尤⑬者,伯夷也。尝与太公闻西伯善养老⑭,则往归焉。当是之时,欲夷⑮纣者,二人之心岂有异邪?及武王一奋⑯,太公相⑰之,遂出元元于涂炭⑱之中,伯夷乃不与⑲,何哉?盖二老所谓天下之大老⑳,行年八十余,而春秋㉑固已高矣。自海滨而趋文王之都,计亦数千里之远,文王之兴以至武王之世,岁亦不下十数㉒。岂伯夷欲归西伯而志不遂㉓,乃死于北海㉔邪?抑来而死于道路邪?抑其至文王之都而不足以及武王之世而死邪?如是而言,伯夷其亦理有不存者也。

　　且武王倡大义于天下，太公相而成之，而独以为非，岂伯夷乎？天下之道二，仁与不仁也。纣之为君，不仁也；武王之为君，仁也。伯夷固不事不仁之纣，以待仁而后出。武王之仁焉，又不事之，则伯夷何处㉕乎？余故曰：圣贤辩之甚明，而后世偏见独识者之失其本也。

　　呜呼！使伯夷之不死，以及武王之时，其烈岂减太公哉㉖！

注释

① 千世：极言时间之悠久长远。古代以三十年为一世。

② 学士大夫：此处泛指普通的读书人。

③ 伯夷：商末孤竹君长子。相传孤竹君遗命，要立伯夷之弟叔齐为继承人。孤竹君死后，叔齐让位给伯夷，伯夷不受，叔齐也不愿登位，二人先后逃往周国。周武王伐纣，二人叩马谏阻。武王灭商后，他们耻食周粟，采薇而食，饿死于首阳山。《史记》有传。

④ "不念旧恶"以下四句：分别出自《论语·公冶长》："伯夷、叔齐不念旧恶，怨是用希。"《论语·述而》："伯夷、叔齐……求仁而得仁。"《论语·季氏》："伯夷、叔齐饿于首阳之下，民到于今称之。"《论语·微子》："逸民：伯夷、叔齐……子曰：'不降其志，不辱其身，伯夷、叔齐与！'"可见，孔子对伯夷的称颂，主要有三点：一是"不念旧恶"，即不因纣王之恶而怨恨；二是"求仁而得仁"，不惜以生命为代价，坚持自己的理想；三是"不降其志，不辱其身"，即坚持忠于商王朝，不屈事周朝。孔子并未提及伯夷、叔齐叩马而谏。逸民，指遁世隐居的人。

⑤ "伯夷非其君不事"以下六句：分别出自《孟子·公孙丑上》："伯夷非其君不事，非其友不友。不立于恶人之朝，不与恶人言。"《孟子·离娄上》："伯夷辟纣，居北海之滨。"《孟子·万章下》："伯夷目不视恶色，耳不听恶声。"

《孟子·告子下》:"不以贤事不肖者,伯夷也。"《孟子·尽心下》:"圣人,百世之师也,伯夷、柳下惠是也。"王安石引用时有所删改。从中可见,孟子也未提及伯夷、叔齐叩马而谏一事。

⑥ 不念以怨:不挂念以往的仇恨。

⑦ 事之:指侍奉周武王。

⑧ 以待天下之清:语出《孟子·万章下》:"(伯夷)当纣之时,居北海之滨,以待天下之清也。"清,清平、太平。

⑨ "然则"以下五句:语出《史记·伯夷列传》:"及至,西伯卒。武王载木主,号为文王,东伐纣。伯夷、叔齐叩马而谏曰:'父死不葬,爰及干戈,可谓孝乎? 以臣弑君,可谓仁乎?'左右欲兵之。太公曰:'此义人也。'扶而去之。武王已平殷乱,天下宗周,而伯夷、叔齐耻之,义不食周粟,隐于首阳山,采薇而食之。及饿且死,作歌。"宗周,以周为宗主。

⑩ "韩子因之"以下四句:此指唐代韩愈继承了司马迁的说法,撰《伯夷颂》曰:"若伯夷者,特立独行,穷天地、亘万世而不顾者也。虽然,微二子,乱臣贼子接迹于后世矣。"因,继承,沿袭。微,无,没有。乱臣贼子,不守臣道、心怀异志的人。接迹,足迹前后相接,形容人多。

⑪ 残:残害。

⑫ 病:厌恶,怨恨。

⑬ 尤:甚。

⑭ 太公:即太公望,原名姜尚,姜姓吕氏,又名望,字子牙。西周初年官至太师,辅佐武王伐纣,封于齐。西伯:即周文王,见前注。据《史记·伯夷列传》载:"伯夷、叔齐闻西伯昌善养老,盍往归焉。及至,西伯卒。"又《史记·齐太公世家》:"吕尚亦曰:'吾闻西伯贤,又善养老,盍往焉。'"

⑮ 夷:讨平。

⑯ 奋:振奋,兴起。

⑰ 相：辅佐。

⑱ 涂炭：比喻极困苦的境地。

⑲ 与：参预。

⑳ 大老：德高望重的人。语出《孟子·离娄上》："二老者（伯夷、太公），天下之大老也，而归之，是天下之父归之也。"

㉑ 春秋：指年龄。

㉒ 岁亦不下十数：不少于十几年。

㉓ 不遂：没有成功。

㉔ 北海：此处指渤海。

㉕ 何处：即何以自处，意谓如何安置自己。

㉖ 烈：功业。减，底本原作"独"，据龙舒本《王文公文集》改。

评析

这是一篇论辩之作，针对的是《史记·伯夷列传》中关于伯夷叩马而谏、不食周粟的记载，以及唐代古文家韩愈《伯夷颂》中称颂伯夷的特立独行、坚持节义。文章首先引出论题，指出学者们对伯夷的认识，沿袭了司马迁的偏见独识而"失其本"。接着，文章列举孔、孟对伯夷、叔齐事迹的论述，质疑《史记》中"叩马而谏"的真实性，批评韩愈在此基础上对伯夷的称颂"大不然也"。继而又根据伯夷的年龄，推测武王伐纣时，伯夷应当已经去世，进一步反驳《史记》、韩愈之说，并提出：假若伯夷长寿，遇到武王伐纣，也会和太公一样积极参预。因为武王伐纣，是以"仁"讨伐"不仁"，伯夷不可能置身事外。文中不时地运用反诘、设问的修辞手法，又辅之以情理揣度，以推理来反驳前人的看法，论证层层逼进，雄辩有力。

北宋仁宗朝，士林中的疑古风气浓厚。伯夷"叩马而谏"之事，由于孔、孟未曾提及,仅见于《史记》,所以引起了王安石的怀疑。他不仅怀疑"叩马而谏"的真实性,而且进而指出:伯夷肯定会支持武王。这反映了王安石对儒家革命思想的认可,以及他的人生哲学:士人的出处,应当以仁义为准则积极出仕,辅佐仁君,建功立业,拯济黎民于水火之中。南宋叶适也从这个角度批评司马迁:"况武王、周公以至仁大义灭商,夷、齐奚为恶之?此特浮浅之词,而迁信之,何哉?"(《习学记言》)

龙　赋①

　　龙之为物,能合能散,能潜能见②。能弱能强,能微能章③。惟不可见,所以莫知其乡④;惟不可畜,所以异于牛羊。变而不可测,动而不可驯,则常出乎害人,而未始出乎害人⑤,夫此所以为仁。为仁无止,则常至乎丧己,而未始至乎丧己⑥,夫此所以为智。止则身安,曰惟知几⑦;动则物利,曰惟知时⑧。然则龙终不可见乎?曰:与为类者常见之⑨。

注释

① 龙舒本《王文公文集》题作《龙说》。

② 潜:潜藏。见:通现,显现。

③ 微:隐微。章:同"彰",彰著。

④ 乡:通向,趋向。

⑤ "变而"以下四句:变化不测、活跃不驯,就会常常出来害人,而龙却从未害人。驯:服顺。

⑥ "为仁"以下三句:过于仁厚,就会常使自身受到伤害,但龙从来不曾受害。

无止：不止。

⑦ "止则"二句：静止下来可以安身，洞悉事物的隐微变化。

⑧ "动则"二句：运动起来可以有益万物，把握时机。

⑨ "然则"以下三句：龙的这种品格，并非不可见的，从与龙相类者的身上可以体现出。这里化用了孔子对老子的赞颂。《史记·老子韩非列传》："孔子去，谓弟子曰：'……至于龙吾不能知，其乘风云而上天。吾今日见老子，其犹龙邪！'"

> **评析**

这篇小文以龙喻人，托物言志。文中通过描述龙能隐能显、不可驯服的性格，以及为仁知止、为智知几，既能安身、又能利物的特点，寄托了作者高远的襟怀，以及藏器待用、修道俟时的人生哲学。

庆历革新的领袖范仲淹撰有《老子犹龙赋》，称："大道卷舒，非龙何如？言豹隐者，胡能比矣；称虎变者，近可方诸。"作者与范仲淹关系密切，此文很可能受到范文的启发。

周　公

甚哉，荀卿①之好妄也！载周公之言曰："吾所执贽而见者十人，还贽而相见者三十人，貌执者百有余人，欲言而请毕事千有余人②。"是诚周公之所为③，则何周公之小也！

夫圣人为政于天下也，初若无为于天下，而天下卒以无所不治者，其法诚修也④。故三代之制，立庠于党，立序于遂，立学于国⑤，而尽其道，以为养贤教士之法。是士之贤虽未及用，而固无不见尊养⑥者矣。此则周公待士之道也。诚若荀卿之言，则春申、孟尝之行⑦，乱世之事⑧也，岂足为周公乎？且圣世之士⑨，各有其业，讲道习艺⑩，惠日之不足，岂暇游公卿之门哉？彼游公卿之门、求公卿之礼者，皆战国之奸民，而毛遂、侯嬴之徒也⑪。荀卿生于乱世，不能考论先王之法，著之天下，而惑于乱世之俗，遂以为圣世之士亦若是而已，亦已过也。且周公之所礼者，大贤与？则周公岂唯执贽见之而已，固当荐之天子，而共天位⑫也。如其不贤，不足与共天位，则周公如何其与之为礼也？

子产听郑国之政，以其乘舆济人于溱、洧。孟子曰："惠而不知为政。"⑬盖君子之为政，立善法于天下，则天下治；立善法于一国，则一国治。如其不能立法，而欲人人悦之，则日亦不足矣。使周公知为政，则宜立学校之法于天下矣；不知立学校，而徒能劳身以待天下之士，则不唯力有所不足，而势亦有所不得也。

或曰："仰禄之士犹可骄，正身之士不可骄也⑭。"夫君子之不骄，虽暗室⑮不敢自慢，岂为其人之仰禄而可以骄乎？呜呼！所谓君子者，贵其能不易⑯乎世也。荀卿生于乱世，而遂以乱世之事量圣人⑰。后世之士，尊荀卿以为大儒而继孟子者，吾不信矣。

注释

① 荀卿（约前313—前238）：即荀况。战国赵人，世称荀卿，汉时谓之孙卿。曾在齐国游学稷下，三为祭酒。后去齐至楚，春申君任为兰陵令。晚年专事著述，终老兰陵。其学宗儒术，而倡言性恶论。战国末著名政治家韩非、李斯曾师事之。著作有《荀子》。

② "吾所执贽"以下四句：语出《荀子·尧问》。意谓周公广泛礼敬天下之士，

故士人争相归依。周公，姬姓，名旦，周文王之子，周武王之弟。西周初期杰出的政治家、军事家、思想家。曾辅佐周武王东伐纣王，并制作礼乐，奠定周代文明、制度的基础。执赘，初次见人时所带的礼物。还赘，古人执礼求见，被求见之人表示地位相等，不敢当而归还礼物。貌执，以礼貌相待。

③ 是诚周公之所为：如果这真的是周公所为。

④ "夫圣人"以下四句：圣人治理天下，看似无所作为，但天下最终太平，无所不治，是因为法度完备。为政，治理国家，执掌国政。

⑤ "立庠于党"以下三句：语出《礼记·学记》："古之教者，家有塾，党有庠，术有序，国有学。"又《孟子·滕文公上》："夏曰校，殷曰序，周曰庠，学则三代共之，皆所以明人伦也。"庠，古代的学校，特指乡学。序，古代的学校，指州学。遂，古代统辖五县的行政区划。

⑥ 尊养：尊奉侍养。

⑦ 春申：指春申君，战国楚人黄歇（？—前238）。考烈王元年（前262）为相，封为春申君，有食客三千，与齐国孟尝君、魏国信陵君、赵国平原君齐名，史称战国四公子。《史记》有传。孟尝：即孟尝君。战国四公子之一，详见本书《读孟尝君传》注。

⑧ 乱世之事：春申君与孟尝君都活动于战国时代，当时东周已经衰落，七国争雄，故曰乱世之事。

⑨ "圣世之士"，原作"圣世之事"，据《宋文鉴·周公》改。按，下文曰"各有其业，讲道习艺"，"游公卿之门"，故当为"士"，下同。圣世，圣明的时代。

⑩ 习艺：学习技术、手艺。

⑪ 毛遂（前285—前228）：战国时赵国平原君的门客。公元前257年，秦国派兵攻赵，毛遂自荐，跟随平原君出使楚国，促成楚赵合纵，救除赵国之围。事见《史记·平原君传》。侯嬴（？—前257）：战国时魏国人。因家

贫,为大梁夷门守门人,信陵君聘为门客。公元前257年,秦国攻赵,赵请救于魏。魏王命将军晋鄙领兵十万救赵,中途按兵不进。侯嬴献计信陵君,窃得兵符,夺权代将,救赵却秦。因自感对魏君不忠,自刭而死。事见《史记·信陵君传》。

⑫ 天位:天赐之职位,官位。语出《孟子·万章下》。

⑬ "子产听郑国之政"以下四句:语出《孟子·离娄下》。意谓子产主持郑国之政,用所乘车辆帮助别人渡过溱水、洧水。孟子论此事说:"这只是小恩小惠,他不懂得政治。"子产(? —前522),春秋时郑国大夫公孙侨的字。他在郑国衰落时担任国相,治郑多年,很有政绩,使得夹在晋、楚两个大国之间的郑国得以安定。《史记》有传。溱(zhēn)、洧(wěi),水名。

⑭ "仰禄之士犹可骄"二句:语出《荀子·尧问》。仰禄,仰仗俸禄。骄,怠慢,轻视。

⑮ 暗室:别人看不见的处所。

⑯ 易:改变。

⑰ 遂以乱世之事量圣人:荀卿生于战国乱世,于是以战国四公子养士之事来裁度评价周公。

评析

这是一篇论辩之作,反驳的对象是荀卿对于周公礼贤下士的记载。文章首先举出《荀子》中的相关言论——"吾所执贽而见者十人,还贽而相见者三十人,貌执者百有余人,欲言而请毕事千有余人",直接予以否认,认为周公绝不会如此待士。继而从正面阐述圣人待士之道,是建立学校来培养人才、选拔人才、任用人才,而非像平原君等一样,利用个人的恩惠来招揽游士。至于像毛遂等奔走于权贵之门的，也只是游士而已，并非真正的人才。对于真正的人才，周公会荐之于天子，任以官职，与之共同治理天下。

继而，文章又引用孟子对子产的评论"惠而不知为政"，阐明治国之道，应当建立好的法度，再次从侧面强调周公待士的正确做法。最后，又反驳《荀子》中所谓"正身之士""仰禄之士"的区分，进而对荀子在儒学史上的地位提出质疑，强化了本文的论题。

这篇文章，大约作于仁宗皇祐、嘉祐之间。文章的基点，是王安石一以贯之的对法度的重视，以及对北宋科举社会中士人频频干谒权贵之风气的不满。"君子之为政，立善法于天下，则天下治；立善法于一国，则一国治。"这可视为王安石政治思想的精髓。另外，文中对毛遂、侯嬴等战国游士的抨击，一反前人论调，与他的另一名篇《读孟尝君传》可以相参看。

游褒禅山①记

褒禅山亦谓之华山，唐浮图慧褒始舍于其址②，而卒葬之，以故其后名之曰"褒禅"。今所谓慧空禅院者，褒之庐冢③也。距其院东五里，所谓华山洞者，以其乃华山之阳④，名之也。距洞百余步，有碑仆⑤道，其文漫灭⑥，独其为文犹可识，曰"花山"。今言"华"，如"华实"之"华"者，盖音谬也。

其下平旷，有泉侧出，而记游者甚众，所谓前洞也。由山以上五六里，有穴窈然⑦，入之甚寒，问其深，则其好游者不能穷也，谓之后洞。余与四人拥火⑧以入，入之愈深，其进愈难，而其见愈奇。有怠⑨而欲出者，曰："不出，火且尽。"遂与之俱出。盖予所至，比好游者尚不能十一，然视其左右，来而记之者已少。盖其又深，则其至又加少矣。方是时，予之力尚足以入,火尚足以明也。既其出,则或咎⑩其欲出者,而予亦悔其随之,而不得极夫游之乐也。

于是予有叹焉。古人之观于天地、山川、草木、虫鱼、鸟兽,往往有得,以其求思之深而无不在也。夫夷以近,则游者众;险以远,则至者少。而世之奇伟瑰怪⑪非常之观,常在于险远,而人之所罕至焉,故非有志者,不能至也。有志矣,不随以止也,然力不足者,亦不能至也。有志与力,而又不随以怠,至于幽暗昏惑,而无物以相⑫之,亦不能至也。然力足以至焉,于人为可讥,而在己为有悔,尽吾志也而不能至者,可以无悔矣,其孰能讥之乎?此予之所得也。

余于仆碑,又以悲夫古书之不存,后世之谬其传而莫能名者,何可胜道也哉!此所以学者不可以不深思而慎取之也。

四人者,庐陵萧君圭君玉、长乐王回深父、余弟安国平父、安上纯父⑬。至和⑭元年七月某日,临川王某记。

注释

① 褒(bāo)禅山:在今安徽含山北,旧名华山。

② 浮图:亦作浮屠,梵语 Buddha 的音译,有佛教、佛陀、佛塔等不同意义,此处指佛教徒。慧褒:唐朝著名僧人。因喜爱含山县北的山林之美,筑室定居于此。

③ 庐冢:墓旁的庐舍。

④ 阳:古时称山的南面、水的北面为阳。

⑤ 仆:倒下。

⑥ 漫灭:磨灭,模糊不清。

⑦ 窈然:深远、幽深貌。

⑧ 拥火：手持火把。

⑨ 怠：懈怠。

⑩ 咎：责怪。

⑪ 瑰怪：奇特，怪异。

⑫ 相：辅助。

⑬ 庐陵：今江西吉安。萧圭：字君玉，生平不详。长乐：今福建长乐。王回深父：王回（1013—1065），字深父，福州侯官人。嘉祐二年（1057）进士及第，为亳州卫真县主簿，称病未赴。退居颍州，不仕。英宗治平二年（1065）卒。《宋史》有传。安国平父：王安国（1028—1076），字平父，王安石之弟，北宋著名诗人。安上纯父：王安上，字纯父，王安石幼弟。

⑭ 至和：仁宗年号（1054—1055）。

> 评析

　　本文是王安石记体文中的名篇。仁宗至和元年（1054），王安石通判舒州任满，赴京途经褒禅山游览，写下此文。文章先是叙述褒禅山和华山洞得名的由来，然后记述游览华山后洞的经历，再抒写游览的体会、心得；并由洞口的残碑生发感慨，最后交代同游之人和时间。

　　全文叙、议结合，以游踪为线索，非常简洁地记叙游览褒禅山的经过，而重点在于借此阐发人生哲理：世上任何瑰丽的景观、奇伟的境界，常在险远之处，必须具备坚强的意志和充分的准备，才有可能到达，表现出王安石积极进取的刚毅精神。全文语言简洁，对游踪的叙述连贯、清晰而生动，叙事与说明结合得非常自然，所阐发的哲理境界高远。这与一般游记往往穷形极相地描述游览所见，很是不同。清代吴楚材、吴调侯《古文观止》选录此篇，评道："借游华山洞，发挥学道。或叙事，或诠解，或摹写，或道故，意之所至，笔亦随之。逸兴满眼,余音不绝,可谓极文章之乐。"

读孟尝君^①传

世皆称孟尝君能得士,士以故归之,而卒赖其力以脱于虎豹^②之秦。嗟乎!孟尝君特鸡鸣狗盗之雄耳,岂足以言得士?不然,擅齐之强,得一士焉,宜可以南面而制秦^③,尚何取鸡鸣狗盗之力哉!夫鸡鸣狗盗之出其门,此士之所以不至也。

注释

① 孟尝君:即田文(? —前279),战国时齐国贵族,封于薛(今山东滕州市南),称薛公,号孟尝君。战国四公子之一,以善养士著称。他曾出使秦国,秦昭王要杀害他,幸亏得到擅长鸡鸣狗盗的门客帮助,才逃归齐国,后卒于薛。《史记》有传。

② 虎豹:喻指残暴。

③ 南面:指居帝位。古代以坐北朝南为尊位,帝王的座位都面向南面。制:制服。

评析

本文是王安石最著名的翻案之作,针对的是《史记·孟尝君传》对战国四公子之一孟尝君能得士的论断。全文不足一百个字,可以分为四层。前三句引出世俗之见作为论题,语势平缓。第二层则突起波澜,以一针见血的断语将世俗之见一笔折倒,予以驳斥。第三层紧承上层所驳,摆出论据,认为孟尝君有强大的齐国作为后盾,若能真得士,则应决胜千里,制服秦国。最后翻转定案,归结全文。文章缓起陡接,语语紧,笔笔紧,寥寥数言,却具有四层转折,每一转都严劲有力,如悬崖断壁。就章法结构而言,堪称短篇论说中的典范。清代吴闿生评道:"此文乃短篇中之极则,雄迈英爽,跌宕变化,故能尺幅中具有万里波涛之势。"(高步瀛《唐宋文举要》)

此文翻案的关键,在于第三层,即"擅齐之强,得一士焉,宜可以南面而制秦"。本来,战国之士有儒士、方士、术士、游士等种种类型,未可一概而论。王安石却以自己对士的独特理解为思想基础(即真正的士具备远大的理想抱负,而且博古通今,可以经纬天下),来重新评量孟尝君所养的门客,从而得出了本文的结论。对此,南宋谢枋得认为,这是学习韩愈《祭田横墓》:"当嬴氏之失鹿,得一士而可王,何五百人之扰扰,不能脱夫子于剑铓?岂所宝之非贤,抑天命之有常?"谢氏所言,不无道理。但二者文体不同,本文可谓青出于蓝。文章起承转合,抑扬吞吐,笔势峭拔,辞气横厉,已至短篇散文的极限,堪称"文中绝调"。

材　　论

天下之患,不患材之不众,患上之人不欲其众;不患士之不欲为,患上之人不使其为也。夫材之用,国之栋梁也,得之则安以①荣,失之则亡以辱。然上之人不欲其众、不使其为者,何也?是有三蔽②焉。其尤蔽者,以为吾之位可以去辱绝危,终身无天下之患,材之得失无补于治乱之数③,故偃然肆吾之志④,而卒入于败乱危辱,此一蔽也。又或以谓吾之爵禄贵富足以诱天下之士,荣辱忧戚⑤在我,吾可以坐骄⑥天下之士,而其⑦

将无不趋我者，则亦卒入于败乱危辱而已，此亦一蔽也。又或不求所以养育取用之道，而然以为天下实无材，则亦卒入于败乱危辱而已，此亦一蔽也。此三蔽者，其为患则同，然而用心非不善而犹可以论其失者，独以天下为无材者耳。盖其心非不欲用天下之材，特未知其故也。

且人之有材能者，其形何以异于人哉？惟其遇事而事治⑧，画策⑨而利害得，治国而国安利，此其所以异于人也。上之人苟不能精察之、审用之，则虽抱皋、夔、稷、契之智⑩，且不能自异于众，况其下者乎？世之蔽者方曰：“人之有异能于其身，犹锥之在囊，其末立见，故未有有其实而不可见者也⑪。”此徒有见于锥之在囊，而固未睹夫马之在厩⑫也。驽骥⑬杂处，饮水食刍⑭，嘶鸣啼啮⑮，求其所以异者蔑⑯矣。及其引重车，取夷⑰路，不屡策⑱，不烦御，一顿⑲其辔而千里已至矣。当是之时，使驽马并驱，则虽倾轮绝勒⑳，败筋伤骨，不舍昼夜而追之，辽乎㉑其不可以及也。夫然后骐骥骚裒与驽骀别矣㉒。古之人君知其如此，故不以天下为无材，尽其道以求而试之。试之之道，在当其所能而已。

夫南越之修矟㉓，簇㉔以百炼之精金，羽以秋鹗之劲翮㉕，加强弩之上而矿㉖之千步之外，虽有犀兕之捍㉗，无不立穿而死者。此天下之利器，而决胜觌武㉘之所宝也。然用以敲扑㉙，则无以异于朽槁之梃㉚。是知虽得天下之瑰材桀智㉛，而用之不得其方，亦若此矣。古之人君知其如此，于是铢量㉜其能而审处之，使大者小者、长者短者、强者弱者无不适其任者焉。如是，则士之愚蒙鄙陋㉝者，皆能奋其所知以效小事，况其贤能智力卓荦㉞者乎？呜呼！后之在位者，盖未尝求其说而试之以实也，而坐㉟曰“天下果无材”，亦未之思而已矣。

或曰：“古之人于材，有以教育成就之，而子独言其求而用之者，何也？”

曰：“天下法度未立之先㊱，必先索天下之材而用之。如能用天下之材,则能复先王之法度;能复先王之法度,则天下之小事无不如先王时矣,况教育成就人材之大者乎? 此吾所以独言求而用之之道也。"

噫! 今天下盖尝患无材。吾闻之,六国合从⑦而辩说之材出,刘、项⑧并世而筹画战斗之徒起,唐太宗欲治而谟谋⑨谏诤之佐来。此数辈者,方此数君未出之时,盖未尝有也。人君苟欲之,斯至矣。天下之广,人物之众,而日"果无材可用"者,吾不信也。

注释

① 以:而。

② 蔽:蒙蔽,偏见。

③ 数:天命、命运。

④ 偃然:骄傲自得貌。肆:放纵。

⑤ 忧戚:忧愁烦恼。

⑥ 骄:怠慢,轻视。

⑦ "而其"二字,底本原无,据龙舒本《王文公文集》补。

⑧ 事治:事情顺利办好。

⑨ 画策:筹划计策。

⑩ 皋(gāo):指皋陶(yáo),相传被舜任命为掌管刑法的官。夔(kuí):相传是尧、舜时掌管音乐的官。稷(jì):指后稷,名弃。相传他善于种植各种农作物,尧、舜时担任农官。契(xiè):相传是商的始祖,被舜任命为司徒,掌管教化。

⑪ "犹锥之在囊"以下三句:语出《史记·平原君传》。意谓真正的人才是压抑不住的,一有机会,便会显露锋芒。囊,口袋。

⑫ 厩(jiù):马棚。

⑬ 驽骥：劣马与良马。

⑭ 刍：喂牲畜的草。

⑮ 啮(niè)：咬。

⑯ 蔑：无，没有。

⑰ 夷：平。

⑱ 策：鞭打。

⑲ 顿：拉。

⑳ 倾轮绝勒：车轮倾斜，络头拉断。

㉑ 辽乎：遥远的样子。

㉒ 骐骥：指千里马。《荀子·劝学》："骐骥一跃。"骏衷(yǎo niǎo)：古代的骏马名。驽骀：指劣马。

㉓ 南越：国名，秦末赵佗建立，地在今广东、广西一带。修簳(gǎn)：长箭。

㉔ 簇(cù)：箭头。此处用作动词，即配上箭头。

㉕ 鹗：鸟名，雕属，性凶猛，栖水边，以捕鱼为食，俗称鱼鹰。翮(hé)：带有空心硬管的羽毛，可以装在箭尾。

㉖ 彍(kuò)：射。

㉗ 犀兕(sì)：指用犀兕皮制成的盾牌。捍：抵御，防御。

㉘ 觌(dí)武：尚武，显示武力。

㉙ 敲扑：敲打鞭笞。

㉚ 朽槁：枯朽。梃(tǐng)：棍棒。

㉛ 瑰材桀智：奇伟杰出的才能之士。

㉜ 铢量：仔细衡量。铢，古代衡制中的重量计算单位，为一两的二十四分之一。

㉝ 鄙陋：庸俗浅薄。

㉞ 卓荦：超绝出众。

㉟ 坐：徒然，空。

㊱ 先：底本原作"后"，据听香馆本《王临川集》改。"天下法度未立之后，必先索天下之材而用之"，语意扞格不通。

㊲ 合从：战国时苏秦游说六国诸侯联合抗秦。秦在西方，六国地处南北，故称合纵。

㊳ 刘、项：刘邦、项羽的并称。二人同为秦末起义领袖。秦亡后，项羽自称西楚霸王，封刘邦为汉王。刘邦不甘心称臣，起兵与项羽争夺天下，此即楚汉战争。最后项羽战败，自刎乌江，刘邦建立汉朝，为汉高祖。

㊴ 谟谋：谋划。

评析

此篇作年不详，大概写于仁宗嘉祐前后。文中论述了应当如何发现人才、任用人才的问题，与《上仁宗皇帝言事书》可以相互印证。

文章首先列举了在人才问题上的三种主观偏见及危害，然后引入两个形象的比喻：以马为喻，说明只有在实践中才能发现真正的人才；以箭为喻，说明只有以正确的方法使用人才，才会各尽所长。最后以秦汉、隋唐之际的史事为证，指出人才总是应运而生，关键在于君主去求而用之。文章层次分明，语言简洁明炼，又综合运用比喻、排比、反复、设问等修辞手法，使得论证鲜明而深刻。

上仁宗皇帝言事书

臣愚不肖①，蒙恩备使一路②，今又蒙恩召还阙廷③，有所任属④，而当以使事⑤归报陛下。不自知其无以称职，而敢缘使事之所及，冒言⑥天下之事,伏惟陛下详思而择其中,幸甚。

臣窃观陛下有恭俭之德,有聪明睿智之才,夙兴夜寐,无一日之懈,声色狗马⑦、观游玩好之事,无纤介之蔽⑧,而仁民爱物之意,孚⑨于天下;而又公选天下之所愿以为辅相者⑩,属之以事,而不贰于谗邪倾巧之臣⑪。此虽二帝、三王之用心⑫,不过如此而已,宜其家给人足,天下大治。而效不至于此,顾内则不能无以社稷⑬为忧,外则不能无惧于夷狄⑭,天下之财力日以困穷,而风俗日以衰坏,四方有志之士,諰諰然⑮常恐天下之久不安。此其故何也?患在不知法度故也。

今朝廷法严令具,无所不有,而臣以谓无法度者,何哉?方今之法度,多不合乎先王之政故也。孟子曰:"有仁心仁闻,而泽不加于百姓者,为政不法于先王之道故也⑯。"以孟子之说,观方今之失,正在于此而已。

夫以今之世,去先王之世远,所遭之变、所遇之势不一,而欲一二⑰修先王之政,虽甚愚者犹知其难也。然臣以谓今之失患在不法先王之政者,以谓当法其意⑱而已。夫二帝、三王相去盖千有余载,一治一乱⑲,其盛衰之时具矣⑳。其所遭之变,所遇之势,亦各不同,其施设之方亦皆殊,而其为㉑天下国家之意,本末先后,未尝不同也。臣故曰:当法其意而已。法其意,则吾所改易更革,不至乎倾骇天下之耳目㉒,嚣天下之口㉓,而固已合乎先王之政矣。

虽然,以方今之势揆之㉔,陛下虽欲改易更革天下之事,合于先王之意,其势必不能也。陛下有恭俭之德,有聪明睿智之才,有仁民爱物之意,诚加之意㉕,则何为而不成,何欲而不得?然而臣顾以谓陛下虽欲改易更革天下之事,合于先王之意,其势必不能者,何也?以方今天下之人才不足故也。

臣尝试窃观天下在位之人,未有乏于此时者也。夫人才乏于上,则有沉废伏匿㉖在下,而不为当时所知者矣。臣又求之于闾巷草野㉗之间,而亦未见其多焉。岂非陶冶②而成之者,非其道而然乎?臣以谓方今在位之人才不足者,以臣使事之所及,则可知矣。今以一路数千里之间,能推行朝廷之法令,知其所缓急,而一切能使民以修其职事㉙者甚少,而不才苟简贪鄙㉚之人,至不可胜数。其能讲先王之意以合当时之变者,盖阖㉛郡之间,往往而绝也。朝廷每一令下,其意虽善,在位者犹不能推行,使膏泽㉜加于民,而吏辄缘之为奸㉝,以扰百姓。臣故曰:在位之人才不足,而草野闾巷之间,亦未见其多也。夫人才不足,则陛下虽欲改易更革天下之事,以合先王之意,大臣虽有能当陛下之意而欲领此者,九州㉞之大,四海㉟之远,孰能称陛下之指㊱,以一二推行此而人人蒙其施㊲者乎?臣故曰:其势必未能也。孟子曰:"徒法不能以自行㊳。"非此之谓乎?然则方今之急,在于人才而已。诚能使天下之才众多,然后在位之才可以择其人而取足焉。在位者得其才矣,然后稍视时势之可否㊴,而因人情之患苦㊵,变更天下之弊法,以趋先王之意,甚易也。今之天下,亦先王之天下。先王之时,人才尝众矣,何至于今而独不足乎?故曰:陶冶而成之者,非其道故也。

商之时,天下尝大乱矣,在位贪毒祸败㊶,皆非其人。及文王㊷之起,而天下之才尝少矣。当是时,文王能陶冶天下之士,而使之皆有士君子之才,然后随其才之所有而官使之。《诗》曰:"岂弟君子,遐不作人㊸。"此之谓也。及其成也,微贱兔罝㊹之人,犹莫不好德,《兔罝》㊺之诗是也,又况于在位之人乎?夫文王惟能如此,故以征则服,以守则治。《诗》曰:"奉璋峨峨,髦士攸宜㊻。"又曰:"周王于迈,六师及之㊼。"言文王所用,文武各得其才,而无废事也。及至夷、厉之乱㊽,天下之才又尝少矣。至宣王㊾之起,所与图天下之事者,仲山甫㊿而已。故诗人叹之曰:"德輶如毛,维仲山甫举之,爱莫助之[51]。"盖闵[52]人士之少,而山甫之无助也。宣王能用仲山甫,推其类以新美天下之士[53],而后人才复众。于是内修政事,外讨不

庭㉞，而复有文、武之境土。故诗人美之曰："薄言采芑，于彼新田，于此菑
亩㉟。"言宣王能新美天下之士，使之有可用之才，如农夫新美其田，而使
之有可采之芑也。由此观之，人之才未尝不自人主陶冶而成之者也。

所谓陶冶而成之者，何也？亦教之、养之、取之、任之有其道而已。

所谓教之之道，何也？古者天子诸侯，自国至于乡党皆有学㊿，博置
教导之官而严其选。朝廷礼乐刑政之事，皆在于学。士所观而习者，皆先
王之法言㊼德行治天下之意，其材亦可以为天下国家之用。苟不可以为
天下国家之用，则不教也；苟可以为天下国家之用者，则无不在于学。此
教之之道也。

所谓养之之道，何也？饶之以财㊽，约之以礼㊾，裁之以法㊿也。何谓
饶之以财？人之情不足于财，则贪鄙苟得，无所不至。先王知其如此，故
其制禄，自庶人之在官者㉛，其禄已足以代其耕矣。由此等而上之，每有
加焉，使其足以养廉耻而离于贪鄙之行。犹以为未也，又推其禄以及其子
孙，谓之世禄㉜。使其生也，既于父子、兄弟、妻子之养，昏姻、朋友之接，
皆无憾矣；其死也，又于子孙无不足之忧焉。何谓约之以礼？人情足于财
而无礼以节之，则又放僻邪侈㉝，无所不至。先王知其如此，故为之制度。
婚丧、祭养、燕享之事，服食、器用之物，皆以命数为之节㉞，而齐之以律度
量衡之法㉟。其命可以为之，而财不足以具，则弗具也；其财可以具，而命
不得为之者，不使有铢两分寸㊱之加焉。何谓裁之以法？先王于天下之
士，教之以道艺矣，不帅教则待之以屏弃远方终身不齿之法㊲。约之以礼
矣，不循礼则待之以流㊳、杀之法。《王制》曰："变衣服者，其君流㊴。"《酒
诰》曰："厥或诰曰：'群饮，汝勿佚。尽执拘以归于周，予其杀㊵。'"夫群
饮、变衣服，小罪也；流、杀，大刑也。加小罪以大刑，先王所以忍㊶而不疑
者，以为不如是，不足以一天下之俗而成吾治㊷。夫约之以礼，裁之以法，
天下所以服从无抵冒㊸者，又非独其禁严而治察之所能致也㊹，盖亦以吾

至诚恳恻之心，力行而为之倡。凡在左右通贵之人⑯，皆顺上之欲而服行之，有一不帅者，法之加必自此始。夫上以至诚行之，而贵者知避上之所恶矣，则天下之不罚而止者众矣。故曰：此养之之道也。

所谓取之⑰之道者，何也？先王之取人也，必于乡党，必于庠序，使众人推其所谓贤能，书之以告于上而察之⑰。诚贤能也，然后随其德之大小、才之高下而官使之。所谓察之者，非专用耳目之聪明而听私于一人之口也⑱。欲审知其德，问以行；欲审知其才，问以言。得其言行，则试之以事。所谓察之者，试之以事⑲是也。虽尧之用舜⑳，亦不过如此而已，又况其下乎？若夫九州之大，四海之远，万官亿丑㉑之贱，所须士大夫之才则众矣。有天下者，又不可以一二自察之也，又不可以偏属于一人，而使之于一日二日之间考试其行能而进退之也㉒。盖吾已能察其才行之大者，以为大官矣，因使之取其类以持久试之，而考其能者以告于上，而后以爵命禄秩㉓予之而已。此取之之道也。

所谓任之之道者，何也？人之才德，高下厚薄不同，其所任有宜有不宜。先王知其如此，故知农者以为后稷㉔，知工者以为共工㉕。其德厚而才高者以为之长，德薄而才下者以为之佐属。又以久于其职，则上狃习㉖而知其事，下服驯而安其教，贤者则其功可以至于成，不肖者则其罪可以至于著，故久其任而待之以考绩之法㉗。夫如此，故智能才力之士，则得尽其智以赴功，而不患其事之不终、其功之不就也。偷惰苟且之人，虽欲取容㉘于一时，而顾僇辱㉙在其后，安敢不勉乎？若夫无能之人，固知辞避而去矣。居职任事之日久，不胜任之罪，不可以幸而免故也。彼且不敢冒而知辞避矣，尚何有比周、谗谄、争进之人乎㉚？取之既已详，使之既已当，处之既已久，至其任之也又专焉，而不一二以法束缚之，而使之得行其意，尧、舜之所以理百官而熙众工㉛者，以此而已。《书》曰："三载考绩，三考，黜陟幽明㉜。"此之谓也。然尧、舜之时，其所黜者则闻之矣，盖四凶㉝

是也。其所陟者，则皋陶、稷、契㉞，皆终身一官而不徙。盖其所谓陟者，特加之爵命禄赐而已耳。此任之之道也。

夫教之、养之、取之、任之之道如此，而当时人君又能与其大臣悉其耳目心力，至诚恻怛㉟，思念㊱而行之，此其人臣之所以无疑，而于天下国家之事，无所欲为而不得也。

方今州县虽有学㊲，取墙壁具㊳而已，非有教导之官、长育人才之事也。唯太学㊴有教导之官，而亦未尝严其选。朝廷礼乐刑政之事，未尝在于学，学者亦漠然自以礼乐刑政为有司之事，而非己所当知也。学者之所教，讲说章句㊵而已。讲说章句，固非古者教人之道也，近岁乃始教之以课试之文章㊶。夫课试之文章，非博诵强学穷日之力则不能。及其能工也，大则不足以用天下国家，小则不足以为天下国家之用㊷。故虽白首于庠序，穷日之力以帅上之教，及使之从政，则茫然不知其方者，皆是也。盖今之教者，非特不能成人之才而已，又从而困苦毁坏之，使不得成才者，何也？夫人之才，成于专而毁于杂。故先王之处民才，处工于官府，处农于畎亩，处商贾于肆，而处士于庠序，使各专其业而不见异物，惧异物之足以害其业也㊸。所谓士者，又非特使之不得见异物而已，一㊹示之以先王之道，而百家诸子之异说皆屏之㊺，而莫敢习者焉。今士之所宜学者，天下国家之用也。今悉使置之不教，而教之以课试之文章，使其耗精疲神，穷日之力以从事于此。及其任之以官也，则又悉使置之，而责之以天下国家之事。夫古之人以朝夕专其业于天下国家之事，而犹才有能有不能。今乃移其精神，夺其日力，以朝夕从事于无补之学㊻；及其任之以事，然后卒然㊼责之以为天下国家之用，宜其才之足以有为者少矣。臣故曰：非特不能成人之才，又从而困苦毁坏之，使不得成才也。又有甚害者，先王之时，士之所学者，文武之道也。士之才有可以为公卿大夫，有可以为士。其才之大小，宜不宜则有矣；至于武事，则随其才之大小，未有不学者也。故其大者，居则为六官之卿⑯，出则为六军⑰之将也；其次则比、闾、族、党⑱之师，亦皆卒、两、师、旅⑲之帅也。故边疆、宿卫⑪，皆得士大夫为之，而小人不得奸⑬其任。今之学者，以为文武异事，吾知治文事而已。至于边疆、宿卫之任，则推而属之于卒伍，往往天下奸悍无赖之人，苟其才行足自托于乡里者，亦未有肯去亲戚而从召募者也⑪。边疆、宿卫，此乃天下之重任，而人主之所当慎重者也。故古者教士，以射、御⑮为急，其他技能，则视其人才之所宜而后教之，其才之所不能，则不强也。至于射，则为男子之事。人之生，有疾则已，苟无疾，未有去射而不学者也。在庠序之间，固当从事于射也，有宾客之事则以射，有祭祀之事则以射，别士之行同能偶则以射⑯。于礼乐之事，未尝不寓以射，而射亦未尝不在于礼乐、祭祀之间也。《易》曰："弧矢之利，以威天下。"先王岂以射为可以习揖让之仪⑱而已乎？固以为射者武事之尤大，而威天下、守国家之具也。居则以是习礼乐，出则以是从战伐。士既朝夕从事于此而能者众，则边疆、宿卫之任，皆可以择而取也。夫士尝学先王之道，其行义尝见推于乡党矣⑪，然后因其才而托之以边疆、宿卫之事，此古之人君所以推干戈以属之人⑳，而无内外之虞⑫也。今乃以夫⑫天下之重任，人主所当至慎之选，推而属之奸悍无赖、才行不足自托于乡里之人，此方今所以誾誾然常抱边疆之忧，而虞宿卫之不足恃以为安也。今孰不知边疆、宿卫之士不足恃以为安哉？顾以为天下学士以执兵为耻⑫，而亦未有能骑射、行阵之事者，则非召募之卒伍，孰能任其事者乎？夫不严其教，高其选，则士之以执兵为耻，而未尝有能骑射、行阵之事，固其理也。凡此皆教之非其道故也。

方今制禄，大抵皆薄⑭。自非朝廷侍从之列⑮，食口稍众，未有不兼农商之利⑯而能充其养者也。其下州县之吏，一月所得，多者钱八九千，少者四五千⑰，以守选、待除、守阙通之⑱，盖六七年而后得三年之禄，计一月所得，乃实不能四五千，少者乃实不能及三四千而已。虽厮养之给⑲，亦窘⑱于此矣,而其养生、丧死、婚姻、葬送之事,皆当于此。夫出中人之上者,虽穷而不失为君子;出中人之下者,虽泰而不失为小人。唯中人不然,穷则为小人,泰⑲则为君子。计天下之士,出中人之上下者,千百而无十一。穷而为小人,泰而为君子者,则天下皆是也。先王以为众不可以力胜也,故制行不以己,而以中人为制⑫,所以因其欲而利道之⑬,以为中人之所能守,则其志可以行乎天下而推之后世。以今之制禄,而欲士之无毁廉耻,盖中人之所不能也。故今官大者,往往交赂遗⑭、营赀产,以负贪污之毁;官小者,贩鬻乞丐⑮,无所不为。夫士已尝毁廉耻以负累于世⑯矣,则其偷惰取容⑰之意起,而矜奋自强之心息,则职业安得而不弛,治道何从而兴乎?又况委法受赂、侵牟百姓者⑱,往往而是也。此所谓不能饶之以财也。

婚丧、奉养、服食、器用之物,皆无制度以为之节,而天下以奢为荣,以俭为耻。苟其财之可以具,则无所为而不得,有司既不禁,而人又以此为荣。苟其财不足,而不能自称于流俗⑲,则其婚丧之际,往往得罪于族人亲姻,而人以为耻矣。故富者贪而不知止,贫者则强勉其不足以追之。此士之所以重困⑩,而廉耻之心毁也。凡此所谓不能约之以礼也。

方今陛下躬⑪行俭约,以率⑫天下,此左右通贵之臣所亲见。然而其闺门⑬之内,奢靡无节,犯上之所恶以伤天下之教者,有已甚者矣,未闻朝廷有所放绌⑭,以示天下。昔周之人,拘群饮而被⑮之以杀刑者,以为酒之末流⑯生害,有至于死者众矣,故重禁其祸之所自生。重禁祸之所自生,故其施刑极省,而人之抵于祸败者少矣。今朝廷之法所尤重者,独贪吏耳。重禁贪吏,而轻奢靡之法,此所谓禁其末而弛其本⑰。然而世之识者,以为方今官冗,而县官⑱财用已不足以供之,其亦蔽于理⑲矣。今之入官诚冗矣,然而前世置员盖甚少,而赋禄又如此之薄,则财用之所不足,盖亦有说矣。吏禄岂足计哉?臣于财利,固未尝学,然窃观前世治财之大略矣。盖因天下之力以生天下之财，取天下之财以供天下之费，自古治世，未尝以不足为天下之公患也，患在治财无其道耳。今天下不见兵革^⑫之具，而元元^⑬安土乐业，人致己力，以生天下之财，然而公私常以困穷为患者，殆以理财未得其道，而有司不能度世之宜而通其变耳。诚能理财以其道而通其变，臣虽愚，固知增吏禄不足以伤经费也。方今法严令具，所以罗^⑬天下之士可谓密矣，然而亦尝教之以道艺，而有不帅教之刑以待之乎？亦尝约之以制度，而有不循理之刑以待之乎？亦尝任之以职事，而有不任事之刑以待之乎？夫不先教之以道艺，诚不可以诛其不帅教；不先约之以制度，诚不可以诛其不循理；不先任之以职事，诚不可以诛其不任事。此三者，先王之法所尤急也，今皆不可得诛。而薄物细故^⑬，非害治之急者，为之法禁，月异而岁不同，为吏者至于不可胜记，又况能一二避之而无犯者乎？此法令所以玩^⑭而不行，小人有幸而免者，君子有不幸而及者焉。此所谓不能裁之以刑也。凡此皆治之非其道也。

方今取士，强记博诵而略通于文辞，谓之茂才异等、贤良方正^⑮。茂才异等、贤良方正者，公卿^⑯之选也。记不必强，诵不必博，略通于文辞，而又尝学诗赋，则谓之进士^⑰。进士之高者，亦公卿之选也。夫此二科所得之技能，不足以为公卿，不待论而后可知。而世之议者，乃以为吾常以此取天下之士，而才之可以为公卿者，常出于此，不必法古之取人而后得士也，其亦蔽于理矣。先王之时，尽所以取人之道，犹惧贤者之难进，而不肖者之杂于其间也。今悉废先王所以取士之道，而殿^⑱天下之才士，悉使为贤良、进士，则士之才可以为公卿者，固宜为贤良、进士，而贤良、进士亦固宜有时而得才之可以为公卿者也。然而不肖者，苟能雕虫篆刻^⑲之学，以此进至乎公卿；才之可以为公卿者，困于无补之学而以此绌死于岩野，盖十八九矣^⑳。夫古之人有天下者，其所以慎择者，公卿而已。公卿既得其人，因使推其类^㉑以聚于朝廷，则百司庶物^㉒，无不得其人也。今使不肖之人幸而至乎公卿，因得推其类聚之朝廷，此朝廷所以多不肖之人，而虽有贤智，往往困于无助，不得行其意也。且公卿之不肖，既推其类以聚于朝廷；朝廷之不肖，又推其类以备四方之任使；四方之任使者，又各推其不肖以布于州郡⑯，则虽有同罪举官⑭之科，岂足恃哉？适足以为不肖者之资而已。其次九经、五经、学究、明法之科⑯，朝廷固已尝患其无用于世，而稍责之以大义⑯矣。然大义之所得，未有以贤于故也。今朝廷又开明经之选⑯，以进经术之士，然明经之所取，亦记诵而略通于文辞者则得之矣。彼通先王之意，而可以施于天下国家之用者，顾未必得与于此选也。其次则恩泽子弟⑯。庠序不教之以道艺，官司不考问其才能，父兄不保任其行义，而朝廷辄以官予之，而任之以事。武王数纣之罪，则曰："官人以世⑯。"夫官人以世，而不计其才行，此乃纣之所以乱亡之道，而治世之所无也。又其次曰流外⑰。朝廷固已挤之于廉耻之外，而限其进取之路矣，顾属之以州县之事，使之临士民之上⑰，岂所谓以贤治不肖者乎？以臣使事之所及，一路数千里之间，州县之吏出于流外者，往往而有；可属任以事者，殆无二三，而当防闲⑰其奸者，皆是也。盖古者有贤不肖之分，而无流品之别，故孔子之圣，而尝为季氏吏⑬，盖虽为吏，而亦不害其为公卿。及后世有流品之别，则凡在流外者，其所成立，固尝自置于廉耻之外，而无高人之意矣。夫以近世风俗之流靡⑭，自虽士大夫之才，势足以进取，而朝廷尝奖之以礼义者，晚节末路⑮，往往怵⑯而为奸；况又其素所成立，无高人之意，而朝廷固已挤之于廉耻之外，限其进取者乎？其临人亲职⑰，放僻邪侈，固其理也。至于边疆、宿卫之选，则臣固已言其失矣。凡此皆取之非其道也。

　　方今取之既不以其道，至于任之，又不问其德之所宜，而问其出身⑱之后先；不论其才之称否，而论其历任之多少。以文学进者，且使之治财；已使之治财矣，又转而使之典狱⑯；已使之典狱矣，又转而使之治礼。是则一人之身,而责之以百官之所能备,宜其人才之难为也。夫责人以其所难为,则人之能为者少矣。人之能为者少,则相率而不为。故使之典礼,未尝以不知礼为忧,以今之典礼者,未尝学礼故也。使之典狱,未尝以不知狱为耻,以今之典狱者,未尝学狱故也。天下之人,亦已渐渍^⑯于失教,被服^⑰于成俗,见朝廷有所任使,非其资序,则相议而讪^⑱之,至于任使之不当其才,未尝有非之者也。且在位者数徙,则不得久于其官,故上不能狃习而知其事,下不肯服驯而安其教;贤者则其功不可以及于成,不肖者则其罪不可以至于著。若夫迎新将故^⑱之劳,缘绝簿书^⑲之弊,固其害之小者,不足悉数也。设官大抵皆当久于其任,而至于所部者远,所任者重,则尤宜久于其官,而后可以责其有为。而方今尤不得久于其官,往往数日辄迁之矣。

取之既已不详,使之既已不当,处之既已不久,至于任之则又不专,而又一二以法束缚之,不得行其意。臣故知当今在位多非其人,稍假借之权^⑳,而不一二以法束缚之,则放恣而无不为。虽然,在位非其人,而恃法以为治,自古及今,未有能治者也。即使在位皆得其人矣,而一二以法束缚之,不使之得行其意,亦自古及今未有能治者也。夫取之既已不详,使之既已不当,处之既已不久,任之又不专,而一二之以法束缚之,故虽贤者在位,能者在职,与不肖而无能者,殆无以异。夫如此,故朝廷明知其贤能足以任事,苟非其资序,则不以任事而辄进之;虽进之,士犹不服也。明知其无能而不肖,苟非有罪为在事者所劾,不敢以其不胜任而辄退之;虽退之,士犹不服也。彼诚不肖无能,然而士不服者,何也?以所谓贤能者任其事,与不肖而无能者,亦无以异故也。臣前以谓不能任人以职事,而无不任事之刑以待之者,盖谓此也。

夫教之、养之、取之、任之,有一非其道,则足以败天下之人才,又况兼此四者而有之?则在位不才苟简贪鄙之人,至于不可胜数,而草野间巷之间亦少可任之才,固不足怪。《诗》曰:"国虽靡止,或圣或否。民虽靡膴,或哲或谋,或肃或艾。如彼泉流,无沦胥以败⑯。"此之谓也。

夫在位之人才不足矣,而闾巷草野之间亦少可用之才,则岂特行先王之政而不得也,社稷之托、封疆之守,陛下其能久以天幸⑰为常,而无一旦之忧⑱乎?盖汉之张角,三十六方同日而起,所在郡国莫能发其谋⑲;唐之黄巢⑭,横行天下,而所至将吏无敢与之抗者。汉、唐之所以亡,祸自此始。唐既亡矣,陵夷以至五代⑪,而武夫用事⑫,贤者伏匿消沮⑬而不见,在位无复有知君臣之义、上下之礼者也。当是之时,变置社稷,盖甚于奕棋之易,而元元肝脑涂地⑭,幸而不转死于沟壑⑮者无几耳!夫人才不足,其患盖如此。而方今公卿大夫,莫肯为陛下长虑后顾,为宗庙万世计,臣窃惑之。昔晋武帝趣过目前,而不为子孙长远之谋⑯,当时在位亦皆偷合苟容,而风俗荡然,弃礼义,捐法制,上下同失,莫以为非,有识固知其将必乱矣。而其后果海内大扰,中国列于夷狄者二百余年⑰。伏惟三庙祖宗⑱神灵所以付属陛下,固将为万世血食⑲,而大庇元元于无穷也。臣愿陛下鉴汉、唐、五代之所以乱亡,惩晋武苟且因循之祸,明诏大臣,思所以陶成天下之才,虑之以谋,计之以数⑳,为之以渐㉑,期为合于当世之变,而无负于先王之意,则天下之人才不胜用矣。人才不胜用,则陛下何求而不得,何欲而不成哉?夫虑之以谋,计之以数,为之以渐,则成天下之才甚易也。

臣始读《孟子》,见孟子言王政之易行㉒,心则以为诚然。及见与慎子论齐、鲁之地㉓,以为先王之制国,大抵不过百里者,以为今有王者起,则凡诸侯之地,或千里、或五百里,皆将损之至于数十百里而后止。于是疑孟子虽贤,其仁智足以一天下,亦安能毋劫之以兵革,而使数百千里之强国,一旦肯损其地之十八九,比于先王之诸侯?至其后,观汉武帝用主父偃之策㉔,令诸侯王地悉得推恩封其子弟,而汉亲临定其号名,辄别属汉,于是诸侯王之子弟各有分土,而势强地大者卒以分析弱小。然后知虑之以谋,计之以数,为之以渐,则大者固可使小,强者固可使弱,而不至乎倾骇变乱败伤之衅㉖。孟子之言不为过。又况今欲改易更革,其势非若孟子所为之难也。臣故曰:虑之以谋,计之以数,为之以渐,则其为甚易也。

　　然先王之为天下,不患人之不为,而患人之不能;不患人之不能,而患己之不勉。何谓不患人之不为,而患人之不能? 人之情所愿得者,善行、美名、尊爵、厚利也,而先王能操之以临天下之士。天下之士,有能遵之以治者,则悉以其所愿得者以与之。士不能则已矣,苟能,则孰肯舍其所愿得而不自勉以为才? 故曰:不患人之不为,患人之不能。何谓不患人之不能,而患己之不勉? 先王之法,所以待人者尽矣,自非下愚不可移之才,未有不能赴者也。然而不谋之以至诚恻怛之心,力行而先之,未有能以至诚恻怛之心,力行而应之者也。故曰:不患人之不能,而患己之不勉。陛下诚有意乎成天下之才,则臣愿陛下勉之而已。

　　臣又观朝廷异时欲有所施为变革㉗,其始计利害未尝熟㉘也,顾有一流俗侥幸之人不悦而非之,则遂止而不敢。夫法度立,则人无独蒙其幸者。故先王之政,虽足以利天下,而当其承弊坏之后,侥幸之时,其创法立制,未尝不艰难也。以其创法立制,而天下侥幸之人亦顺说以趋之,无有龃龉㉙,则先王之法至今存而不废矣。惟其创法立制之艰难,而侥幸之人不肯顺悦而趋之,故古之人欲有所为,未尝不先之以征诛,而后得其意㉚。《诗》曰:"是伐是肆,是绝是忽,四方以无拂㉛。"此言文王先征诛而后得意于天下也。夫先王欲立法度,以变衰坏之俗而成人之才,虽有征诛之难,犹忍而为之,以为不若是,不可以有为也。及至孔子,以匹夫㉛游诸侯,所至则使其君臣捐所习㉜,逆所顺㉝,强所劣㉞,憧憧如㉟也,卒困于排逐㊱。然孔子亦终不为之变,以为不如是,不可以有为。此其所守,盖与文王同意。夫在上之圣人莫如文王,在下之圣人莫如孔子,而欲有所施为变革,则其事盖如此矣。今有天下之势,居先王之位,创立法制,非有征诛之难也，虽有侥幸之人不悦而非之，固不胜天下顺悦之人众也。然而一有流俗侥幸不悦之言，则遂止而不敢为者，惑也。陛下诚有意乎成天下之才，则臣又愿断㉑之而已。

夫虑之以谋，计之以数，为之以渐，而又勉之以成㉘，断之以果㉙，然而犹不能成天下之才，则以臣所闻，盖未有也。

然臣之所称，流俗之所不讲，而今之议者以谓迂阔而熟烂㉚者也。窃观近世士大夫所欲悉心力耳目以补助朝廷者有矣，彼其意，非一切㉑利害，则以为当世所能行者。士大夫既以此希世㉒，而朝廷所取于天下之士，亦不过如此。至于大伦大法㉓、礼义之际，先王之所力学而守者，盖不及也。一有及此，则群聚而笑之，以为迂阔。今朝廷悉心㉔于一切之利害，有司法令于刀笔之间㉕，非一日也，然其效可观矣，则夫所谓迂阔而熟烂者，惟陛下亦可以少留神而察之矣。昔唐太宗贞观之初，人人异论，如封德彝之徒，皆以为非杂用秦、汉之政，不足以为天下。能思先王之事开太宗者，魏文贞公一人尔㉖。其所施设，虽未能尽当先王之意，抑其大略，可谓合矣。故能以数年之间，而天下几致刑措㉗，中国安宁，蛮夷顺服，自三王以来，未有如此盛时也。唐太宗之初，天下之俗犹今之世也，魏文贞公之言，固当时所谓迂阔而熟烂者也，然其效如此。贾谊曰："今或言德教之不如法令，胡不引商、周、秦、汉以观之㉘？"然则唐太宗之事，亦足以观矣。

臣幸以职事归报陛下，不自知其驽下㉙无以称职，而敢及国家之大体者，以臣蒙陛下任使，而当归报。窃谓在位之人才不足，而无以称朝廷任使之意，而朝廷所以任使天下之士者，或非其理，而士不得尽其才，此亦臣使事之所及，而陛下之所宜先闻者也。释此一言，而毛举㉚利害之一二，以污陛下之聪明，而终无补于世，则非臣所以事陛下惓惓㉛之义也。伏惟陛下详思而择其中，天下幸甚！

注释

① 不肖：不贤，自谦之词。

② 备使一路：充任一路的长官。当时北宋政区划分为十八路，下辖州、县、军等，由朝廷委派官员去担任长官，如转运使、提点刑狱等，称之为"出使"。宋仁宗嘉祐三年(1058)二月，王安石自知常州徙提点江南东路刑狱，负责核察本路疑难案件，申报本路囚犯审讯情况，以及荐举、检劾本路官员等。

③ 阙廷：朝廷。阙，宫门、城门两侧的高台。

④ 任属：委任。属，通"嘱"，托付。嘉祐三年十月，王安石自提点江南东路刑狱被召入京任三司度支判官。

⑤ 使事：指提点江南东路刑狱任上所历、所知之事。

⑥ 冒言：冒昧地谈论。

⑦ 声色狗马：歌舞、女色、玩狗、跑马，泛指荒淫佚乐。

⑧ 纤介：细微。蔽：蒙蔽。

⑨ 孚：(使)信服。

⑩ "而又"句：指至和二年(1055)，宋仁宗任命富弼等为宰相。

⑪ 贰：怀疑。谗邪倾巧之臣：指那些进谗、奸邪、不正、钻营的大臣。

⑫ 二帝：指唐尧与虞舜。三王：一般指夏禹、商汤、周文王。

⑬ 社稷：古代帝王、诸侯所祭的土神和谷神，此处代指国家。

⑭ 夷狄：古代称东方部族为夷，北方部族为狄，常用以泛指华夏族以外的各族。此处指与北宋并峙的契丹与西夏。

⑮ 愢愢(xǐ)然：担心害怕貌。

⑯ "有仁心仁闻"以下三句：语本《孟子·离娄上》，原文为："今有仁心仁闻，而民不被其泽，不可法于后世者，不行先王之道也。"意谓现在有些诸侯，

虽有仁爱之心与仁爱之名，但民众却得不到他的恩泽，也不足以为后世效法，这是因为他们没有实行先王的法度。

⑰ 一二：逐一。

⑱ 法其意：效法先王施政的原则、精神。

⑲ 一治一乱：有时社会安定，有时社会大乱。一，有时。

⑳ 其盛衰之时具矣：兴盛与衰乱的时世，都曾经历过。

㉑ 为：治理。

㉒ 倾骇天下之耳目：使天下人感到惊骇。倾骇，惊骇。

㉓ 嚣天下之口：使天下人喧哗骚动。嚣，喧哗。

㉔ 揆(kuí)：揣度。

㉕ 诚加之意：假如能特别用心。诚，假如。

㉖ 沉废伏匿：埋没隐藏。

㉗ 闾巷草野：概指民间。闾巷，里巷，乡里。草野，乡野。

㉘ 陶冶：陶铸，教化培育。

㉙ 修其职事：做好本职工作。修，治。

㉚ 苟简贪鄙：草率贪婪。

㉛ 阖：全部、整个。

㉜ 膏泽：比喻恩惠。

㉝ 吏辄缘之为奸：官吏每每凭借朝廷所颁的法令来做坏事。辄，每每，总是。缘，凭借。

㉞ 九州：古代分中国为九州，说法不一。如《尚书·禹贡》作冀、兖、青、徐、扬、荆、豫、梁、雍等，后以此泛指天下、中国。

㉟ 四海：古代认为中国四周有四海环绕，各按方位为东海、南海、西海、北海，后以四海泛指天下、全国各处。

㊱ 指：旨意、意向。

㊲ 蒙其施：蒙受陛下的恩泽。

㊳ 徒法不能以自行：出自《孟子·离娄上》。意谓只有法令，却没有执行法令的人才，法令就不能得到贯彻推行。

㊴ 稍视时势之可否：逐渐观察形势时机是否成熟。

㊵ 因人情之患苦：根据人们的忧虑疾苦。

㊶ 贪毒祸败：贪婪狠毒，祸国殃民。

㊷ 文王：指周文王。姬姓，名昌，古公亶(dǎn)父之孙，季历之子，商末周族首领。他是历史上著名的圣明君主，儒家理想君主的楷模。其子周武王继承他的遗志，兴兵灭商，建立周朝。

㊸ "岂弟君子"二句：出自《诗经·大雅·旱麓》，意谓和乐平易的君子，哪能不造就人才。岂弟，通"恺悌"，和乐平易。遐，通"何"，如何、哪能。

㊹ 兔罝(jū)：用网捕兔。

㊺《兔罝》：《诗经·国风·周南》中一篇，赞美周文王时人才众多，捕兔之人也有良好的品德。

㊻ "奉璋峨峨"二句：语出《诗经·大雅·棫朴》。意谓捧璋助祭的人仪容肃穆，俊秀的卿士各得其所。奉，捧。璋，玉器，状如半圭，古代朝聘、祭祀、丧葬、治军时用作礼器或信物。峨峨，盛状、盛美。髦(máo)士，英俊之士。攸，助词。

㊼ "周王于迈"二句：语出《诗经·大雅·棫朴》。意谓周王远巡，全军将士紧紧追随。迈，巡行。六师，周天子所统六军之师。周制，一万二千五百人为师。后用以指天子军队。

㊽ 夷、厉之乱：夷指周夷王(前 939—前 880)，姬姓，名燮(xiè)，西周第九位君主。他在位时，西周已经逐渐衰败，有的诸侯不来朝贡。厉指周厉王姬胡(前 904 —前 829)，周夷王之子，西周第十位君主。他即位后，统治残暴，并监视、杀死议论他的国人，引起国人暴动，他逃窜到山西彘(zhì)

地(今山西霍州市东北)。

㊾ 宣王：周宣王(？—前 783 年)，姬姓，名静，厉王之子，西周第十一代君主。他即位后，任用召穆公、尹吉甫、仲山甫等贤臣，陆续讨伐猃狁、西戎、淮夷等，西周国力得到短暂恢复，史称"宣王中兴"。

㊿ 仲山甫：周太王古公亶父的后裔。周宣王元年(前 827)，任卿士，封地为樊，为樊姓始祖，又称"樊仲山甫""樊仲山""樊穆仲"。他辅佐宣王，颁布政令，进行经济体制改革，推行"私田制"和"什一而税"，造成宣王时期的繁荣景象。

(51) "德輶(yóu)如毛"以下三句：语出《诗经·大雅·烝民》，是尹吉甫赞美仲山甫之语，原诗为："德輶如毛，民鲜克举之。我仪图之，维仲山甫举之，爱莫助之。"意谓道德轻如鸿毛，只有仲山甫去举起它，可惜无人帮助。輶，本是一种轻便快速的车，此处引申为轻。

(52) 闵：怜惜。

(53) 推其类以新美天下之士：周宣王提拔引进仲山甫的同类，以磨砺陶冶天下士人。

(54) 外讨不庭：对外讨伐不来朝贡的诸侯。不庭，不朝于王庭。

(55) "薄言采芑"以下三句：语出《诗经·小雅·采芑》。意谓一把一把地采掇芑菜，那块多年耕种的地里有，这块初耕的田地里也有。喻人才众多。薄言，语气词。新田，开垦两年的田。菑，初耕的田地。

(56) 自国至于乡党皆有学：据《礼记·学记》："古之教者，家有塾，党有庠，术有序，国有学。"古代以二十家为闾，同在一巷，每一巷都设有"塾"，教授在家的小孩。五百家为党，党的学校称为"庠"，收置闾、塾升上的学生。天子京都和各国诸侯所在地，设有"国学"，教授天子、诸侯、公卿的子弟，以及其他升上来的优秀学生。国，京都。乡党，泛指地方乡间。古代以五百家为党，一万二千五百家为乡。

(57) 法言：合乎礼法的言论。

(58) 饶之以财：增加他的财富。饶，(使)富足、丰饶。

(59) 约之以礼：用礼节来约束他。

(60) 裁之以法：用法制来制裁他。

(61) 庶人之在官者：指那些在官府里充担徭役的人，即《周礼·春官》中不够"王臣"资格的"府、史、胥、徒"四种人。

(62) 世禄：世代享有爵禄。

(63) 放僻邪侈：放荡任性、为非作歹。

(64) 命数：爵位或官职的品级。据《周礼·春官·典命》载，诸侯公卿百官，划分等级，最高九命，最低一命，按命数不同，确定其服饰、待遇，不可逾越。节：制约。

(65) 齐之以律度量衡之法：从礼仪、服饰、生活饮食等方面，按照等级制定出统一的规格标准。律度，古代计度，皆出于黄钟之律，故称律度。度指长短，即分、寸、尺、丈、引。量衡，量器和衡器，此处指数量标准。

(66) 铢两分寸：比喻轻微细小。铢两，古代的重量单位，一两等于二十四铢。

(67) 帅：遵循，听从。屏弃：废弃、驱逐。不齿：不与同列、不收录，表示鄙视。

(68) 流：放逐，将犯人放逐到偏远之地，古代五刑之一。

(69) "变衣服者"二句：语出《礼记·王制》。意谓改变衣服样式的，君主就放逐他。

(70) "厥或诰曰"以下五句：语出《尚书·酒诰》。意谓天子有令："聚众饮酒，你们不要放肆，否则，就捆绑起来押缚京师，处死你们。"厥，其，代指周天子。或，有。诰，天子所下的命令。

(71) 忍：狠心、舍得。

(72) 一天下之俗而成吾治：统一天下的风俗，成就我的太平盛世。

(73) 抵冒：触犯，抵御。

74 禁严：严格的禁令。治察：严密的治理。

75 左右通贵之人：指皇帝身边的达官贵人。通，显达。

76 取之：选拔人才。

77 "先王之取人也"以下五句：据《周礼·地官·乡大夫》载，西周时期，乡大夫（下层地方官）三年大考一次，考察士人的德行、道艺，选拔其中的贤能人才，汇报朝廷。王安石据此进行引申发挥，阐述所谓的"法先王之意"。

78 "非专用耳目"句：不仅仅只依赖自己的所见所闻，只听信一人所言。

79 试之以事：在工作实践中予以考察。

80 尧之用舜：据说尧在传位于舜之前，曾经考察过他三次，然后才让位给他。文中借此说明，选拔人才，应当在实践中进行。

81 万官亿丑：极言官吏数量、类属之多。

82 行能：行为、才能。进退之：提拔或贬降。

83 爵命禄秩：官爵任命、俸禄等级。

84 后稷：古代农官之名。

85 共工：古代工官之名。

86 狃习：熟悉、习惯。

87 任：任期。考绩：考核。

88 取容：容身、安身。

89 僇辱：戮辱、刑辱。僇，通"戮"。

90 比周：结党营私。谗诟：谗毁和诟诼。

91 熙众工：使众事皆兴盛。熙，（使）兴盛。工，通功。

92 "三载考绩"以下三句：语出《尚书·尧典》。意谓每三年对官员进行一次考核，贬黜不称职的官员，提拔有政绩的贤明官员。黜，贬黜。陟，提拔。

93 四凶：相传为尧舜时代四个恶名昭著的部族首领。

㉞ 皋陶：传说中舜的大臣，掌管刑狱之事。稷：即后稷，周朝始祖。传说他善于种植各种粮食作物，曾在尧舜时代担任司农，教民种植农作物。契：传说中商的始祖，曾经助禹治理洪水，被舜任命为司徒，掌管教化。

㉟ 恻怛(cè dá)：恳切。

㊱ 思念：思考忖度。

㊲ 方今州县虽有学：指宋仁宗庆历四年(1044)，诏令各州县兴办学校。

㊳ 墙壁具：只有墙壁而已，意谓空有其名、徒具形式。

㊴ 太学：宋代最高学府。仁宗庆历四年始置，内舍生有二百人，从八品以下官员及平民的优秀子弟中招收。

⑩ 讲说章句：指汉唐以来拘泥训诂、恪守注疏之学，宋初沿袭此种学风。

⑩ 课试之文章：指应付科举考试的文章。

⑩ "及其能工"以下三句：北宋前期的科举考试，其中的进士科主要以考诗赋为主。王安石认为，诗赋之类，纵然写得巧、写得精，也于治理国家无甚用处。

⑩ "故先王之处民才"以下七句：语意本于《管子·小匡》："士、农、工、商四民者，国之石民也。……是故圣王之处士必于闲燕，处农必就田野，处工必就官府，处商必就市井。……少而习焉，其心安焉，不见异物而迁焉。"《周礼》中也有类似记载。王安石借此说明，造就人才应各专其业。处，安置。畎亩，田间。肆，市场。庠序，学校。

⑩ 一：专。

⑩ 百家诸子：指春秋战国时出现的儒家之外各种学派及其代表人物，如道家、法家、墨家，及老子、庄子、韩非子、墨子等。屏：屏弃、排除。

⑩ 无补之学：指科举所考的诗赋等。

⑩ 卒然：突然。卒，通"猝"。

⑩ 六官之卿：指《周礼》中记载的天官冢宰、地官司徒、春官宗伯、夏官司马、

秋官司寇、冬官司空，分管财政、军事、刑法、教育、制作等，合称六官或六卿。

⑩ 六军：按周代兵制，天子有六军，诸侯国则有三军、二军不等。每军有一万二千五百人。后以六军代称军队。

⑩ 比、闾、族、党：此处泛指古代地方行政组织。五家为比，五比为闾，五闾为族，五族为党。

⑪ 卒、两、师、旅：此处泛指古代军队的编制，百人为卒，二十五人为两，二千五百人为师，五百人为旅。

⑫ 边疆、宿卫：保卫边疆，守卫宫廷。

⑬ 奸：干求、谋求。

⑭ "往往天下奸悍无赖之人"以下三句：所招之人往往是一些奸邪凶狠之徒，只要才能品行能够在乡里立足，也没有人肯离开家乡应召入伍。按，宋代实行募兵制，禁军、厢军都由招募而来。应招者往往是游手好闲之人，或是负罪亡命之徒；又经常于灾年招募饥民，从而使得军队数量激增，素质却很差。

⑮ 射、御：射箭、御车。

⑯ 别士之行同能偶则以射：用射箭来区分士人的品行才能。行同能偶，品行相同、才能相等。

⑰ "弧矢之利"二句：语出《周易·系辞下》。意谓弓箭的作用，即在于威慑天下。弧，木弓。矢，箭。

⑱ 揖让之仪：指古代宾主相见的各种礼节，如打躬、作揖等。

⑲ 见推：(被)推重。乡党：同乡、乡亲。

⑳ 推干戈以属之人：将兵权托付给别人。干戈，古代两种武器，此处代指兵权。

㉑ 虞：忧虑。

⑫ 夫：指示代词，那。

⑬ 顾：只是。学士：此处指读书人，非官职之称。

⑭ "方今制禄"二句：意谓如今官员的俸禄，大都很少。此二句承前文"人之情不足于财，则贪鄙苟得，无所不至"而来，是本文论述士风堕落的一个前提。北宋前期，大部分官员俸禄收入较低。王安石将提高官员俸禄作为端正士风、培养人才的一个措施。

⑮ 自非：若非。侍从：宋代称翰林学士、给事中、六部尚书、侍郎等为侍从，此处指朝廷的高级官员。

⑯ 兼农商之利：在做官同时，从事土地的租赁、买卖或商业活动以牟利。

⑰ "一月所得"以下三句：宋初州县小官，俸入微薄。据《宋史·职官志》载，五千户以上的县，县令俸钱为十五千，主簿、县尉八千。三千户以上的县，县令俸钱为十二千，主簿、县尉为七千。不满三千户的县，县令俸钱为十千，主簿、县尉为六千。

⑱ 守选：等候朝廷任命。待除：等候调任新职。守阙：官员等候补阙。

⑲ 虽厮养之给：即便是供给一个厮役、奴仆的生活所需。

⑳ 窘：窘迫。

㉑ 泰：指生活安定充裕。

㉒ "故制行不以己"二句：君主在规定道德和行为准则时，不是以自己为标准（担心别人做不到），而是以普通人为标准。此句语出《礼记·表记》："圣人之制行也，不制以己。"孔颖达疏曰："谓不将己之所能以为制法，恐凡人不能行也。"

㉓ 因其欲而利道之：根据普通人的欲望，用利来诱导他们。道，诱导。

㉔ 交赂遗：互相贿赂，营私舞弊。交，互相。

㉕ 贩鬻（yù）乞丐：做买卖，无赖乞求。

㉖ 负累于世：在世上背负贪污的恶名。

⑬ 偷惰取容：苟且怠惰，讨好别人。

⑬ 委法：弃法。侵牟：侵夺。

⑬ 自称于流俗：在流俗中恪尽自己的职守。称，称职。流俗，世间平庸粗俗之人，或流行的风俗习惯。王安石屡用此词，含有贬斥之意。

⑭ 重困：加重困苦。

⑭ 躬：亲自。

⑭ 率：表率。

⑭ 闺门：内室之门，此处指家里。

⑭ 放绌：放逐黜免。

⑭ 被：加。

⑭ 末流：水流下游，此处比喻事物后来的发展状态。

⑭ "重禁贪吏"以下三句：严厉地惩处贪官污吏，却忽视对奢侈官员的惩罚，这就是所谓禁止末节而放松根本。北宋建国以来，特别注重严惩贪吏。王安石则认为，风俗奢靡、俸禄微薄，才是官吏贪污的问题根本所在。

⑭ 县官：朝廷、官府。

⑭ 蔽于理：于理不通。

⑮ 兵革：指战争。

⑮ 元元：百姓。

⑮ 罗：网罗、收执。

⑮ 薄物细故：细小的事情。

⑮ 玩：轻慢、忽略。

⑮ 茂才异等：宋代科举考试中的一个项目，宋太祖时置。茂才，即秀才，避汉光武帝刘秀名讳而改，后世遂沿袭。异等，特等。贤良方正：宋代科举考试中的一个项目，宋仁宗天圣七年(1029)置。

⑯ 公卿：三公九卿的简称，泛指高官。

⑰ 进士：宋代科举考试中殿试考取者。宋代以科举取士，最重要的科目是进士科，其考试内容，北宋前期主要沿袭唐五代，考试诗、赋、论等。王安石对这种以考试诗赋来选拔的做法非常不满，认为不能选取治理国家的专业人才。

⑱ 殴：驱赶。

⑲ 雕虫篆刻：辞章之学，语出扬雄《法言》："雕虫篆刻，壮夫不为。"此处指宋代科举考试中进士科所考的诗赋。王安石认为，诗、赋等辞章之学，于治理国家无甚用处。虫，虫书。刻，刻符。二者各为一种字体。

⑳ "才之可以为公卿者"以下三句：有些士人具备公卿的才能，却因为诗赋不精，不能通过进士考试，以至于不能做官，屈死于民间。无补之学，指诗、赋。

㉑ 推其类：引用推选同类之人。

㉒ 百司庶物：指政府各个部门。

㉓ 推其不肖以布于州郡：引用那些还不如自己的不才之辈担任各州郡的长官。

㉔ 同罪举官：指某官员获罪，其举荐者也要一并治罪。

㉕ 九经：北宋前期科举考试中，除进士科外，还有诸科。九经，即诸科中的一种，考察对九种儒家经典的背诵，有《周易》《诗经》《尚书》《春秋左传》《礼记》《周礼》《仪礼》《孝经》《论语》等。五经：上述九种典籍中的前五种。学究：北宋前期科举考试的科目名，凡是考试上述一经得中的称为学究。具体考试方式主要是背诵、默写。明法：宋代科举考试的科目名，主要考察法律知识。

㉖ 稍责之以大义：此处指要求科举考试中用儒家经典的要旨来考试士人。这是仁宗庆历二年(1042)针对之前诸科考试中只考查死记硬背儒家经典

的弊端,而做出的改革。大义,要义、要旨。

⑯ 又开明经之选:仁宗嘉祐二年(1057),诏置明经科。考试方式是同时考试一种大经、中经、小经。大经包括《礼记》《春秋左氏传》;中经包括《毛诗》《周礼》《仪礼》;小经包括《周易》《尚书》《穀梁传》《公羊传》。其特色是除了帖经(填空)、墨义(默写)之外,还考大义和时务策(对时事看法),而帖经、墨义在试题中的比例较之诸科大为降低。

⑯ 恩泽子弟:因恩荫而做官。宋代官员升至一定的品级,凡遇朝廷庆典,其子弟可承恩入国子监读书,并入仕为官。仁宗一朝,以荫入仕者渐滥。皇祐二年(1050),侍御史知杂事何郯曾经上疏,提出削减。

⑯ 官人以世:语出《尚书·泰誓》,意谓只凭借家世任免官员。世,家世。

⑰ 流外:隋唐时官制分为九品,一至九品称为流内,九品以下官员称为流外。宋代沿袭,凡是朝廷诸司吏职及诸州、监司吏人,在九品之外的称为流外人。

⑰ 临士民之上:管理民众。

⑰ 防闲:防备和禁阻。防是堤,用以治水;闲是圈栏,用于制兽。

⑰ 季氏:春秋时鲁国公族,又称季孙氏。鲁文公时,季氏为大夫,专鲁国之政,孔子曾经为其属吏。

⑰ 流靡:萎靡不振。

⑰ 晚节末路:晚年失意。

⑰ 怵(xù):诱惑。

⑰ 临人亲职:为官治事。临,统治、治理。

⑰ 出身:指科举考试中选者的身份、资格。

⑰ 典狱:管理刑狱之事。典,掌管。

⑱ 渐渍(zì):渍染、感化。

⑱ 被服:感化、同化。

⑱ 讪：毁谤、讥讽。

⑱ 迎新将故：迎接新上任官员，送别离职的旧官员。将，送行。

⑱ 缘绝簿书：官员只与文书发生关系，职务交接后，这种关系也随之断绝。意指官员调动频繁，手续烦琐，不能尽心莅职任事。

⑱ 稍假借之权：略微给予权力。

⑱ "国虽靡止"以下七句：语出《诗经·小雅·小旻》。意谓国家即便不大，也会有圣人、有凡夫；民众即便不多，也会有人富于谋略，有人庄重干练。人才就如泉水一样，善于利用，就不会败亡。靡，不。或，有人。否，平庸。膴（hū），法则。肃，庄重。艾，治理。沦胥，沦陷。败，国家覆亡。

⑱ 天幸：天赐之幸，侥幸。

⑱ 一旦之忧：担忧有朝一日会覆亡。

⑱ "盖汉之张角"以下三句：指东汉末年的黄巾起义。当时张角以宗教的形式，把起义队伍编为三十六个军事单位，每个单位都由一人统帅，而由他统一指挥，自称"天公将军"。方，原文为"万"，今据《汉书·皇甫嵩传》改。郡国，郡与国。汉初，兼采郡县制和封建制，分天下为郡与国。郡直属中央，国分封诸王、侯。封王之国称王国，封侯之国称侯国。后以郡国泛指地方行政区划。

⑲ 黄巢：唐末农民起义的领袖，山东冤句（今山东菏泽）人。他领导农民起义十年（874—883）之久，失败后自杀。

⑲ 陵夷：衰颓、衰落。五代：唐宋之间的五个朝代，即后梁、后唐、后晋、后汉、后周。

⑲ 武夫用事：军人当权。

⑲ 伏匿消沮：隐藏沮丧。

⑲ 肝脑涂地：形容战乱中死亡惨烈。

⑲ 转死于沟壑：谓弃尸于山沟水渠。

⑩ "昔晋武帝"二句：语出《晋书·何曾传》。晋武帝即司马炎（236—290），字
安世，河内温县（今河南温县）人，晋朝建立者。太康年间（280—289），采
取一系列措施发展经济，统一全国，史称"太康之治"。但晚年生活荒淫，
强化门阀制度，大封宗室，埋下皇室内讧的根源。

⑰ 中国列于夷狄者二百余年：中原地区被匈奴、鲜卑、氐等族占据，达二百多
年之久。自晋惠帝永兴元年（304）匈奴贵族刘渊自称汉王，至北周静帝大
定元年（581）杨坚建立隋朝止，其间二百七十七年，中原地区被各族分裂
占据。

⑱ 三庙祖宗：指宋太祖、太宗、真宗三位皇帝。庙，宗庙，古代帝王祭祀祖先
的庙宇。

⑲ 万世血食：子孙昌盛，祭祀不绝。血食，受享祭品。

⑳ 计之以数：心中筹划（人才之事）。

㉑ 为之以渐：逐渐实施（人才之事）。

㉒ 孟子言王政之易行：孟子以为，有仁心即可行仁政。《孟子·梁惠王下》有
"今王与百姓同乐，则王矣"，"王如好色，与百姓同之，于王何有"等语。

㉓ 与慎子论齐、鲁之地：此出自《孟子·告子下》，这段话表明了孟子的仁政
思想，认为仁者不应致力于战争，而应当致力于引导君主施行仁政。慎
子，即慎到，名滑釐，鲁国臣子，善于用兵。

㉔ 汉武帝用主父偃之策：指西汉武帝采纳主父偃的建议，施行"推恩令"，命
令各诸侯王将各自封国的土地再分给自己的子弟，从而削弱了诸侯王的
领地与实力，加强巩固了中央集权。汉武帝，刘彻。主父偃，西汉临淄（今
山东淄博）人，武帝时曾担任中大夫。

㉕ 衅：祸患、祸乱。

㉖ 异时欲有所施为变革：此处指庆历革新。仁宗庆历二年（1042），以范仲淹
为首的革新派为拯救时弊，应对西夏威胁，提出了一系列变革政治的举

措。后因守旧官僚反对,攻击范仲淹等交结朋党,仁宗动摇,变革以范仲淹赴任陕西而流产。异时,往时,从前。

㉞ 熟:深思熟虑。

㉞ 龃龉(jǔ yǔ):上下齿不相应,比喻意见不合,相互抵触。

㉞ 得其意:实行其意图。

㉑ "是伐是肆"以下三句:语出《诗经·大雅·皇矣》。意谓纵兵讨伐敌人,消灭敌军,四方不敢再有违抗。伐,征伐。肆,纵兵攻击。忽,消灭。拂,违逆、反抗。

㉑ 匹夫:平民。

㉑ 捐所习:舍弃他们的陋习。

㉑ 逆所顺:改变他们从前的做法。

㉑ 强所劣:使他们的薄弱之处得到增强。

㉑ 憧(chōng)憧如:来往不绝貌。

㉑ 排逐:排挤斥逐。

㉑ 断:决断。

㉑ 勉之以成:奋勉去做。

㉑ 断之以果:勇决果断。

㉑ 迂阔而熟烂:脱离实际的陈辞滥调。

㉑ 一切:临时、权宜。

㉒ 希世:迎合世俗。

㉒ 大伦大法:基本的伦理道德和朝廷纲纪。

㉒ 悉心:尽心。

㉒ 有司法令于刀笔之间:官吏仅将朝廷颁布的法令修修改改,而不去执行。刀笔,古代的书写工具,用笔书写于竹简,有误则用刀削去。此处指公牍文字。

㉖ "昔唐太宗贞观之初"以下七句：指唐太宗即位初,曾与大臣魏徵、封德彝
　　等讨论治理天下应当学习三代还是秦、汉。最终,唐太宗听取了魏徵意
　　见,以三代作为治理国家的榜样。贞观,唐太宗李世民(599—649)的年
　　号(627—649),此处原避宋仁宗赵祯讳为"正观"。贞观期间,太宗任用贤
　　能,勇于纳谏,政治清明,经济发展,史称"贞观之治"。魏文贞公,即魏
　　徵(580—643),唐代馆陶(今属河北)人。唐太宗时曾任谏议大夫、秘书监
　　等职,封郑国公,以善于进谏而著称。魏徵卒后,谥文贞,此处原避宋仁宗
　　赵祯讳为"文正"。封德彝(568—627),名伦,唐代渤海(今河北景县)人,
　　唐太宗时曾位至尚书右仆射。

㉗ 刑措：置刑法而不用,指天下太平。

㉘ "今或言德教之不如法令"二句：语出《汉书·贾谊传》："今或言礼谊之不
　　如法令,教化之不如刑罚,人主胡不引殷、周、秦事以观之也?"礼谊,礼义,
　　礼法道义。引,引证。胡,为何。

㉙ 驽下：资质驽钝,才能低下。

㉚ 毛举：琐碎地列举。

㉛ 惓惓：恳切。

评析

　　此篇龙舒本《王文公文集》题作《上皇帝万言书》,是嘉祐四年(1059)初王
安石自提点江南东路刑狱调回京城任三司度支判官时,上给宋仁宗的奏疏。
自庆历二年(1042)入仕至此,王安石已辗转州县任职十八年,积累了丰富的
人生阅历和地方行政经验。和若干士大夫陶醉于所谓"太平盛世"不同,他并
未被北宋暂时的、表面的稳定所迷惑,而是对社会各方面的积弊、所面临的内
外矛盾和危机,有着清醒的认识和成熟的思考,并酝酿出一整套以培养人才

为核心的变革方案。于是利用奏疏的形式，予以阐述，希望得到仁宗的重视，发起变革。《宋史·王安石传》曰："安石议论高奇，能以辨博济其说，果于自用，慨然有矫世变俗之志，于是上万言书。"

　　文中明确提出了陶冶人才以变更法度、效法先王的政治主张。首先，王安石指出当时内外交困、风俗败坏的根本原因，在于国家未能建立法度，而已有的法度不符合先王之政。欲学习先王，创建法度，又面临着人才不足的困境，从而指明国家当时最严峻、迫切的问题所在。继而，王安石分析人才不足的原因，列举古代先王培养人才的方法，并与北宋教育、管理、选拔、任用人才的制度、模式进行对比，强调变革的迫切性，提出变革当前弊政的具体措施。最后，王安石鼓励和告诫仁宗，应当以史为鉴，以长远的眼光、坚定的意志、谦虚的心胸执行变革。十年以后，王安石主持熙宁变法，此书可视为变革的蓝图。

　　此文被称为"秦汉以后第一大文"（梁启超《王荆公评传》）。除了卓越的政治见解外，其艺术成就尤为突出。全文长达一万多字，围绕人才问题展开论述，条分缕析，脉络分明，层层深入，曲折畅达，丝毫不显得累赘冗长。其间议论风生云涌，说理引经据典，纵贯古今，反复剖析，犀利透辟。清代沈德潜评曰："如大将将数十万兵而不乱，中间丝联绳牵，提挈起伏，照应收缴，动娴法则，极长篇之能事。"（《唐宋八家文读本》）

上　时　政　疏

　　年月日，具位臣某昧死再拜上疏尊号皇帝陛下①：臣窃观自古人主享国②日久，无至诚恻怛忧天下之心，虽无暴政虐刑③加于百姓，而天下未尝不乱。自秦已下，享国日久者，有晋之武帝、梁之武帝、唐之明皇④。此三帝者,皆聪明智略有功之主也。享国日久,内外无患,因循苟且,无至诚恻怛忧天下之心,趋过⑤目前,而不为久远之计,自以祸灾可以无及其身,往往身遇灾祸,而悔无所及。虽或仅得身免,而宗庙固已毁辱,而妻子固以困穷,天下之民固以膏血⑥涂草野,而生者不能自脱于困饿劫束⑦之患矣。夫为人子孙,使其宗庙毁辱,为人父母,使其比屋⑧死亡,此岂仁孝之主所宜忍者乎?然而晋、梁、唐之三帝,以晏然⑨致此者,自以为其祸灾可以不至于此,而不自知忽然已至也。

盖夫天下至大器⑩也,非大明法度不足以维持,非众建贤才不足以保守⑪。苟无至诚恻怛忧天下之心,则不能询考⑫贤才,讲求法度。贤才不用,法度不修⑬,偷假岁月⑭,则幸或可以无他,旷日持久,则未尝不终于大乱。

伏惟皇帝陛下有恭俭之德,有聪明睿智之才,有仁民爱物之意。然享国日久矣⑮,此诚当恻怛忧天下,而以晋、梁、唐三帝为戒之时。以臣所见,方今朝廷之位,未可谓能得贤才,政事所施,未可谓能合法度。官乱于上,民贫于下,风俗日以薄,财⑯力日以困穷,而陛下高居深拱⑰,未尝有询考讲求之意。此臣所以窃为陛下计而不能无慨然者也。

夫因循苟且,逸豫而无为⑱,可以徼幸一时,而不可以旷日持久。晋、梁、唐三帝者,不知虑此,故灾稔⑲祸变生于一时,则虽欲复询考讲求以自救,而已无所及矣!以古准今,则天下安危治乱,尚可以有为;有为之时,莫急于今日。过今日,则臣恐亦有无所及之悔矣!然则以至诚询考而众建贤才,以至诚讲求而大明法度,陛下今日其可以不汲汲乎!《书》曰:"若药不瞑眩,厥疾弗瘳⑳。"臣愿陛下以终身之狼疾为忧,而不以一日之瞑眩为苦㉑。

臣既蒙陛下采擢㉒,使备从官㉓,朝廷治乱安危,臣实预其荣辱。此臣所以不敢避进越㉔之罪,而忘尽规之义㉕。伏惟陛下深思臣言,以自警戒,则天下幸甚。

注释

① 具位：徒居官位，充数。为唐宋以后官吏在奏疏、函牍或其他应酬文字中对自己官职爵位的简写，以示谦逊。尊号皇帝：此指宋仁宗。自唐代起，在帝、后称号之上再加表示尊崇的称号。宋仁宗在位期间曾数加尊号，如"宝元体天法道钦文聪武圣神孝德皇帝"等，此处省略。

② 享国：帝王在位年数。

③ 虐刑：残暴的刑罚。

④ 晋之武帝：即司马炎，详见本书《上仁宗皇帝言事书》注。梁之武帝：萧衍(464—549)，字叔达。南朝梁政权的建立者，庙号高祖，在位四十八年(502—549)。他重用士族，崇信佛教，大建寺院，不理政事，甚至出家奉佛。晚年因侯景之乱，被囚禁饿死。唐之明皇：李隆基(685—762)，712年至756年在位，庙号"玄宗"。又因其谥号为"至道大圣大明孝皇帝"，故也称唐明皇。他统治前期，任用姚崇、宋璟等贤相，励精图治，取得"开元盛世"。后期宠爱杨贵妃，怠慢朝政，宠信奸臣李林甫、杨国忠等，加上政策失误和重用安禄山等，导致安史之乱，唐朝中衰。

⑤ 趋过：苟且度过。

⑥ 膏血：脂血。

⑦ 劫束：艰险窘迫。

⑧ 比屋：家家户户，形容众多、普遍。

⑨ 晏然：安逸、闲适。

⑩ 大器：宝贵的器物，比喻国家、帝位。

⑪ 保守：保住、保持使不失去。

⑫ 询考：询问察访。

⑬ 修：遵循。

⑭ 偷假岁月：苟延，得过且过。

⑮ 享国日久矣：仁宗于乾兴元年（1022）即位，至嘉祐六年（1061）本文奏上时，已在位四十年。

⑯ "财"，原作"才"，据《上仁宗皇帝言事书》改。

⑰ 高居深拱：高临帝位，垂拱而治。

⑱ 逸豫而无为：安逸享乐而无所作为。

⑲ 灾稔（rěn）：灾难酝酿成熟。稔，本指庄稼成熟。

⑳ "若药不瞑眩"二句：语出《尚书·说命》，意谓如果服药后不感到头晕眼花，他的病就不会痊愈。此处指北宋已经危机重重，应痛下决心，变法革新，不要畏惧变革可能导致的流言非议等。瞑眩，指服药后产生的头晕眼花的强烈反应。厥，代词，其。瘳（chōu），病愈。

㉑ "臣愿陛下"二句：以疾病为喻，劝仁宗要以王朝的长久治安为重，施行变革，改变积弊，而不要因变革可能产生的阵痛而逸豫无为。狼疾，致命的疾命。

㉒ 采擢：选拔。

㉓ 从官：指君主的随从、近臣。王安石此时任知制诰，负责起草机要诏令，故称"备从官"。

㉔ 进越：犹僭越。

㉕ 尽规之义：尽心规劝的责任。

评析

嘉祐四年（1059），王安石自提点江南东路刑狱调回京城任三司度支判官，奏呈《上仁宗皇帝言事书》，系统阐述变革北宋积弊的政治主张，然而并未引起朝廷重视。两年之后,王安石担任知制诰,负责起草朝廷诏令,又奏上此文,重申变革的必要。

此文的核心观点是"自古人主享国日久,无至诚恻怛忧天下之心,虽无暴政虐刑加于百姓,而天下未尝不乱",以警醒在位已达四十年的仁宗皇帝,再次重申《上仁宗皇帝言事书》中的变革主张。与《上仁宗皇帝言事书》相比,本文更加重视引用、总结历史教训,来论述变革的迫切性、必要性。同时又以疾病为喻,勉励仁宗以史为鉴,着眼于王朝的长久治安,不惧一时之痛,厉行变革。文章主旨明确,论述简洁,以史证今,用意深警,笔力遒劲,有凌厉一切的气概。

泰州海陵县主簿许君墓志铭

君讳平,字秉之,姓许氏。余尝谱其世家①,所谓今泰州海陵县②主簿者也。君既与兄元③相友爱称天下,而自少卓荦不羁④,善辨说,与其兄俱以智略为当世大人所器。宝元时,朝廷开方略之选⑤,以招天下异能之士,而陕西大帅范文正公、郑文肃公争以君所为书以荐⑥,于是得召试为太庙斋郎⑦,已而选泰州海陵县主簿。贵人多荐君有大才,可试以事,不宜弃之州县。君亦常慨然自许⑧,欲有所为,然终不得一用其智能以卒。噫,其可哀也已!

士固有离世异俗⑨,独行其意,骂讥、笑侮、困辱而不悔。彼皆无众人之求,而有所待于后世者也,其龃龉固宜。若夫智谋功名之士,窥时俯仰⑩,以赴势物之会⑪,而辄不遇者,乃亦不可胜数。辩足以移万物而穷于用说之时⑫,谋足以夺三军而辱于右武之国⑬,此又何说⑭哉?嗟乎!彼有所待而不悔者,其知之矣。

君年五十九,以嘉祐某年某月某甲子葬真州之扬子县⑮甘露乡某所之原。夫人李氏。子男瑰,不仕;璋,真州司户参军⑯;琦,太庙斋郎;琳,进士。女子五人,已嫁二人,进士周奉先、泰州泰兴县令陶舜元。铭曰:

有拔而起之,莫挤⑰而止之。呜呼许君!而已于斯,谁或使之?

注释

① 余尝谱其世家:指王安石曾撰《许氏世谱》。世家,家族谱系。

② 泰州海陵县:北宋时泰州属淮南东路,治海陵县(今江苏泰州)。

③ 兄元:指许平之兄许元,字子春。历知扬州、越州、泰州,嘉祐二年(1057)卒。许元是仁宗朝的能吏,尤擅财利之事。庆历年间,京师乏粮,范仲淹荐许元任江淮制置发运判官,措置得力,京师足食。但在江淮制置发运使任上,聚敛刻剥,急于进取,用奇珍异宝来贿赂京师权贵。

④ 卓荦不羁:卓越超群,不甘受拘束。

⑤ 朝廷开方略之选:据《宋史·仁宗本纪二》载,宝元二年(1039)五月,仁宗下诏命近臣推举方略材武之士各二人。方略之选,为选拔具有治国用兵才能的人而设置的一项临时性制举科目,须近臣推荐才能应试。

⑥ 范文正公:即范仲淹,时任陕西经略安抚招讨副使。郑文肃公:即郑戬(jiǎn)(992—1053),字天休,苏州吴县(今江苏苏州)人,北宋大臣。庆历二年(1042),郑戬知永兴军,为陕西四路都总管兼经略安抚招讨使。

⑦ 太庙斋郎:官名,隶太常寺,是朝官的子弟荫补起家时所任官,非品官。遇到祠祭或太庙行五大享礼的时候,斋郎为行事官,赴殿行应奉侍斋祭等。

⑧ 自许:自夸、自我期许。

⑨ 离世异俗:超脱世俗。

⑩ 窥时俯仰：指窥测时机，随机应付。

⑪ 赴势物之会：奔走于权势财利的场合。

⑫ 辩足以移万物而穷于用说之时：辩说议论能够改变感化万物，却在崇尚言
说的时代遭受困窘。

⑬ 谋足以夺三军：智谋足以夺取敌军的统帅。右武：崇尚武力。

⑭ 说：解释。

⑮ 真州之扬子县：北宋时真州属淮南路，治所在扬子县（今江苏仪征）。

⑯ 司户参军：官名，职掌户籍赋税、仓库受纳等。

⑰ 挤：排挤、压制。

评析

　　墓志铭是指放在墓里刻有死者事迹的石刻，一般包括志和铭两个部分。志的部分，主要叙述死者姓氏、生平等。铭的部分，用韵文写就，用于对死者的赞扬、悼念。墓志铭是中国古代最重要的文体之一，是丧葬文化的主要载体，应用相当广泛。本篇属于墓志文体中的变格，也是王安石墓志的代表作之一。墓主许平，是仁宗朝能吏江淮制置发运使许元的弟弟。他极富才华，也善于投机趋时，却时运多舛，始终未得重用，郁郁而终。王安石在墓志中对他的态度比较复杂。一方面，对许平的怀才不遇深有同情；另一方面，对许平的"与时俯仰"，也颇有微词。只不过限于墓志扬善隐恶的惯例，表现得异常委婉含蓄。

　　文章的写法极具特色。第一段简述墓主的生平。由于墓主官位不显，缺乏显赫的政绩，所以文章侧重写他屡得大人、贵人的器重引荐却未能一展才能的遭遇，为下面的议论铺下基础。第二段突然举出另外一种类型的士人。他们离世异俗，独行其意，具有坚定的人生理想和追求，不希世阿俗。这类士

人,不合于世是必然的。与之相对比的另外一类,他们富有智谋,热衷权势,也能窥测时势,寻求机遇,却依然"不遇"。墓主许平,即属于此类士人。二者的对照,凸显出作者对士人出处的思考:士人的遇与不遇,都有命运主宰,应当甘于自守,不妄进取。由此,文章展开感慨议论:"彼有所待而不悔者,其知之矣。"第三段按常规写法记述墓主卒葬时地及亲属情况,最后以铭文概括全文。

　　一般而言,墓志铭都是作者受到死者家属请托,在家属提供的记述墓主事迹的行状基础上而撰写的。作者与墓主及其家属之间,往往有着各种错综复杂的社会关系。这就决定了墓志铭中对于墓主的评价,基本是以扬善为主,而应尽量避免负面性的评价及叙述。本文中墓主的兄长许元与王安石颇有交往,曾举荐过王安石。所以,尽管王安石对墓主趋时窥势的作法不以为然,但并未直接予以讥讽,而是着重感慨墓主的不遇,并将之与自守异世之士作一对比。在此基础上,展开议论,阐明士之进退得失,都由命运主宰。

　　这种以议论代叙事的写法,在以叙述为主的墓志铭中,属于变格。刘大櫆评道:"以议论行叙事,而感慨深挚,跌宕昭朗。荆公此等志文最可爱。"(《唐宋文举要》引)值得一提的是,此文于后世古文、墓志的写作影响甚大。据吴汝纶所言,晚清名臣曾国藩便以此文来引导门人写作。

度支副使①厅壁题名记

　　三司副使,不书前人名姓。嘉祐五年,尚书户部员外郎吕君冲之始稽之众史②,而自李纮已上至查道③,得其名;自杨偕④已上,得其官;自郭劝⑤已下,又得其在事之岁时。于是书石而镵⑥之东壁。

　　夫合天下之众者财,理天下之财者法,守天下之法者吏也。吏不良,则有法而莫守；法不善，则有财而莫理。有财而莫理，则阡陌闾巷之贱人⑦，皆能私取予之势⑧，擅万物之利⑨，以与人主争黔首⑩，而放⑪其无穷之欲，非必贵强桀大⑫而后能。如是而天子犹为不失其民⑬者，盖特号⑭而已耳。虽欲食蔬衣敝⑮，憔悴其身，愁思其心，以幸天下之给足⑯而安吾政，吾知其犹不得也。然则善吾法而择吏以守之，以理天下之财，虽上古尧、舜犹不能毋以此为先急，而况于后世之纷纷⑰乎？

　三司副使，方今之大吏，朝廷所以尊宠之甚备。盖今理财之法有不善者，其势皆得以议于上而改为之⑱，非特当守成法、吝出入⑲，以从有司之事而已⑳。其职事如此，则其人之贤不肖，利害施于天下，如何也？观其人，以其在事㉑之岁时，以求其政事之见于今者，而考其所以佐上理财之方，则其人之贤不肖与世之治否，吾可以坐而得矣。此盖吕君之志也。

注释

① 度支副使：即三司度支副使。三司是北宋前期最高财政机构。宋代继承了唐末五代的制度，把盐铁、度支、户部合为三司，统筹国家财政。盐铁掌坑冶、商税、茶、盐等项收入，修护河渠、给造兵器等事；度支掌管各种财政开支、漕运、供应全国费用等；户部掌管户口、两税、上供、榷酒等事务。真宗咸平六年（1003），在各部设副使一人、判官一人，作为属官分掌各部事务。

② 员外郎：官名。尚书省所属各部的官员，位次郎中，分掌尚书省所属六部事务，北宋前期为寄禄官。吕君冲之：即吕景初，字冲之，开封酸枣（今河南延津）人。仁宗嘉祐四年（1059），以户部员外郎判都水监，改度支副使。
稽之众史：考察各种档案和史料。稽，考察。

③ 李纮（hóng）：字仲纲，宋州楚邱（今河南滑县）人。仁宗明道年间，为三司

度支副使。查道：字湛然，歙州休宁（今安徽休宁）人。真宗咸平六年，始

令三司分部置副使，召查道以工部员外郎充度支副使。

④ 杨偕：字次公，坊州中部（今陕西黄陵）人。仁宗景祐三年（1036）正月，由

判吏部徙三司度支副使。

⑤ 郭劝：字仲褒，郓州须城（今山东东平）人。仁宗庆历年间，为工部郎中、度

支副使。

⑥ 镵（chán）：刻。

⑦ 阡陌：田地的南北为阡，东西曰陌。此处泛指田野、乡间。闾巷：里巷，乡

里，借指民间。贱人：身份地位低下的人。此处指使用兼并手段的地主和

商人。

⑧ 私取予之势：垄断商业买卖中的时机。

⑨ 擅万物之利：占有各种物资的利润。指通过囤积居奇、垄断物价等商业行

为来牟取暴利。擅，占有、据有。

⑩ 黔首：指平民、百姓。

⑪ 放：放纵。

⑫ 贵强桀大：地位尊贵而势力强横。

⑬ 不失其民：不失去对民众的统治。

⑭ 号：名义。

⑮ 敝：破烂，破旧。

⑯ 给足：丰富充裕。

⑰ 纷纷：乱貌。

⑱ 其势皆得以议于上而改为之：以三司副使的职责、地位、权力，如遇理财方

法、制度不好，可以在皇帝面前讨论，然后去改正。

⑲ 谨出入：严格控制财政支出。

⑳ 以从有司之事而已：例行公事而无所作为。

㉑ 在事：任职。

评析

此文撰于仁宗嘉祐五年（1060）。当时，王安石任三司度支判官，应三司度支副使吕景初之求，撰写此记。

厅壁题名记，即厅壁记，古代的一种文体。厅壁，指官府的墙壁，写在上面的文字则称为"厅壁记"，或"厅壁题名记"。它起源于唐代，属于"记"体中的一类，其行文以记叙为主。内容主要记述官舍的由来和现状，以及历任官员的姓名、经历、政绩等等。

本文的写法，与厅壁记一般的格套不同。文章在简明扼要地叙述度支副使厅壁题名的大概后，便转入议论，强调理财、法度和官吏对于治理国家的重要性；指出地主、豪强的兼并活动对于国家统治的危害，主张完善法度、选用能吏；最后，归结到三司副使职务的职掌、责任。全文夹叙夹议，语语相衔，见识高卓，笔力豪悍。

文章所阐述的由朝廷总揽利权、抑制兼并的理财思想，在《上仁宗皇帝言事书》已经有所触及，此处又作重点阐述。日后熙宁变法，王安石便将这种思想予以实施。

给事中赠尚书工部侍郎
孔公墓志铭①

宋故朝请大夫、给事中、知郓州军州事兼管内河堤劝农、同群牧使、上护军、鲁郡开国侯、食邑一千六百户、实封二百户、赐紫金鱼袋孔公者②，尚书工部侍郎、赠③尚书吏部侍郎讳勖之子，兖州曲阜县令、袭封文宣公、赠兵部尚书讳仁玉之孙④，兖州泗水县主簿讳光嗣之曾孙，而孔子之四十五世孙也。

其仕当今天子天圣、宝元之间⑤，以刚毅谅直⑥名闻天下。尝知谏院⑦矣。上书请明肃太后⑧归政天子，而廷奏枢密使曹利用、尚御药罗崇勋罪状⑨。当是时，崇勋操权利与士大夫为市⑩，而利用悍强⑪不逊，内外惮之。尝为御史中丞⑫矣。皇后郭氏废，引谏官、御史伏阁以争，又求见上，皆不许，而固争之，得罪然后已⑬。盖公事君之大节如此。此其所以名闻天下，而士大夫多以公不终于大位为天下惜者也。

公讳道辅，字原鲁。初以进士释褐⑭，补宁州⑮军事推官。年少耳，然断狱⑯议事，已能使老吏惮惊。遂迁大理寺丞⑰，知兖州仙源县⑱事，又有能名。其后尝直史馆⑲，待制龙图阁⑳，判三司理欠凭由司、登闻检院、吏部流内铨㉑，纠察在京刑狱㉒，知许、徐、兖、郓、泰五州㉓，留守南京㉔，而兖、郓、御史中丞皆再至。所至官治，数以争职不阿㉕，或绌或迁，而公持一节以终身，盖未尝自诎也。

其在兖州也，近臣有献诗百篇者，执政请除龙图阁直学士。上曰："是诗虽多，不如孔道辅一言。"乃以公为龙图阁直学士。于是人度公为上所思，且不久于外矣。未几，果复召，以为中丞。而宰相使人说公稍折节㉖以待迁，公乃告以不能。于是人又度公且不得久居中，而公果出。初，开封府吏冯士元坐狱㉗，语连大臣数人，故移其狱御史。御史劾士元罪止于杖㉘，又多更㉙赦。公见上，上固怪士元以小吏与大臣交私㉚，污朝廷，而所坐㉛如此，而执政又以谓公为大臣道地㉜，故出知郓州。

公以宝元二年如㉝郓，道得疾，以十二月壬申卒于滑州之韦城驿㉞，享年五十四。其后诏追复郭皇后位号㉟，而近臣有为上言公明肃太后时事者，上亦记公平生所为，故特赠公尚书工部侍郎㊱。公夫人金城郡君㊲尚氏,尚书都官员外郎讳宾之女。生二男子:曰淘,今为尚书屯田员外郎㊳;曰宗翰,今为太常博士㊴,皆有行治,世其家。累赠公金紫光禄大夫、尚书兵部侍郎,而以嘉祐七年十月壬寅葬公孔子墓之西南百步。

公廉于财,乐振施,遇故人子,恩厚尤笃,而尤不好鬼神禨祥㊵事。在宁州,道士治真武㊶像,有蛇穿其前,数出近人,人传以为神。州将欲视验以闻,故率其属往拜之,而蛇果出,公即举笏㊷击蛇杀之。自州将以下皆大惊,已而又皆大服。公由此始知名。然余观公数处朝廷大议,视祸福无所择,其智勇有过人者。胜一蛇之妖,何足道哉?世多以此称公者,故余亦不得而略也。铭曰:

展也孔公,维志之求。行有险夷,不改其辀㊸。权强㊹所忌,谗谄㊺所仇。考终㊻厥位,宠禄优优㊼。维皇好直,是锡公休。序行纳铭,为识诸幽。

注释

① 给事中:官名,隶门下省,审读奏案、驳正违失。北宋前期属于文臣的迁转寄禄官阶,不负责封驳等事。孔公:孔道辅(987—1039),初名延鲁,字原鲁,孔子第45世孙。进士及第,官至御史中丞,以能言直谏著称。宝元二年(1039)卒,特赠工部侍郎。

② 朝请大夫:北宋前期为从五品上文散官。郓州:北宋时属京东路,治所在今山东东平。兼管内河堤劝农:郓州知州所兼。同群牧使:官名。咸平三年(1000),置群牧司,设群牧制置使。同群牧使,掌全国马政。上护军:勋级十二级中的正三品。开国侯:爵位十二级,开国侯为从三品。

③ 赠:追封大臣或其先人的爵位官职,加故衔一级。

④ 文宣公:唐开元(713—741)中,始追谥孔子为文宣王,封其嗣为文宣公,北

宋沿袭。兵部尚书：官名，北宋前期没有实际职事，属于文臣迁转的寄禄官阶。

⑤ 天圣：仁宗年号(1023—1031)。宝元：仁宗年号(1038—1039)。

⑥ 谅直：诚实正直。

⑦ 知谏院：差遣官名。北宋前期，在谏院实际供奉言事职事者(如言朝政阙失)，称知谏院，多由非言事官所兼领，如"起居舍人、知谏院"等。

⑧ 明肃太后：即真宗刘皇后。真宗崩后，因仁宗年幼，尊为皇太后，垂帘听政。

⑨ 廷奏枢密使曹利用、尚御药罗崇勋罪状：指孔道辅弹劾权贵曹利用、罗崇勋之事。曹利用(971—1029)，字用之，赵州宁晋(今属河北)人。景德初，契丹入侵，他跟从真宗亲征澶州，奉命出使契丹，许以岁币，确定和议。大中祥符七年(1014)拜枢密副使，进知枢密院事。天禧三年(1019)改枢密使，次年加封同平章事。仁宗即位，加左仆射兼侍中。因恃功骄纵，坐从子犯法，罢知随州，又谪房州安置，半道自缢死。尚御药，差遣名，隶御药院，由入内内侍省内臣充任。除应奉进御汤药外，兼奉行传宣内中降出文书，及衔命出任路走马承受公事等。罗崇勋，内侍，极受刘太后宠信。

⑩ 为市：交易，做买卖。

⑪ 悍强：强横凶暴。

⑫ 御史中丞：官名，隶御史台。秦时始置。宋沿唐末五代之制，沿置以为御史台长官。

⑬ "皇后郭氏废"以下六句：指仁宗废郭皇后，孔道辅率谏官、御史谏阻一事。

⑭ 释褐：指进士及第授官。

⑮ 宁州：北宋时属永兴军路，治所在今甘肃宁县。

⑯ 断狱：审理判决案子。

⑰ 大理寺丞：官名，隶大理寺。始置于北齐，宋沿置。北宋前期，无实际职

事,属于文臣迁转官阶。

⑱ 兖州仙源县:北宋时属京东西路,今山东曲阜。

⑲ 直史馆:馆职名。宋初以史馆、昭文馆、集贤院为三馆,直馆、直院称为馆职。

⑳ 龙图阁:阁名。建于真宗咸平四年(1001),地点位于会庆殿西侧,收藏太宗御书、各种典籍,以及宗正寺所进宗室名册、谱牒等。设有学士、直学士、待制、直阁等官。

㉑ 判三司理欠凭由司、登闻检院、吏部流内铨:差遣官名。

㉒ 纠察在京刑狱:北宋前期差遣官名,掌领纠察在京刑狱司事。

㉓ 许:许州,北宋时属京西北路,治所在今河南许昌。泰:泰州,北宋时属淮南东路,治所在今江苏泰州。

㉔ 留守:守臣兼职名。领留守司公事,负责宫钥及京城守卫、修葺、弹压之事,以及畿内钱谷、兵民之政。南京:北宋以应天府为南京,治所在今河南商丘。

㉕ 不阿:不曲从,不逢迎。

㉖ 折节:克制,改变平素志行。

㉗ 坐狱:入狱。

㉘ 杖:古代刑罚名。用大荆条或大竹板捶击犯人的背、臀或腿。

㉙ 更:经过。

㉚ 交私:暗中勾结。

㉛ 坐:判罪。

㉜ 道地:代人事先疏通,以留余地。

㉝ 如:至。

㉞ “道得疾”二句:孔道辅因冯士元狱事,被宰相张士逊设计倾轧,出知郓州,卒于道中。滑州,北宋时属京西北路,治所在今河南滑县。驿,驿站。

㉟ 诏追复郭皇后位号：废皇后郭氏于景祐二年(1035)去世。次年,仁宗命恢
　复她皇后的名号。

㊱ "而近臣"以下三句：《宋史·孔道辅传》载,皇祐三年,大臣王素在仁宗面
　前提及孔道辅。仁宗怀念孔道辅的忠贞,特赠尚书工部侍郎。

㊲ 郡君：古代妇女封号。汉武帝尊崇外祖母臧儿为平原君,平原是当时郡
　名,为封郡君之始。唐代封四品官之妻为郡君,母封郡太君。宋代中散大
　夫、大将军、团练使、杂学士以上之母或妻封郡君。

㊳ 屯田员外郎：官名。

㊴ 太常博士：官名。

㊵ 禨(jī)祥：祈禳求福。

㊶ 真武：即玄武。本为北方七宿(斗、牛、女、虚、危、室、壁)总称,后来变为北
　方神名。

㊷ 笏：朝笏,古时大臣朝见君主时手中所执的狭长板子,用以指画及记事。
　也叫"手板"。

㊸ 辀(zhōu)：车辕,此处喻指方向、道路。

㊹ 权强：倚仗权势逞强作恶的人。

㊺ 谗谄：谗毁、谄谀。

㊻ 考终：享尽天年,善终。

㊼ 优优：丰厚美盛貌。

评析

　本篇是王安石墓志的代表作,作于仁宗嘉祐七年(1062)。墓主孔道辅,
是孔子的第45世孙,为人刚正不阿,居官时敢于直言进谏,因受大臣倾轧,遭
贬而亡。

文章叙事脉络分明，结构安排很有匠心。首段按照墓志写作的惯例，介绍墓主孔道辅的家世背景，末一句点出孔子后裔的显赫身份。第二段叙述他立朝不畏权贵、敢于谏诤的大节，而以"刚毅谅直"四字总括墓主品格。继而又按常例叙述墓主一生仕历，重点叙述他时迁时降的出处进退，强调他始终如一的政治品格。然后介绍墓主的卒葬和妻儿等事，又特出一笔，叙述使墓主成名的一桩击蛇逸事，最后以铭文结束全篇。

文章叙述墓主事迹时，注意虚实结合，突出重点，详略得当。除了刻意凸现墓主在国家重大事件上敢于直谏的大节外，对于一些比较敏感的细节，则隐约其词，一笔带过。而以补叙之笔，将墓主击蛇一事置于文后，也体现了作者的匠心所在：与政治大节相比，此类受到世俗吹捧的逸事，"何足道哉"。这种议论之笔，与叙述融为一体，以高明的见识，抉发出墓主的真精神，也是王安石墓志文的特色所在。后人对此篇墓志推崇备至，茅坤评曰："荆公第一首志铭。须看他顿挫纡徐，往往叙事中伏议论，风神萧飒处。"

虔州①学记

虔于江南地最旷。大山长谷，荒翳②险阻，交③、广、闽、越铜盐之贩，道所出入，椎埋、盗夺、鼓铸之奸④，视⑤天下为多。庆历中，尝诏立学州县⑥，虔亦应诏，而卑陋褊迫不足为美观⑦。州人欲合私财迁而大之久矣，然吏常力屈于听狱⑧，而不暇顾此。凡二十一年而后，改筑于州所治之东南，以从州人之愿。盖经始于治平元年二月提点刑狱宋城蔡侯行州事之时⑨，而考⑩之以十月者，知州事钱塘元侯⑪也。二侯皆天下所谓才吏，故其就此不劳，而斋祠、讲说、候望、宿息⑫，以至庖湢⑬，莫不有所。又斥余财市田及书⑭，以待学者，内外完善矣。于是州人相与乐二侯之适己，而来请文以记其成。

余闻之也，先王所谓道德者，性命之理而已⑮。其度数在乎俎豆、钟鼓、管弦之间⑯，而常患乎难知，故为之官师⑰，为之学，以聚天下之士，期命⑱辩说，诵歌弦舞，使之深知其意。夫士，牧民⑲者也。牧知地之所在，则彼不知者驱之尔。然士学而不知，知而不行，行而不至，则奈何？先王于是乎有政矣。夫政，非为劝沮⑳而已也，然亦所以为劝沮。故举㉑其学之成者以为卿大夫，其次虽未成而不害其能至者以为士，此舜所谓庸之者也㉒。若夫道隆而德骏㉓者，又不止此。虽天子北面而问㉔焉，而与之迭为宾主㉕，此舜所谓承之者也㉖。蔽陷畔逃㉗，不可与有言㉘，则挞之以诲其过㉙，书之以识㉚其恶。待之以岁月之久而终不化，则放弃㉛杀戮之刑随其后，此舜所谓威之者也㉜。盖其教法，德则异之以智、仁、圣、义、忠、和，行则同之以孝友、睦姻、任恤，艺则尽之以礼、乐、射、御、书、数㉝。淫言诐行诡怪之术㉞，不足以辅世㉟，则无所容乎其时。而诸侯之所以教，一皆听于天子，天子命之矣，然后兴学。命之历数㊱，所以时其迟速㊲；命之权量㊳，所以节其丰杀㊴。命不在是，则上之人不以教而为学者不道也。士之奔走、揖让、酬酢、笑语、升降㊵，出入乎此，则无非教者。高可以至于命㊶，其下亦不失为人用。其流㊷及乎既衰矣，尚可以鼓舞㊸群众，使有以异于后世之人。故当是时，妇人之所能言，童子之所可知，有后世老师宿儒之所惑而不悟者也；武夫之所道，鄙人㊹之所守，有后世豪杰名士之所惮而愧之者也。尧、舜、三代，从容无为，同四海于一堂之上，而流风余俗咏叹㊺之不息，凡以此也。

周道微，不幸而有秦。君臣莫知屈己以学，而乐于自用㊻，其所建立悖矣㊼。而恶夫非之者，乃烧《诗》《书》㊽，杀学士，扫除天下之庠序，然后非之者愈多，而终于不胜。何哉？先王之道德，出于性命之理，而性命之理出于人心㊾。《诗》《书》能循而达之，非能夺其所有而予之以其所无也(50)。经虽亡，出于人心者犹在，则亦安能使人舍己之昭昭(51)，而从我于聋昏(52)哉？然是心非特秦也，当孔子时，既有欲毁乡校者矣(53)。盖上失其政，人自为义(54)，不务出至善(55)以胜之，而患乎有为之难，则是心非特秦也(56)。墨子区区(57)，不知失者在此，而发尚同之论(58)。彼其为愚，亦独何异于秦？

呜呼，道之不一久矣！扬子曰："如将复驾其所说，莫若使诸儒金口而木舌(59)。"盖有意乎辟雍(60)学校之事。善乎其言！虽孔子出，必从之矣。今天子(61)以盛德新即位，庶几能及此乎？今之守吏，实古之诸侯，其异于古者，不在乎施设之不专，而在乎所受于朝廷未有先王之法度；不在乎无所于教，而在乎所以教未有以成士大夫仁义之材。

虔虽地旷以远，得所以教，则虽悍昏嚚凶(62)，抵禁触法而不悔者，亦将有以聪明其耳目而善其心，又况乎学问之民？故余为书二侯之绩，因道古今之变及所望乎上者，使归而刻石焉。

注释

① 虔州：北宋时属江南西路，治所在今江西赣州。

② 荒翳：荒僻隐蔽。

③ 交：交趾，原为古地区名，泛指五岭以南。汉武帝时为所置十三刺史之一，辖境相当于今广东、广西大部和越南的北部、中部。东汉末改为交州。越南于十世纪独立建国后，宋称其国为交趾。

④ 椎埋、盗夺、鼓铸之奸：指杀人、抢夺、私铸钱币等作奸犯科之事。椎埋，劫杀人而埋之，泛指杀人。盗夺，掠夺、侵夺。鼓铸，鼓风扇火，冶炼金属，铸造器械或钱币。

⑤ 视：比。

⑥ "庆历中"二句：指庆历四年(1044)诏令诸州军立学。

⑦ 卑陋：低矮简陋。褊迫：狭窄。美观：华美的外观。

⑧ 听狱：审理狱讼。

⑨ 宋城蔡侯：蔡挺(1014—1079)，字子政，北宋应天府宋城(今河南商丘)人。进士及第，历泾州、鄜州通判，知博州，为开封府推官。嘉祐年间，知南安军，擢江南西路提点刑狱。治平中知庆州，屡败西夏，累迁龙图阁直学士。熙宁五年(1072)，拜枢密副使，后以疾罢，卒。行州事：指以提点刑狱代知虔州。

⑩ 考：成。

⑪ 元侯：元积中，字子发，治平年间知虔州。

⑫ 斋祠：斋戒祭祀。候望：观测天象。宿息：住宿休息。

⑬ 庖湢(bì)：厨房、浴室。

⑭ 斥：出。田：此指学田，办学用的公田，用田地收入作为办学资金。

⑮ "先王所谓道德者"二句：先王所谓的道德，就是人们本性中的理。

⑯ 其度数在乎俎豆、钟鼓、管弦之间：道德的标准规则等是通过具体的礼制，如俎豆、钟鼓、管弦等礼器的数量、规格安排而体现出来。度数，标准、规则。俎豆，俎和豆，古代祭祀、宴会时盛食物的两种器具，泛指各种礼器。钟鼓，钟和鼓，古代的礼乐器。管弦，管乐器和弦乐器，泛指乐器。

⑰ 官师：官吏。

⑱ 期命：对事物进行综合、分析、命名。语出《荀子·正论》。

⑲ 牧民：治民。

⑳ 劝沮：鼓励和禁止。

㉑ 举：推举。

㉒ 此舜所谓庸之者也：语出《尚书·益稷》："格则承之庸之，否则威之。"庸，任用。

㉓ 道隆而德骏：道德高尚而杰出。

㉔ 天子北面而问：此语出自《吕氏春秋·下贤》。北面，面向北。古礼，臣拜君、卑幼拜尊长，皆面向北行礼，因而居臣下、晚辈之位曰"北面"。

㉕ 与之迭为宾主：此语出自《孟子·万章下》。迭，轮流，更迭。

㉖ 此舜所谓承之者也：语出《尚书·益稷》，见注㉒。承，此处王安石解释为敬奉、尊崇之义。

㉗ 蔽陷畔逃：蒙蔽陷溺而叛离（道德规范）。

㉘ 不可与有言：不能用言论来劝导（改变）。

㉙ 挞：鞭打。诲：训诲。

㉚ 识：记住，记载。

㉛ 放弃：流放、贬黜。

㉜ 此舜所谓威之者也：语出《尚书·益稷》，见注㉒。孔颖达疏曰："否，谓不从教者，则以刑威之而罪其身也。臣过必小，故挞之书之；人罪或大，故以刑威之。"威，威慑。

㉝ "德则异之以智、仁、圣、义、忠、和"以下三句：言学校里教育的内容，有德、行、艺三大类。语出《周礼·地官·大司徒》。孝友，孝顺父母，友爱兄弟。睦姻，对宗族和睦，对外亲亲密。任恤，谓诚信并给人帮助。

㉞ 淫言：没有根据、浮华不实的言论。诐行：偏邪不正的行为。诡怪：荒诞、怪僻。

㉟ 辅世：于世有助。

㊱ 命：赐予。历数：历法。观测天象以推算年时节候的方法。

㊲ 时其迟速：顺应天道的快慢。

㊳ 权量：权与量，测定物体大小、轻重的器具。

㊴ 节其丰杀：调节多寡。杀，细小，少。

㊵ 士之奔走、揖让、酬酢、笑语、升降：士人日常生活中的各种活动，应酬、礼

节交往等。奔走，忙碌。揖让，指宾主相见。酬酢，应酬。

㊶ 命：任命为官。

㊷ 流：传布。

㊸ 鼓舞：激发，鼓励。

㊹ 鄙人：鄙俗之人。

㊺ 咏叹：赞叹、歌颂。

㊻ 自用：自行其是，不接受别人意见。

㊼ 建立：制定（制度等）。悖：昏乱、荒谬。

㊽ “乃烧《诗》《书》”二句：指秦始皇焚书坑儒。秦始皇三十四年（前 213），博士淳于越根据古制，建议分封子弟。丞相李斯反对儒生以古非今，以私学诽谤朝政，建议除秦记、医药、卜筮、种树书外，民间所藏《诗》《书》和诸子百家书一律焚毁；谈论《诗》《书》者处死；以古非今者族诛；学习法令者以吏为师。始皇采纳了这一建议。次年，方士、儒生求仙药不得，卢生等逃亡，始皇怒，在咸阳坑杀诸生四百六十余人。这一事件史称“焚书坑儒”。见《史记·秦始皇本纪》。

㊾ “先王之道德”以下三句：先王所确立的道德规范，是根据人之本性的道理而来，它蕴藏在每人心中。

㊿ “《诗》《书》能循而达之”二句：《诗》《书》可能顺着人心将这些道德规范表达出来，却不能将人心中本来就有的夺走，而赋予人心本来没有的。循，顺着，沿着。

(51) 昭昭：明白，显著。此指人心中的性命之理。

(52) 从我于聋昏：指秦焚书坑儒，企图愚民。聋昏，愚昧。

(53) “当孔子时”二句：指郑国然明欲毁乡校，子产不同意，孔子因此而夸赞子产。事见《左传·襄公三十一年》。

(54) 人自为义：人们自己给自己制定行为规范标准。

(55) 至善：最高的道德规范。

(56) 是心非特秦也：不仅仅秦国是这样的想法。

(57) 区区：愚拙。

(58) 尚同：墨子的政治思想。谓在“尚贤”的基础上，推选贤者仁人。主张地位居下者逐层服从居上者，如家君服从国君、国君服从天子，从而达到“一同天下之议”的治世。

(59) “如将复驾其所说”二句：如果要宣扬孔子的学说，就应当让诸儒成为民众的导师。语出扬雄《法言·学行》：“天之道不在仲尼乎？仲尼，驾说者也。不在兹儒乎？如将复驾其所说，则莫若使诸儒金口而木舌。”驾说，传布学说。金口木舌，原指木铎，古代施行政教时，振动木铎以告诉万民。后借喻为宣传圣人的教导。

(60) 辟雍：学校，本为西周天子所设太学，校址圆形，四面环水如璧，前门外有便桥。东汉以后，历代皆有辟雍，除北宋末年为太学之预备学校外，均为行乡饮、大射或祭祀之礼的地方。辟，通“璧”。

(61) 今天子：指宋英宗赵曙（1032—1067），真宗弟商王赵元份之孙，濮王赵允让之子。嘉祐七年（1062），因仁宗无子，被立为皇子，封巨鹿郡公。嘉祐八年（1063）即位，在位五年。

(62) 悍昏：蛮横昏聩。嚣凶：愚蠢凶恶。

评析

此文作于英宗治平元年（1064）。当时虔州刚刚修成州学，请正在江宁（今南京）居丧的王安石撰写一篇学记，记述学校的兴建过程，于是王安石写下了这篇《虔州学记》。

此文是王安石的名篇，典型地体现了他记体文的风格，即以论代叙，叙论结合。文章第一部分先叙述虔州的地理形势、社会风俗,交代兴建学校的过程、学校的规模以及发起者蔡挺、元积中的功绩。第二部分借此阐述兴学的必要性、重要性,即通过礼乐来了解性命之理和先王之道德。继而发挥《尚书·益稷》中关于舜之学政的记载,阐述兴学的目的,学校教学的内容、具体方式,然后将此与王朝兴衰相联系,凸显兴学的重要意义。最后,寄望于虔州的守吏,希望通过兴学来移风易俗、成就人才。全文叙述部分简明扼要,议论精辟,完整地表达出王安石以学校养士、选拔人才的政治思想。而在文体形式上,则与一般以记叙为主的其他学记很不相同,以至于苏轼将此文称之为策:"王文公见东坡《醉白堂记》,云:'此乃是韩、白优劣论。'东坡闻之,曰:'不若介甫《虔州学记》,乃学校策耳。'"(胡仔《苕溪渔隐丛话》前集引)

此文也是宋代政治文化史上的名篇,体现了北宋中期士大夫政治的最高理想,"为'士以天下为己任'和'与士大夫治天下'提供了理论的根据"(余英时《朱熹的历史世界》第三章)。文中在记述建学外,系统阐述了儒家兴学的理想,强调官学合一,一道德而同风俗,并暗寓以道统制约君权的帝师意识。著名诗人黄庭坚曾手抄此文赠予后学,认为此文能够阐明学问的根本。文中所曰"先王所谓道德者,性命之理而已",被视为王安石学术思想的精义,北宋后期"国是"的渊源所肇。

"若夫道隆而德骏者,又不止此。虽天子北面而问焉,而与之迭为宾主,此舜所谓承之者也。"这几句立意高远,议论卓绝,后来在党争中授人以柄,成为众矢之的。北宋后期反对新党的陈瓘,指出这两句有悖君臣名分,侮辱君主:"此乃衰世侮君之非。"(《四明尊尧集》)宋室南渡后,王安石及新法成为北宋灭亡的替罪羊,"北面而问焉"又被附会成王安石背经悖理的重要罪状。文本的流传、评价,反映出从北宋中期至南宋后期士大夫政治文化的变迁。

王深父墓志铭

　　吾友深父，书足以致①其言，言足以遂②其志，志欲以圣人之道为己任，盖非至于命③弗止也。故不为小廉曲谨以投众人耳目④，而取舍、进退、去就必度于仁义⑤。世皆称其学问、文章、行治⑥，然真知其人者不多，而多见谓迂阔，不足趣时合变⑦。嗟乎！是乃所以为深父也。令深父而有以合乎彼，则必无以同乎此⑧矣。

　　尝独以谓天之生夫人也，殆将以寿考⑨成其才，使有待而后显⑩，以施泽⑪于天下。或者诱其言以明先王之道⑫，觉后世之民。呜呼！孰以为道不任于天⑬，德不酬于人⑭，而今死矣。甚哉，圣人君子之难知也！以孟轲之圣，而弟子所愿，止于管仲、晏婴，况余人乎⑮？至于扬雄，尤当世之所贱简⑯，其为门人者，一侯芭⑰而已。芭称雄书，以为胜《周易》⑱。《易》不可胜也，芭尚不为知雄者。而人皆曰："古之人生无所遇合⑲，至其没久而后世莫不知。"若轲、雄者，其没皆过千岁，读其书知其意者甚少，则后世所谓知者，未必真也。夫此两人以老而终，幸能著书，书具在，然尚如此。嗟乎深父！其智虽能知轲，其于为雄⑳，虽几可以无悔，然其志未就㉑，其书未具㉒，而既早死，岂特无所遇于今，又将无所传于后。天之生夫人也，而命之如此，盖非余所能知也。

　　深父讳回，本河南王氏。其后自光州之固始迁福州之侯官㉓，为侯官人者三世。曾祖讳某，某官；祖讳某，某官；考讳某，尚书兵部员外郎。兵部葬颍州之汝阴㉔，故今为汝阴人。深父尝以进士补亳州卫真县主簿㉕，岁余自免去。有劝之仕者，辄辞以养母。其卒以治平二年七月二十八日，年四十三。于是朝廷用荐者以为某军节度推官、知陈州南顿县事㉖，书下，而深父死矣。

　　夫人曾氏，先若干日卒。子男一人，某。女二人，皆尚幼。诸弟以某

年某月某日,葬深父某县某乡某里,以曾氏祔。铭曰:

　　呜呼深父!惟德之仔肩㉗,以迪祖武㉘。厥艰荒遏㉙,力必践取。莫吾知庸㉚,亦莫吾侮㉛。神则尚反㉜,归形此土㉝。

注释

① 致:表达。

② 遂:表达,表明。

③ 命:天命,命运。

④ 小廉曲谨:小事上的廉洁谨慎,指拘泥小节,不识大体。以投众人耳目:迎合世俗人的看法、评价。

⑤ 取舍:行止。进退:出仕或退隐。去就:担任或不担任官职。度:衡量,根据。

⑥ 行治:品质才能。

⑦ 趣时合变:迎合当下的形势,随机应变。

⑧ 同乎此:指上文的"必度于仁义"。

⑨ 寿考:年高,长寿。

⑩ 有待:有所期待。显:高贵,显赫。

⑪ 施泽:施予恩惠。

⑫ 诱:诱导、教导。先王之道:即儒家的仁义之道。

⑬ 道不任于天:上天没有让他完成明道的使命。

⑭ 德不酬于人:他的恩德还没有施及百姓。

⑮ "以孟轲之圣"以下四句:语出《孟子·公孙丑上》。公孙丑问其师孟子,如果身居齐国要职,能否取得管仲、晏子的功绩?而孟子则表示对管、晏的不屑,因二人所行的是霸道,而孟子倡导的是王道政治。

⑯ 贱简：轻视，简慢。

⑰ 侯芭：扬雄弟子。据《汉书·扬雄传》载，扬雄去世后，侯芭为他起坟，居丧三年。

⑱ "芭称雄书"二句：侯芭称赞扬雄的著作，认为超过《周易》。

⑲ 遇合：谓相遇而彼此投合。

⑳ "其智虽能知轲"二句：王回可以媲美扬雄，能够了解孟子。

㉑ 就：成。

㉒ 书未具：王深父有文集二十卷，但没有完整著述传世。

㉓ 光州之固始：今河南固始县。福州之侯官：今福建闽侯县。

㉔ 颍州之汝阴：今安徽阜阳。

㉕ 补：授官。亳州卫真县：今河南鹿邑县。

㉖ 朝廷用荐者以为某军节度推官、知陈州南顿县事：英宗治平二年（1065），王回因知制诰沈遘、王陶等人推荐，被任命为忠武军节度使推官。陈州南顿县，今河南项城。

㉗ 仔肩：担当，承担。语出《诗经·周颂·敬之》："佛时仔肩。"

㉘ 迪：蹈行，实行。祖武：先人的遗迹、事业。语出《诗经·大雅·下武》："绳其祖武。"

㉙ 厥艰荒遐：道路艰难险阻而漫长。厥，其，加强语气。荒遐，荒僻漫长。

㉚ 莫吾知庸：没有人了解、重用我（指王回）。

㉛ 亦莫吾侮：也没有人敢侮辱我（指王回）。语出《左传·昭公七年》："循墙而走，亦莫余敢侮。"

㉜ 神则尚反：指人魂魄离开肉体，返回到元气中。

㉝ 归形此土：谓人死后肉体埋藏在土中。

评析

这篇墓志作于英宗治平二年（1065）。墓主王回，字深父，是王安石的挚友。他学问精深,道德高尚,在士林中享有盛名,与其弟王向、王囧(jiǒng)并称"三王",可惜英年早逝,著述未成,功业未就。

文章第一段概述王回的德行,突出他不求人知、言行必以仁义为据的品格。第二段将王回与儒家的圣贤孟子、扬雄作对比,惋惜世人没有真正理解王回,由此抒发慨叹感悼之情。接下来依此记叙王回的家世、仕宦、卒葬、妻子等情况,而以铭文结束。

这篇墓志也属于墓志文体中的变调,在写法上很有特色。墓主王回一生仕宦不显,仅担任过卫真县主簿的卑微职位,便辞官回乡。所以,文中没有详细叙述他的功业事迹,而是以议论代叙述,围绕墓主的遭遇、品行展开议论,抒发志士仁人不为世人所知的感慨。文章笔势跌宕起伏,感情悲怆沉挚。徐乾学等评道:"通篇纯发议论,格调有异,而文思倍加沉郁。"(《古文渊鉴》)

本朝百年无事札子

臣前蒙陛下问及本朝所以享国百年①,天下无事之故。臣以浅陋,误承圣问,迫于日暮②,不敢久留,语不及悉,遂辞而退。窃惟念圣问及此,天下之福,而臣遂无一言之献,非近臣③所以事君之义,故敢昧冒④而粗有所陈。

伏惟太祖躬上智⑤独见之明,而周知人物之情伪,指挥付托必尽其材,变置施设必当其务。故能驾驭将帅,训齐⑥士卒,外以扞夷狄⑦,内以平中国。于是除苛赋,止虐刑,废强横之藩镇⑧,诛贪残之官吏,躬以简俭为天下先。其于出政发令之间,一以安利元元⑨为事。太宗承之以聪武,真宗守之以谦仁,以至仁宗、英宗,无有逸德⑩。此所以享国百年,而天下无事也。

仁宗在位，历年最久，臣于时实备从官⑪，施为本末，臣所亲见。尝试为陛下陈其一二，而陛下详择其可，亦足以申鉴⑫于方今。

伏惟仁宗之为君也，仰畏天，俯畏人，宽仁恭俭，出于自然，而忠恕诚悫⑬，终始如一。未尝妄兴一役，未尝妄杀一人，断狱务在生之，而特恶吏之残扰。宁屈己弃财于夷狄⑭，而终不忍加兵。刑平而公，赏重而信。纳用谏官御史，公听并观，而不蔽于偏至之谗⑮。因任众人耳目，拔举疏远⑯，而随之以相坐之法⑰。盖监司⑱之吏，以至州县，无敢暴虐残酷，擅有调发，以伤百姓。自夏⑲人顺服，蛮夷遂无大变。边人父子夫妇得免于兵死，而中国之人安逸蕃息以至今日者，未尝妄兴一役，未尝妄杀一人，断狱务在生之，而特恶吏之残扰，宁屈己弃财于夷狄而不忍加兵之效也。大臣贵戚，左右近习，莫敢强横犯法，其自重慎或甚于闾巷之人㉑，此刑平而公之效也。募天下骁雄横猾㉒以为兵，几至百万，非有良将以御之，而谋变者辄败。聚天下财物，虽有文籍㉓，委之府史㉔，非有能吏以钩考㉕，而断盗㉖者辄发。凶年饥岁，流者填道㉗，死者相枕，而寇攘者辄得。此赏重而信之效也。大臣贵戚，左右近习，莫能大擅威福，广私货赂，一有奸慝㉘，随辄上闻。贪邪横猾，虽间或见用，未尝得久。此纳用谏官御史，公听并观，而不蔽于偏至之谗之效也。自县令京官以至监司台阁㉙，升擢之任，虽不皆得人，然一时之所谓才士，亦罕蔽塞而不见收举㉚者，此因任众人之耳目，拔举疏远，而随之以相坐之法之效也。升退㉛之日，天下号恸，如丧考妣㉜。此宽仁恭俭出于自然，忠恕诚悫终始如一之效也。

然本朝累世㉝因循末俗之弊，而无亲友群臣之议。人君朝夕与处，不过宦官女子，出而视事，又不过有司之细故㉞，未尝如古大有为之君，与学士大夫讨论先王㉟之法，以措之天下也。一切因任自然之理势㊱，而精神之运有所不加㊲，名实㊳之间有所不察。君子非不见贵，然小人亦得厕㊴其间；正论非不见容，然邪说亦有时而用。以诗赋记诵求天下之士㊵，而无学校养成之法；以科名资历叙朝廷之位㊶，而无官司课试㊷之方。监司无检察之人，守将非选择之吏。转徙之亟㊸，既难于考绩㊹，而游谈之众㊺，因得以乱真。交私养望㊻者多得显官，独立营职者或见排沮㊼。故上下偷惰取容而已，虽有能者在职，亦无以异于庸人。农民坏于繇役，而未尝特见救恤，又不为之设官，以修其水土之利。兵士杂于疲老，而未尝申敕㊽训练，又不为之择将，而久其疆场之权㊾。宿卫㊿则聚卒伍无赖之人，而未有以变五代姑息羁縻之俗㉛。宗室则无教训选举之实，而未有以合先王亲疏隆杀之宜㉜。其于理财，大抵无法，故虽俭约而民不富，虽忧勤而国不强。赖非夷狄昌炽㉝之时，又无尧、汤水旱之变㉞，故天下无事，过于百年。虽曰人事，亦天助也。盖累圣㉟相继，仰畏天，俯畏人，宽仁恭俭，忠恕诚悫，此其所以获天助也。

伏惟陛下躬上圣之质，承无穷之绪㊱，知天助之不可常恃，知人事之不可怠终㊲，则大有为之时，正在今日。臣不敢辄废将明㊳之义，而苟逃讳忌之诛。伏惟陛下幸赦而留神，则天下之福也。取进止㊴。

注释

① 百年：自太祖建隆元年庚申（960），至神宗熙宁元年戊申（1068），共一百一十九年。

② 日晷（guǐ）：测度日影以确定时刻的仪器，此处指时间。

③ 近臣：君主左右的亲近之臣。王安石当时任翰林学士，属侍从官，有向君主进言之责。

④ 昧冒：即冒昧，鲁莽、轻率之意。

⑤ 躬：本身具有。上智：很高的智慧。

⑥ 训齐：训练整治。

⑦ 扞：抵御。夷狄：古代对少数民族的称呼，此处指契丹、西夏。

⑧ 废强横之藩镇：指宋太祖收回节度使的兵权，把节度使作为一种荣衔授予勋戚功臣，不再拥有实权。藩镇，唐初在重要各州设立都督府，睿宗时设节度大使，玄宗时又在边境设十节度使，通称"藩镇"。各藩镇掌管一个地区的军政，后来权力逐渐扩大，兼管民政、财政，中唐后形成地方割据之势，常与朝廷对抗。

⑨ 元元：百姓。

⑩ 逸德：失德。

⑪ 实备从官：王安石于仁宗嘉祐六年六月至八年八月（1061—1063），任知制诰，负责起草诰命，属于侍从官。

⑫ 申鉴：引为借鉴。

⑬ 诚悫(què)：真诚。

⑭ 宁屈己弃财于夷狄：指北宋政府每年向辽和西夏政权献币求和。真宗景德元年（1004），宋、辽签立和约，两国约为兄弟之国，宋朝每年需送辽岁币银十万两，绢二十万匹，两国以白沟河为界。史称"澶渊之盟"。仁宗庆历四年（1044），宋朝又以相似的方式向西夏妥协。此处是为这种妥协政策委婉辩解。

⑮ 偏至之谗：片面的谗言。

⑯ 拔举疏远：提拔、任用与皇帝关系不密切的人。

⑰ 相坐之法：被推荐的人如果后来失职，推荐者便要连带受罚。

⑱ 监司：宋朝设置诸路转运使、安抚使、提点刑狱、提举常平等司，除财政、军事等职责外，兼有监察本路官员之责，称为监司。

⑲ 夏：我国西北党项族建立的政权，当时据有今甘肃、宁夏等地，宋人称为西夏。仁宗庆历四年，宋夏讲和。

⑳ 左右近习：皇帝周围宠爱亲信的人。

㉑ 闾巷之人：平民百姓。

㉒ 骁雄横猾：勇猛、强暴而奸诈的人。

㉓ 文籍：账册。

㉔ 府史：掌管财货出纳文书的小吏。

㉕ 钩考：查核。

㉖ 断盗：从中盗窃，贪污中饱。

㉗ 流者填道：流亡的人遍布道路。

㉘ 奸慝(tè)：奸恶之事。

㉙ 台阁：执政大臣。

㉚ 收举：任用。

㉛ 升遐：指皇帝去世。仁宗皇帝于嘉祐八年(1063)三月去世。

㉜ 考妣：死去的父母。

㉝ 累世：世世，指太祖、太宗、真宗、仁宗、英宗五朝。

㉞ 细故：琐碎、细小的事。

㉟ 先王：此处指儒家经典中所记载上古贤明君主，如尧、舜、禹、周文王等。

㊱ 因任自然之理势：听任社会事务自然而然地进展，不去干预，无所作为。

㊲ 精神之运有所不加：未能够全心全意地投入。

㊳ 名实：名称、名目与实际、实效。

㊴ 厕：杂置、参与。

㊵ 以诗赋记诵求天下之士：科举考试中，用考查诗赋写作和对儒家经典的默写背诵，来选拔读书人做官。

㊶ 以科名资历叙朝廷之位：官员升迁、官职大小，主要凭借资历、年限。

㊷ 课试：考核官吏政绩。

㊸ 转徙之亟(qì，屡次)：官员职位调动频繁。

㊹ 考绩：按一定标准考核官吏政绩。

㊺ 游谈之众：指夸夸其谈的官员。

㊻ 交私养望：私下勾结、获取虚名。

㊼ 排沮：排斥压制。

㊽ 申敕：整饬、整顿。

㊾ 久其疆场之权：让武将在驻边军队中长期任职。

㊿ 宿卫：禁卫军。

(51) 五代：指北宋之前的后梁、后唐、后晋、后汉、后周五个朝代(907—960)。姑息羁縻：纵容笼络。

(52) 亲疏隆杀之宜：宗室之中，有的亲近有的疏远，有尊有卑，应当区别对待。隆杀，尊卑、高下。

(53) 昌炽：昌盛。

(54) 尧、汤水旱之变：相传尧时有九年的水患，汤时有五年的旱灾。

(55) 累圣：指太祖、太宗、真宗、仁宗、英宗五位皇帝。

(56) 承无穷之绪：继承永久的帝业。

(57) 怠终：有始无终。

(58) 将明：谓人臣奉行王命，明辨国事。语出《诗经·大雅·烝民》："肃肃王命，仲山甫将之；邦国若否，仲山甫明之。"

(59) 取进止：古代奏疏末所用的套语，意谓听候旨意，请予裁决。

评析

熙宁元年(1068)四月四日，神宗召新任翰林学士王安石"越次入对"(越过现有官阶，单独觐见皇帝)，询问北宋立国百年，"粗致太平，以何道也?"(杨仲良《皇宋通鉴长编纪事本末》)这篇札子便是王安石回答神宗的奏章。

此文是王安石政论文的代表作。文章前一部分叙述并解释本朝百年无事、天下太平的状况和原因,后一部分则尖锐地揭示在此太平景象下,掩盖的种种社会危机。表面看来,这两部分似乎并不相属,而实际上作者正是利用前一部分来衬托和突出后一部分。所以,在点明上书缘起后,文章先应题对本朝百年的历史略作回顾,接着便将分析的重点转移到仁宗一朝,着重赞美仁宗"仰畏天,俯畏人,宽仁恭俭""忠恕诚悫"的为政品格,而对其在位时各项制度设施之不足,则以委婉笔调出之。如军事上,虽"非有良将以御之","而谋变者辄败";财政上,虽"非有能吏以钩考,而断盗者辄发";人事上,"虽不皆得人,然一时之所谓才士,亦罕蔽塞而不见收举者",从而在行文间处处为后文揭露弊端埋下伏笔。然后以"(本朝)未尝如古大有为之君,与学士大夫讨论先王之法,以措之天下也",力挽千钧,将笔触拗转到第二部分对社会弊端的分析上去,使得前后部分融为一体。文章组织严密,层次分明。

此札堪称王安石的变法纲领。文中自"以诗赋记诵"至"虽忧勤而国不强",条条罗列科举取士、官吏考核等弊端,将国家当前的状况归结为"民不富","国不强",从而鼓励神宗不可怀有侥幸心理因循苟且,而应奋发有为,进行变革。之后,王安石变法即一一针对以上弊端,陆续出台各项新政。南宋吕中评曰:"其后纷更政事,皆本于此。"(《类编皇朝大事记讲义》)

进　戒　疏

熙宁二年五月十一日,朝散大夫、右谏议大夫、参知政事、护军、赐紫金鱼袋臣某昧死再拜上疏皇帝陛下①:臣窃以为陛下既终亮阴②,考之于经,则群臣进戒之时③,而臣待罪近司④,职当先事有言⑤者也。窃闻孔子论为邦,先放郑声,而后曰远佞人⑥。仲虺称汤之德,先不迩声色,不殖货利,而后曰用人惟己⑦。盖以谓不淫⑧耳目于声色玩好之物,然后能精于用志⑨；能精于用志，然后能明于见理；能明于见理，然后能知人；能知人，然后佞人可得而远，忠臣良士与有道之君子类进于时⑩，有以自竭⑪，则法度之行，风俗之成，甚易也。若夫⑫人主虽有过人之材，而不能早自戒于耳目之欲，至于过差⑬，以乱其心之所思，则用志不精；用志不精，则见理不明，见理不明，则邪说诐行必窥间乘殆而作⑭，则其至于危乱也岂难哉！

伏惟⑮陛下即位以来，未有声色玩好之过闻于外。然孔子圣人之盛，尚自以为七十而后敢纵心所欲也⑯。今陛下以鼎盛之春秋⑰，而享天下之大奉，所以惑移耳目者，为不少矣。则臣之所豫虑⑱，而陛下之所深戒，宜在于此。天之生圣人之材甚吝⑲，而人之值圣人之时甚难。天既以圣人之材付陛下，则人亦将望圣人之泽于此时。伏惟陛下自爱以成德，而自强以赴功⑳，使后世不失圣人之名，而天下皆蒙陛下之泽，则岂非可愿之事哉？臣愚不胜惓惓㉑，唯陛下恕其狂妄，而幸赐省察。

注释

① 朝散大夫：文职散官名。隋时始置，唐贞观时列入文散官，北宋因之，属于文散官二十九阶中第十三阶，从五品下。谏议大夫：官名。掌规谏讽喻，凡朝政阙失、大臣百官任用不当等皆可谏正。左谏议大夫属门下省，右谏议大夫属中书省。参知政事：官名，简称参政，相当于副宰相。熙宁二年二月，王安石自翰林学士、工部侍郎兼侍讲除右谏议大夫、参知政事。护军：勋官级名。西汉平帝元年（1）始有此名，唐武德七年（624）列为勋官。北宋沿置，为十二勋级之第九转，次于上护军，从三品。赐金鱼袋：宋代阶官未及三品以上，特许改服色，换紫，佩紫金鱼袋，称"赐紫金鱼袋"。昧死：冒死，犹言冒昧而犯死罪。古时臣下上书帝王习用此语，表示敬畏之意。

② 亮阴：帝王居丧。治平四年（1067）正月，英宗崩，神宗即位。熙宁二年（1069）三月，神宗居丧期满，此即为"终亮阴"。

③ "考之于经"二句：语意本自《尚书·说命上》："王宅忧，亮阴三祀。既免丧，其惟弗言。群臣咸谏于王曰：'呜呼！知之曰明哲，明哲实作则。天子惟君万邦，百官承式。王言，惟作命，不言，臣下罔攸禀命。'"传曰："居忧信默，三年不言。除丧犹不言政。"

④ 待罪：古代官吏任职的谦称，意谓不胜其职而将获罪。近司：接近皇帝的近臣。

⑤ 职当先事有言：因职责所在，应当事先进言。

⑥ "窃闻孔子论为邦"以下三句：语出《论语·卫灵公》："颜渊问为邦，子曰：'……放郑声，远佞人。郑声淫，佞人殆。'"放，放逐。郑声，原指春秋战国时郑国的音乐，多是男欢女爱的情歌。因与孔子等提倡的雅乐不同，故受儒家排斥。此后，凡与雅乐相背的音乐，甚至一般的民间音乐，均被斥为"郑声"。佞人，用花言巧语迷惑人的小人。

⑦ "仲虺（huǐ）称汤之德"以下四句：语出《尚书·仲虺之诰》："惟王不迩声色，不殖货利，德懋（mào）懋官，功懋懋赏，用人惟己，改过不吝。"仲虺，传说中汤的左相。汤，商朝的开国君主，又称成汤、武汤、天乙等。迩，近。殖，积聚，聚集。货利，货物财利。德懋，勉力于德行。用人惟己，采纳别人的意见如同己出。

⑧ 淫：放纵，无节制。

⑨ 精于用志：精神高度集中。

⑩ 类进于时：志同道合的君子，相互推举出仕。

⑪ 自竭：竭尽自己的聪明才智。

⑫ 若夫：至于。

⑬ 过差：过失。

⑭ 诐(bì)行：偏邪不正的行为。窥间乘殆：窥伺间隙，乘其懈怠。

⑮ 伏惟：下对上的敬词，多用于奏疏或信函，谓念及、想到。

⑯ "然孔子圣人之盛"二句：语出《论语·为政》："吾十有五而志于学，三十而立，四十而不惑，五十而知天命，六十而耳顺，七十而从心所欲不逾矩。"意谓七十以后，一切言行都能随心所欲而不越过礼制规矩。

⑰ 鼎盛之春秋：年轻力盛之时。春秋，指年龄。

⑱ 豫虑：预先忧虑。

⑲ 此句意谓上天所生圣人很少。

⑳ 赴功：成就功业。

㉑ 惓惓：忠诚。

评析

熙宁二年(1069)二月，王安石自翰林学士除参知政事，欲行新法，实施变革。三月，神宗居丧期满。于是王安石上此奏疏，劝戒年轻力壮的皇帝，不要沉溺于声色犬马的诱惑，而要励精图治，奋发有为。文章多用顶针的修辞手法，层层剖析，步步深入，说理明白而流畅。又不时引经据典，参以反诘句法，语气诚挚而深沉，表现出一位立志革新的政治家对国家、朝廷的一片忠贞之情。

答司马谏议①书

某启：昨日蒙教，窃以为与君实游处相好之日久②，而议事每不合，所操之术③多异故也。虽欲强聒④，终必不蒙见察⑤，故略上报⑥，不复一一自辨。重念蒙君实视遇⑦厚,于反覆不宜卤莽⑧,故今具道所以,冀⑨君实或见恕也。

盖儒者所争,尤在于名实⑩。名实已明,而天下之理得矣。今君实所以见教者,以为侵官、生事、征利、拒谏⑪,以致天下怨谤⑫也。某则以谓受命于人主,议法度而修之于朝廷⑬,以授之于有司,不为侵官。举先王之政⑭,以兴利除弊,不为生事。为天下理财,不为征利。辟⑮邪说,难壬人⑯,不为拒谏。至于怨诽之多⑰,则固前知其如此也。人习于苟且非一日,士大夫多以不恤国事、同俗自媚于众为善⑱。上乃欲变此,而某不量敌之众寡,欲出力助上以抗之,则众何为而不汹汹然⑲?盘庚之迁⑳,胥㉑怨者民也,非特朝廷士大夫而已。盘庚不为怨者故改其度㉒,度义而后动㉓,是㉔而不见可悔故也。

如君实责我以在位久,未能助上大有为,以膏泽斯民㉕,则某知罪矣。如日今日当一切不事事,守前所为而已,则非某之所敢知。无由会晤,不任区区㉖向往之至。

注释

① 司马谏议:即司马光(1019—1086),字君实,号迂叟,陕州夏县(今属山西)人。少聪颖好学,以父荫入官。宝元元年(1038),进士及第,授武成军签书判官。神宗即位后,擢右谏议大夫、翰林学士,除御史中丞,复为翰林侍读学士。他极力反对王安石变法,数次与吕惠卿等新党争辩,坚持祖宗之法不可变。熙宁三年(1070),他先后数次致书王安石,争论新法之是非。熙宁四年(1071),出判西京御史台,自此退居洛阳十五年。元丰八年(1085),哲宗即位,高太后临朝听政,他作为旧党领袖召拜门下侍郎。次年闰二月,拜尚书左仆射兼门下侍郎,主持朝政,尽废新法。同年病卒。

赠太师、温国公,谥文正。著有《传家集》《资治通鉴》等。

② 窃以为与君实游处相好之日久:仁宗嘉祐年间,王安石与司马光都任职三司,交游颇密,多有诗歌唱酬。当时,人称王安石、司马光、吕公著、韩维为"嘉祐四友"(徐度《却扫编》)。

③ 所操之术:所秉持的政治理念、主张。

④ 强聒(guō):唠叨不休。语出《庄子·天下篇》:"虽天下不取,强聒而不舍者也。"

⑤ 见察:被理解。

⑥ 略上报:简单地回信。

⑦ 视遇:对待。

⑧ 反覆:指书信往来。卤莽:草率。

⑨ 冀:希望。

⑩ "盖儒者所争"二句:儒者特别重视考核名实是否相符。

⑪ 侵官:增加新机构,侵夺了原有机构的权力。此指熙宁二年(1069)设制置三司条例司,由王安石主持,负责推进变法。司马光《与王介甫书》责备王安石"财利不以委三司而自治之,更立制置三司条例司",侵占了三司的职权。生事:司马光认为变法是生事扰民,指责王安石派遣使者到全国各地推行新法。《与王介甫书》曰:"今介甫为政,尽变更祖宗旧法……使上自朝廷,下及田野……无一人得袭故而守常者,纷纷扰扰,莫安其居。"征利:谓设法生财,与民争利。《与王介甫书》曰:"今介甫为政,首建制置条例司,大讲财利之事。又命薛向行均输法于江、淮,欲尽夺商贾之利。又分遣使者,散青苗钱于天下,而收其息。"拒谏:拒绝接受他人的意见。《与王介甫书》曰:"或所见小异,微言新令之不便者,介甫辄艴(fú)然加怒,或诟詈(lì)以辱之,或言于上而逐之,不待其辞之毕也。"

⑫ 怨谤:怨恨、诽谤。

⑬ 议法度而修之于朝廷：在朝廷上讨论修订各种法度。

⑭ 举：兴力、实施。先王之政：指上古贤明君主的各种政策、主张。

⑮ 辟：驳斥。

⑯ 难：拒斥。壬（rén）人：奸人、佞人。

⑰ 至于怨诽之多：司马光《与王介甫书》曰："今介甫从政始期年，而士大夫在朝廷及自四方来者，莫不非议介甫，如出一口。下至闾阎细民，小吏走卒，亦窃窃怨叹，人人归咎于介甫。"怨诽，怨恨、非议。

⑱ 恤：顾念、关心。同俗自媚于众为善：以随声附和讨好众人为美德。媚，逢迎、取悦。

⑲ 何为：为何。汹汹：喧哗吵闹，骚乱不安。

⑳ 盘庚之迁：盘庚是商代第二十位君主，子姓，名旬，商王祖丁之子。商朝初期建都在黄河以北的奄（今山东曲阜），常有水灾。他即位后，为了摆脱政治上的困境和自然灾害，决定迁都到殷（今河南安阳），遭到全国上下的反对。后来盘庚发布文书，说服反对者，完成迁都计划。史称"盘庚迁殷"，事见《尚书·盘庚》。

㉑ 胥：皆，都。

㉒ 度：谋划。

㉓ 度义而后动：慎重考虑是否正确合理，然后付诸实施。

㉔ 是：正确。

㉕ 膏泽：润泽，喻施恩。斯民：指老百姓、民众。

㉖ 区区：自称的谦辞。

评析

神宗熙宁二年（1069）二月，王安石出任参知政事。三月，设立制置三司条例司,作为变法的统筹机构,由王安石、陈升之主持。此后连续推出均输法、青苗法等各项新法。与此同时,吕诲、司马光等官员也陆续对新法展开激烈的批评。熙宁三年(1070)二月,司马光以故交的身份,连续致信王安石,指责他侵官、生事、征利、拒谏,企图劝说王安石停止变法。王安石在收到第二封信后,写下本文作为答复。

文章第一部分先是客套酬答,强调二人虽然相交多年,但彼此政治理念、主张并不相同,从而为下文埋下伏笔。第二部分则扣紧名实,针对司马光提出的四项责难,逐一加以反驳,表现了王安石推行变法的坚定立场,并对当时士大夫不恤国事、苟且偷安的保守风气表达了强烈不满。最后则在书信的应酬语中,绵里藏针,指出司马光不当指责他变革有为,而应当指责他未能积极有为。全文虽是书信形式,其实无异于一篇与政敌针锋相对的政论文。语言简练犀利,说理清晰严密,气势峭刻劲厉,充分体现了王安石坚强的政治意志和高度的精神自信。

祭欧阳文忠公①文

夫事有人力之可致,犹不可期。况乎天理之溟漠②,又安可得而推③?惟公生有闻于当时,死有传于后世,苟能如此,足矣,而亦又何悲?如公器质④之深厚,智识之高远,而辅学术之精微,故充于文章,见于议论,豪健俊伟⑤,怪巧瑰琦⑥。其积于中者⑦,浩如江河之停蓄⑧;其发于外者,烂如日星之光辉。其清音幽韵⑨,凄如飘风急雨之骤至;其雄辞闳辩⑩,快如轻车骏马之奔驰。世之学者,无问乎识与不识,而读其文,则其人可知。

呜呼!自公仕宦四十年,上下往复,感世路之崎岖。虽屯邅困踬⑪,窜斥流离⑫,而终不可掩⑬者,以其公议⑭之是非。既压⑮复起,遂显于世。

果敢之气,刚正之节,至晚而不衰。方仁宗皇帝临朝之末年,顾念后事,谓如公者,可寄以社稷之安危。及夫发谋决策,从容指顾,立定大计,谓千载而一时⑯。功名成就,不居而去⑰。其出处进退,又庶乎英魄灵气,不随异物腐散,而长在乎箕山之侧与颍水之湄⑱。

　　然天下之无贤不肖,且犹为涕泣而歔欷⑲。而况朝士大夫,平昔游从,又予心之所向慕而瞻依⑳?呜呼!盛衰兴废之理,自古如此,而临风想望,不能忘情者,念公之不可复见,而其谁与归㉑!

注释

① 欧阳文忠公:即欧阳修(1007—1072),吉州庐陵(今江西吉安)人。字永叔,号醉翁,晚年又号六一居士。仁宗天圣八年(1030)进士。景祐年间为馆阁校勘,撰《朋党论》,为范仲淹申辩,贬夷陵令。庆历三年(1043),知谏院,擢知制诰,参预庆历新政。新政失败后,出知滁、扬、颍等州十一年,召回京,迁翰林学士。嘉祐二年(1057),知贡举,抑制"太学体",改变文风。嘉祐五年(1060),任枢密副使,次年拜参知政事。英宗初,力主尊英宗生父濮王为"皇",引起濮议之争,颇受非议。神宗初,出知亳州、青州、蔡州,致仕后归颍州。熙宁五年(1072)卒,赠太子太师,谥文忠。欧阳修是北宋中期的文坛领袖,曾奖掖提拔曾巩、苏轼、王安石等。著有《居士集》等。

② 溟漠:渺茫,幽晦。

③ 推:推测、预计。

④ 器质:器局,资质,才识。

⑤ 豪健:豪迈雄健。俊伟:卓异壮美。

⑥ 瑰琦:瑰丽奇异。

⑦ 其积于中者:指蕴藏在胸中的道德、学问等。

⑧ 停蓄：停留蓄积。

⑨ 清音幽韵：清雅幽闲的音韵。

⑩ 雄辞：气魄宏大、才情横溢的议论或文章。闳辩：宏伟的议论。

⑪ 屯邅(zhūn zhān)：艰难、坎坷。困踬(zhì)：颠沛窘迫。

⑫ 窜斥流离：贬逐流亡。景祐中，欧阳修因致书谴责高若讷，声援范仲淹，被贬夷陵。庆历五年(1045)，被钱明逸诬奏，出知滁州。治平三年(1066)，因濮议事，被彭思永、吕诲、蒋之奇等台谏官员攻击，出知亳州。

⑬ 掩：埋没。

⑭ 公议：公论。

⑮ 厌：压制。

⑯ "方仁宗皇帝临朝之末年"以下八句：指仁宗无子，晚年以濮王之子宗实为嗣。欧阳修与韩琦等人支持宗实即位，即宋英宗。

⑰ "功名成就"二句：指治平四年(1067)神宗即位后，欧阳修辞免参知政事，出知亳州、青州、蔡州，直至致仕退居颍州。

⑱ 箕山之侧与颍水之湄：传说尧时隐士许由耕于颍水之阳，箕山之下。后世因而将箕山、颍水称为隐居之地。箕山，今河南登封东南。颍水，源出登封县西的颍谷，流经颍州入淮河。欧阳修致仕后退居颍州，故用此典。

⑲ 歔欷(xū xī)：悲泣，叹息。

⑳ 向慕：向往仰慕。瞻依：瞻仰依恃。

㉑ 归：归依，趋附。

评析

作为北宋中期的文坛领袖，欧阳修对王安石有知遇之恩。早在庆历四年(1044)，通过曾巩引荐，王、欧便已经建立了诗文之交，欧阳修对王安石的诗文非常欣赏。至和、嘉祐年间，王安石入京为官，与欧阳修交往颇密。欧阳修曾数次荐举王安石，并曾赠诗，寄予厚望。王安石则有诗奉酬，委婉地表达了不同的志向（见本书《奉酬永叔见赠》）。尽管志趣、政见颇不相同，但这并未导致二人私交的破裂。对于欧阳修的知遇赏识，王安石非常清楚，且始终心怀感激。

这篇祭文没有详细铺陈欧阳修生平事迹，而是重点描述欧阳修的文章成就、立朝气节、拥立英宗之功，以及功成不居的洒脱，最后抒发哀悼之情。全文感情真挚，韵律和谐，多用排比句式，增强豪健的气势，一气浑成，不见雕琢之痕。茅坤认为：“欧阳公祭文，当以此为第一。”（《唐宋八大家文钞》）

观文殿学士知江宁府谢上表

臣某言：伏奉制命授臣观文殿学士、吏部尚书、知江宁军府事①。臣已于六月十五日到任讫②。久妨贤路，上负圣时③。苟逃放殛之刑④，更滥褒扬之典⑤。逸其犬马将尽之力⑥，宠以丘墓所寄之邦⑦。仰荷恩私⑧，皆逾分愿⑨。中谢。

臣操行不足以悦众⑩，学术不足以趣时⑪。独知义命之安⑫，敢望功名之会⑬？值遭兴运⑭，总领繁机⑮。惟睿广之日跻⑯，顾卑凡而坐困⑰。秋水方至，因知海若之难穷⑱；大明既升，岂宜爝火之弗熄⑲？加以精力耗于事为⑳之众，罪戾㉑积于岁月之多。虽恃含垢之宽㉒，终怀覆𫗧之惧㉓。

伏蒙陛下志存善贷㉔，为在曲成㉕。记其事国之微诚，闵其吁天之至恳㉖。挠黜幽之常法㉗，示从欲㉘之至仁。经体赞元㉙，废任莫追于既往㉚；承流宣化㉛，收功尚冀于方来㉜。臣无任㉝。

注释

① 观文殿学士：官名，观文殿大学士的略称。宋置诸殿学士，出入侍从，以备顾问，无官守，无典掌，而资望极高。皇祐元年（1049），置观文殿大学士，凡任宰相者方能除授，以示尊崇。吏部尚书：官名，吏部的长官。熙宁七年（1074）四月，王安石罢为吏部尚书、观文殿大学士、知江宁府。

② 讫：助词，用在动词后，表示动作完结，相当于"了"。

③ "久妨贤路"二句：谦语，意谓长期担任宰相，却没有出色的政绩，阻碍贤能之士的进用，辜负圣明的时代。

④ 放殛（jí）：放逐诛杀。语出《史记·五帝本纪》。

⑤ 滥：谦语，意谓才不胜任。

⑥ 逸其犬马将尽之力：意谓皇帝允许自己辞去宰相的重任，使获安逸。逸，（使）闲适。犬马将尽之力，为君主尽力的谦辞。

⑦ 宠以丘墓所寄之邦：意谓以观文殿大学士出知江宁府。王安石父母兄长都葬在江宁，故曰"丘墓所寄之邦"。丘墓，坟墓。

⑧ 仰荷恩私：承蒙您的恩宠。仰，古代公文中下对上的敬词。荷，承受、承蒙。恩私，恩惠、恩宠。

⑨ 逾：超过。分愿：分内和本愿。

⑩ 悦众：让大家满意。

⑪ 趣时：与当下的形势、环境相适应。

⑫ 独知义命之安：只知安于自己的本分。义命，正道、天命，泛指本分。

⑬ 敢望功名之会：不敢期望建功立业，获取名声。

⑭ 兴运：时运昌隆。

⑮ 总领繁机：统管繁重的政务。

⑯ 惟睿广之日跻：意谓神宗越来越英明睿智。睿广，明达广大。

⑰ 顾卑凡而坐困：意为自己却卑微平庸，陷于处理政事的困境。

⑱ "秋水方至"二句：语出《庄子·秋水》。河伯，传说中的河神，姓冯名夷，一名冰夷。海若，传说中的海神。此处以河伯自喻，以海若喻神宗。

⑲ "大明既升"二句：语出《庄子·逍遥游》。意谓太阳升起，小火的光亮就微不足道了。大明，指太阳，喻君主。爝（jué）火，炬火、小火。以上四句，谓神宗越来越英明睿智，如北海若之无穷，如太阳之升，而自己则如河神、爝火，微不足道，理应辞位。

⑳ 事为：事务。

㉑ 罪戾：罪愆。

㉒ 含垢之宽：（皇帝）宽宏大量，包容污垢。

㉓ 覆餗（sù）之惧：担心力不胜任而败事获罪。覆餗，语出《周易·鼎卦》："鼎折足，覆公餗，其形渥，凶。"意谓倾覆鼎中的珍馐，喻力不胜任而败事。餗，鼎中的食物。

㉔ 善贷：语出《老子》："夫唯道，善贷且成。"善于施与，善于宽假。贷，施与。

㉕ 曲成：语出《周易·系辞上》："曲成万物而不遗。"意谓委曲成全，多方设法使有成就。

㉖ 吁天之至恳：此前因神宗支持新法的态度有所动摇，王安石屡次请求辞去相位。

㉗ 挠黜幽之常法：意谓皇帝没有按照常规条法，黜免自己。挠，扰乱。黜幽，语出《尚书·尧典》："三载考绩，三考黜陟幽明。"意谓斥免考绩劣下的官员。

㉘ 从欲：语出《尚书·大禹谟》："俾予从欲以治，四方风动，惟乃之休。"意谓顺从自己的意愿、私愿。

㉙ 经体赞元：襄赞元首，治理国家。

㉚ 废任莫追于既往：谦语，意谓自己以前废弃宰相的职守，已经不可追咎。

㉛ 承流宣化：承受风教，传布君命，教化百姓。

㉜ 收功尚冀于方来：将来可望取得成功。此指知江宁府。以上四句，化用唐代宰相陆贽的名篇《奉天改元大赦制》："失守宗祧，越在草莽。不念率德，诚莫追于既往；永言思咎，期有复于将来。明征厥初，以示天下。"（陆贽《翰苑集》）

㉝ 无任：敬词，犹不胜。旧时多用于表状、章奏或笺启、书信中。

评析

谢表，古代臣子感谢君主的奏章，宋代以后，多用四六骈体。凡官员升迁除授、谪降贬官，至于生日受赐酒醴、封爵追赠等等，均有谢表。谢表的体制，主要包括四个部分：一是破题；二是叙述经历和自我表白；三是称颂皇帝圣德及恩惠；四是表明竭力供职以谢皇恩之意。篇幅一般在一百至六百字间。

除了散体文方面的杰出造诣外，王安石也工于四六，甚至有人推崇为宋代四六的典范："至我朝有宋，文有欧苏，古律诗有黄豫章，四六有王金陵，长短句有晏贺秦晁，于是宋之文掩迹乎汉唐之文。"（王炎《双溪类稿》卷二十五《松窗丑镜序》）谢表，是王安石四六的主要载体，集中体现了其四六成就。

熙宁七年(1074)，因久旱不雨，新法反对派乘机群起而攻，对新法实施过程中暴露出的一些弊端，展开激烈批评。在天象异常及朝廷内外压力下，神宗与王安石对如何继续推进新法，产生了不同的认识；而二人之间原本密切的关系，也发生了若干微妙变化。四月十九日，王安石辞相，以观文殿学士出知江宁府。六月十五日，返回江宁，上此谢表。

谢表中，王安石表明了自己出仕的立场，感谢神宗允许自己辞去宰相，出知江宁府；并以谦卑的语气，非常委婉地叙述了辞相的原因关键在于神宗对新法的态度,以及二人之间关系的微妙变化。文章恪守谢表的体制,语言不时引经据典,化用经史中语而无造作之痕,流畅自然,温雅浑厚。

周 礼 义 序

士弊于俗学①久矣。圣上闵焉,以经术造之,乃集儒臣,训释厥旨,将播之校学,而臣某实董《周官》②。

惟道之在③政事,其贵贱有位,其后先有序,其多寡有数,其迟数④有时。制而用之存乎法,推而行之存乎人⑤。其人足以任官,其官足以行法,莫盛乎成周⑥之时;其法可施于后世,其文有见于载籍⑦,莫具⑧乎《周官》之书。盖其因习⑨以崇之,庚续⑩以终之,至于后世,无以复加,则岂特文、武、周公之力哉⑪?犹四时之运,阴阳积而成寒暑,非一日也⑫。

自周之衰,以至于今,历岁千数百矣。太平之遗迹,扫荡⑬几尽,学者所见,无复全经⑭。于是时也,乃欲训而发⑮之,臣诚不自揆⑯,然知其难也。以训而发之之为难,则又以知夫立政造事追而复之之为难⑰。然窃观圣上致法就功⑱,取成于心⑲,训迪⑳在位,有冯有翼㉑,亹亹乎乡六服承德之世矣㉒。以所观乎今,考所学乎古㉓,所谓见而知之㉔者,臣诚不自揆,妄以为庶几焉。故遂昧冒自竭,而忘其材之弗及也。

谨列其书为二十有二卷,凡十余万言,上之御府㉕,副在有司㉖,以待制诏㉗颁焉。谨序。

> **注释**

① 俗学:世俗流行之学。

② "圣上闵焉"以下六句：指神宗熙宁四年（1071）贡举改革，废除进士考试中的诗赋取士，改用经义、策论。熙宁六年（1073），神宗命王安石负责修撰新的经义，以统一义理，方便考生应试。闵，怜惜。经术，即经学。播，颁布。校学，指太学及各级州府学校。董，主持。《周官》，即《周礼》，据传是周公所作，其中详细记载周朝的官职结构和组织。王安石在变法中，屡次援引《周官》为理论依据，并为《周官》作注，即《周官新义》。

③ 在：体现、表现。

④ 迟数：迟速。数，通"速"。

⑤ "制而用之存乎法"二句：须依靠法令来规范运用它，依靠人来推行执行它。

⑥ 成周：指周公辅佐成王的全盛时代。

⑦ 载籍：书籍。

⑧ 具：详尽。

⑨ 因习：相沿成习，沿袭。

⑩ 庚续：继续。

⑪ 文：周文王。武：周武王。详前注。

⑫ "犹四时之运"以下三句：意谓《周官》一书，是在历代治国经验基础上修订而成，犹如阴阳二气循环往复、相互作用，时间累积，才形成寒暑季节，而不是一天两天才形成。

⑬ 扫荡：扫除涤荡。

⑭ 全经：完整的经典。指经秦始皇焚书坑儒后，儒家六经已经残缺不全。

⑮ 训而发：注释并阐发。

⑯ 自揆：自量。

⑰ 立政造事：变更法度，大兴政事。追而复之：恢复三代盛世。

⑱ 致法就功：建立法度，成就事功。

⑲ 取成于心：心中具有固定的谋划。

⑳ 训迪：教诲启迪。

㉑ 有冯有翼：语出《诗经·大雅·卷阿》。意谓有依靠,有辅助。冯,依靠。翼,辅助。

㉒ 亹(wěi)亹乎乡六服承德之世矣：语出《尚书·周官》："六服群辟,罔不承德。"亹亹,勤勉不倦貌。乡,通向,趋向。六服,周王畿以外诸侯邦国称服,等次有六：侯、甸、男、采、卫、蛮。后用以指全国各地。承德,蒙受德泽。

㉓ "以所观乎今"二句：以所见当今的盛况,来考察《周官》中所记载的古代情况。

㉔ 见而知之：语出《孟子·尽心下》："由尧、舜至于汤,五百有余岁,若禹、皋陶,则见而知之；若汤,则闻而知之。"意谓目睹而知道。此句与前二句都含有恭维神宗之意。

㉕ 御府：主藏禁中图书的官署。

㉖ 副在有司：副本留在有关部门。

㉗ 制诏：皇帝的命令。

评析

熙宁八年(1075)六月,《诗经新义》《尚书新义》《周礼新义》修成,王安石因提举修撰经义,加左仆射兼门下侍郎。六月二十一日,王安石奏上三书的序言,神宗下诏付国子监,置于《三经新义》之首。

此文是王安石晚年的代表作。文中首先叙述了奉命修撰《周官新义》的缘起,然后概括《周官》一书的大旨及重要性,申明修撰经义的必要性。第二段以四个整齐的句子峻急直下,句句挺拔,显示出峻洁的一面。第三段言因训释之难，知追复之难。用笔仍然蝉绵而下，但因全用散句，兼以"矣""也""乃""然""则"等虚词斡旋其间，行文显得委婉蕴藉。继而恭维神宗有志追复三代之政，且成效卓然，自己以今鉴古，也能顺利完成新经义修撰。由于作者在第二段中已将《周官》大旨概括为"惟道之在政事"，此段就神宗致德立功的政事转到训释《周官》，就显得从容自然，避免了作者此前文章中常见的陡起陡转。再兼以措辞用语多取于儒家经典，行文时顿挫纡徐，从而变峻峭为温醇，变凌厉为典雅，变悍拔为郑重。清代方苞评曰："三经义序，指意虽未能尽应于义理，而辞气芳洁，风味邈然，于欧、曾、苏氏诸家外，别开户牖。"(《唐宋文举要》引)可谓的评。南宋陈善认为："唐文章三变，本朝文章亦三变矣。荆公以经术，东坡以议论，程氏以性理。三者要各自立门户，不相蹈袭。"(《扪虱新话》)此文即"以经术为文"之典范。

宝文阁待制常公墓表

右正言、宝文阁待制、特赠右谏议大夫汝阴常公①，以熙宁十年二月己酉卒，以五月壬申葬。临川王某志其墓曰：

公学不期言也，正其行而已②；行不期闻也，信其义而已③。所不取也，可使贪者矜④焉，而非雕斫⑤以为廉；所不为也，可使弱者立⑥焉，而非矫抗⑦以为勇。官之而不事，召之而不赴⑧，或曰："必退⑨者也，终此而已矣。"及为今天子所礼，则出而应焉⑩。于是天子悦其至，虚己而问焉⑪，使莅谏职⑫，以观其迪⑬己也；使董学政⑭，以观其造士⑮也。公所言乎上者无传，然皆知其忠而不阿⑯；所施乎下者无助，然皆见其正而不苟。《诗》曰："胡不万年⑰。"惜乎既病而归死⑱也！自周道隐，观学者所取舍，大抵时⑲所好也。违俗而适己⑳，独行而特起㉑，呜呼，公贤远矣！

传载公久，莫如以石。石可磨也，亦可泐㉒也。谓公且㉓朽，不可得也。

注释

① 宝文阁待制：宋代官名。宝文阁，藏仁宗御书、文集，附有英宗御书。待制，本意是轮番值日以备顾问。汝阴：今安徽阜阳。常公：常秩（1019—1077），字夷甫。《宋史》有传。

② "公学不期言也"二句：意谓常秩治学不是为了得到表彰，而只是为了端正自己的行为。期，期冀，希望。

③ "行不期闻也"二句：意谓常秩的行事不是为了出名，而只是为了符合自己的道义。

④ 矜：谨守，慎重。

⑤ 雕斫（zhuó）：矫饰。

⑥ 立：自立，树立。

⑦ 矫抗：与众不同，以示高尚。

⑧ "官之而不事"二句：意谓朝廷屡次任命他为官，他都拒绝出仕。

⑨ 退：隐退。

⑩ "乃为今天子所礼"二句：指神宗熙宁三年，下诏以礼敦遣常秩入朝。四年，常秩诣阙。

⑪ 虚己而问焉：虚心向常秩请教。

⑫ 使莅谏职：让他担任谏官的职务。莅，到职，居官。

⑬ 迪：启发，开导。

⑭ 使董学政：让他负责教育工作。董，统率，负责。

⑮ 造士：造就士人。

⑯ 阿：阿谀奉承。

⑰ 胡不万年：语出《诗经·曹风·鸤鸠》。意谓为何不能万寿无疆。胡，
为何。

⑱ 病而归死：常秩卒于熙宁十年(1077)，享年五十九岁，赠右谏议大夫。

⑲ 时：时俗。

⑳ 适己：自得。

㉑ 特起：特出，杰出。

㉒ 泐(lè)：裂开。

㉓ 且：就，即。

评析

墓表是古代立在墓前记载死者生平事迹并加以颂扬的石碑，后来也把刻
在墓表上的文字称作墓表。这篇墓表作于神宗熙宁十年(1077)。墓主常秩，
是王安石的好友。他早年是著名的学者，屡次辞官不仕。神宗即位后，奉命
入朝为官，支持王安石新法。去世后，王安石撰写了此文。

由于常秩仕历简单，没有具体的宦绩可以记述，所以王安石在文中着重
阐述他的道德品行，议论他高尚的人格。文章多用排比、对偶的修辞手法，同
时，行文时用笔多处转折，而衔接自然，结构严谨，字不虚设，颇具拗劲之美。
这恰与墓主不与世俗相谐的道德品行相适应。茅坤评道："通篇无一实事，特
点缀虚景百数十言，当属一别调。"(《唐宋八大家文钞》)

答吕吉甫①书

某启：与公同心，以至异意，皆缘国事，岂有它哉②？同朝纷纷，公独

助我，则我何憾于公③？人或言公，吾无与焉，则公何尤于我④？趣时便事⑤，吾不知其说焉；考实论情，公宜昭⑥其如此。开喻⑦重悉，览之怅然。昔之在我者，诚无细故⑧之可疑；则今之在公者，尚何旧恶之足念？然公以壮烈⑨，方进为于圣世；而某荼然衰疾⑩，特待尽⑪于山林。趣舍⑫异路，则相呴以湿，不如相忘之愈也⑬。

想趣召在朝夕⑭，惟良食⑮，为时自爱⑯。

注释

① 吕吉甫：吕惠卿(1032—1111)，字吉甫，泉州晋江(今福建泉州)人。嘉祐二年(1057)进士及第，授真州推官。熙宁年间，辅助王安石变法，参预制定青苗法、免役法等。熙宁七年(1074)四月，在王安石罢相后，任参知政事，继续推行变法。翌年，王安石复相，二人由于政见冲突，关系交恶，出知陈州、延州、太原府等。哲宗元祐年间，遭旧党弹劾，建州安置。绍圣二年(1095)知延安府，抵御西夏侵扰。徽宗政和元年(1111)卒，著有《庄子解》等。

② "与公同心"以下四句：这是对吕惠卿来信中"合乃相从，疑有殊于天属；析虽或使，殆不自于人为"的答复，意谓与吕惠卿由同心协力至关系破裂，都因国事，并无其他原因。

③ "同朝纷纷"以下三句：指新法推行时，旧党如司马光等纷纷抨击，而吕惠卿立场坚定地支持王安石。

④ "人或言公"以下三句：指熙宁八年(1076)王、吕关系破裂时，御史蔡承禧等弹劾吕惠卿奸邪不法，而王安石并未参预其中。尤，怪罪。

⑤ 趣时：努力与当时的环境、形势、条件相适应。便事：希求行事之便。

⑥ 昭：明白。

⑦ 开喻：劝解，指吕的来书。

⑧ 细故：细微的嫌隙。

⑨ 壮烈：壮盛。

⑩ 苶(nié)然：疲惫。衰疢(chèn)：衰弱抱病。

⑪ 待尽：犹言待死。

⑫ 趣舍：即取舍，指行止。趣，通"取"。

⑬ "则相呴(xǔ)以湿"二句：语出《庄子·天运》："泉涸，鱼相与处于陆，相呴
以湿，相濡以沫，不若相忘于江湖。"相呴以湿，彼此用呼出的气来湿润对
方，比喻在困难时竭力相互帮忙。此句意谓你、我二人，与其互相同情帮
助，不如各适其志。

⑭ 趣召：应召赴任。朝夕：形容时间短，很快。

⑮ 良食：加餐。

⑯ 自爱：自我珍重。

评析

这封书信作于神宗元丰三年(1080)。据周煇《清波别志》卷中载，当时吕
惠卿致书王安石，试图讲和，书曰：

合乃相从，疑有殊于天属；析虽或使，殆不自于人为。然以情论
形，则已析者宜难于复合；以道致命，则自天者讵知其不人？如某叨
蒙一臂之交，谬意同心之列。忘怀履坦，失戒同懻。关弓之泣非疏，
碾足之辞亦已。而溢言皆达，弟气并生。既莫知其所终，兹不疑于
有敌。而门墙责善，数移两解之书；殿陛对休，亲奉再和之诏。固其
愿也，方且图之。重厪苦块之忧，遂稽简牍之献。然以言乎昔，则一

朝之过，不足害平生之欢；以言乎今，则八年之间，亦将随数化之改。内省凉薄，尚无细故之嫌；仰揆高明，夫何旧恶之念。恭惟观文特进相公，知德之奥，达命之情。亲疏冥于所同，爱憎融于不有。冰炭之息豁然，傥示于至思；桑榆之收继此，请图于改事。侧躬以待，惟命之从。

王安石再三披阅，尽管对吕的政治背叛行为耿耿于怀，对信中"殿陛对休，亲奉再和之诏"之言颇有微词，但还是赞赏吕惠卿"会作文字"，于是回复此书。

信中先是指出二人从相合到相分，都是由于国事。进而说明在自己推行新法困难时，受到吕惠卿的辅助；而吕惠卿受人攻击时，自己也并未介入，二人之间，其实并无私怨可言，彼此都应释怀。继而以委婉语调，申明二人志向不同，行止有异，不会也不须回复到以前的亲密关系。

此信以骈体四六写就。在工整的对仗中，多以虚词"则""方""然""而"等斡旋，显得流畅自如，毫不板滞。全文语言温醇典雅，显示出极高的文字驾驭能力，是宋代四六文中的上乘之作。后世选家多因政治偏见而不收，甚至有人贬之为"相从于恶者"（黄震《黄氏日钞》），实在有失公允。

答曾子固^①书

某启：久以疾病不为问，岂胜乡往！前书疑子固于读经有所不暇，故语及之。连得书，疑某所谓经者，佛经也，而教之以佛经之乱俗。某但言读经，则何以别于中国圣人之经^②？子固读吾书每如此，亦某所以疑子固于读经有所不暇也。

然世之不见全经^③久矣，读经而已，则不足以知经。故某自百家诸子之书,至于《难经》、《素问》、《本草》、诸小说无所不读④,农夫、女工无所不问,然后于经为能知其大体而无疑。盖后世学者,与先王之时异矣,不如是,不足以尽圣人故也。扬雄虽为不好非圣人之书⑤,然于墨、晏、邹、庄、申、韩⑥,亦何所不读? 彼致其知而后读,以有所去取,故异学不能乱也⑦。惟其不能乱,故能有所去取者,所以明吾道而已。子固视吾所知,为尚可以异学乱之者乎? 非知我也。

方今乱俗不在于佛,乃在于学士大夫沉没利欲⑧,以言相尚⑨,不知自治⑩而已。子固以为如何? 苦寒,比日侍奉万福⑪,自爱!

注释

① 曾子固:即曾巩(1019—1083),字子固,建昌军南丰人(今江西南丰)。北宋著名学者、文学家,唐宋八大家之一,王安石挚友。著有《元丰类稿》。

② 中国圣人之经:指儒家经典。

③ 全经:指秦始皇焚书之前未经散乱的儒家经典。

④ 《难经》:古代医书名,相传是战国时扁鹊所写,共八十一篇。《素问》:古代的中医理论著作,据传是黄帝所作。《本草》:《神农本草经》的省称,所记各药以草类为多,故称《本草》。小说:《汉书·艺文志》谓街谈巷语、道听途说者所造为小说,列入九流十家之末,后以称丛杂、琐碎的著作。

⑤ 扬雄虽为不好非圣人之书:语出《汉书·扬雄传上》:"自有大度,非圣哲之书不好也;非其意,虽富贵不事也。"扬雄,见本书《详定试卷二首》注。

⑥ 墨:指《墨子》,战国鲁人(一说宋国人)墨翟弟子所记,是墨子思想言行的记录。晏:指《晏子春秋》,记载春秋齐大夫晏婴(法家先驱)的言行。邹:指《邹子》,战国齐人邹衍(阴阳家)所著,已佚。庄:指《庄子》,共五十二篇,其中内篇为战国宋人庄周(道家)所著。申:指《申子》,战国韩人申不

害（法家）著，已失传。韩：指《韩非子》，战国时韩非子（法家）所著。

⑦ "彼致其知而后读"以下三句：谓扬雄在获取儒家经典的要旨之后，再去博览百家，因而有所取舍，不为各种杂学所迷惑。

⑧ 沉没利欲：沉溺在名利私欲之中。

⑨ 以言相尚：互相吹捧，高谈阔论。

⑩ 自治：修养自身的德行。

⑪ 侍奉：伺候、奉养（长辈）。万福：多福，祝祷之词。以上都是书信中客套语。

评析

这封书信作年不详。从书信末"比日侍奉万福"的词句来看，可能写于神宗元丰三年（1080）或四年（1081）间。当时曾巩在京侍奉母亲，而王安石已经罢相退居江宁。

书信的主要内容，包括两个方面：一是如何读经，是否应该阅读佛经。二是对于佛教的态度。王安石认为，秦代以后，儒家经典已经残缺不全，而汉儒的章句注疏之学，弊端甚多。因此，他主张以儒家经典为主，博览群书，包括佛经，这样才能全面地理解经典之旨。其中隐含着佛经中的道理，也有与儒家经典相一致的。至于当今风俗靡乱，原因并不在于佛教，而是儒家士大夫不知修养自身的德行而导致。

以上也是王安石对待佛教的一贯态度。比如，他的《涟水军淳化院经藏记》曰："盖有见于无思无为、退藏于密、寂然不动者，中国之老庄、西域之佛也。既以此为教于天下而传后世，故为其徒者，多宽平而不忮，质静而无求。不忮似仁，无求似义。当士之夸漫盗夺、有己而无物者多于世，则超然高蹈，其为有似乎吾之仁义者。"其中对佛教徒的赞扬，对儒家士大夫的抨击，与本文相似,反映了王安石以儒家为主、调和佛道的思想基调。在日常生活中,王安石还大量阅读佛经,与佛教徒有着密切交往,并曾经为《金刚经》《维摩经》《圆觉经》等佛教经典作注。至于曾巩,则是一位比较坚定的排佛论者。这封书信,就揭示了两种不同的思想立场的冲突。

此文首尾呼应,结构严密,语言明快犀利,很能体现王安石的个性。同时,此文也是了解王安石治学历程和思想倾向的重要作品。

图书在版编目（CIP）数据

王安石诗文精读 / 刘成国编著；查清华主编.

上海：上海教育出版社，2024.6. —（中华文史经

典精读丛书/查清华）.—ISBN 978-7-5720-2654-6

Ⅰ . I206.2

中国国家版本馆CIP数据核字第20245B5Q21号

责任编辑　付　寓

装帧设计　东合社

WANGANSHI SHIWEN JINGDU

王安石诗文精读

刘成国　编著

出版发行　上海教育出版社有限公司

官　　网　www.seph.com.cn

地　　址　上海市闵行区号景路159弄C座

邮　　编　201101

印　　刷　上海展强印刷有限公司

开　　本　700×1000　1/16　印张 16.75

字　　数　208 千字

版　　次　2024年6月第1版

印　　次　2024年6月第1次印刷

书　　号　ISBN 978-7-5720-2654-6/I·0182

定　　价　49.80 元

如发现质量问题，读者可向本社调换　电话：021-64373213